原田マハ

総理の夫
First Gentleman
新版

実業之日本社

実業之日本社文庫

目次

総理の夫　First Gentleman

1

二〇××年　九月二十日　晴天

この日を決して忘れまいと、日記をしたためることを思い立つ。

いままでも「護国寺《ごこくじ》の森の野鳥観察日誌」なるものを、日々書きつけてはいたが、自分の日常のことを日記に書こうとは、ついぞ思わなかった。

観察日誌は鳥類学者たる私の研究の一部であるから、かなり詳細な事柄も書き込むようにしている。その慣例に従って、我が日常の出来事も微に入り細に入り書き込んでしまいそうで、なんだかいやだったのだ。そうとなれば、私は、朝食のテーブルに載せられた総菜の数々、いや、といっても、いつもトーストとコーヒーのいたって地味な内容だが、まあとにかく、昼食の弁当の中身、いやこれもサンドイッチとかおむすびとか、いたってシンプルなものなのだが、それから、夕食で研究員仲間と立ち寄った居酒屋の品書きのいちいちまで、書き出してしまうような気がする。そればかりじゃない。朝夕に量る体重、お茶を何杯飲んだか、トイレに何分こもったか、新聞を通読するのにかかった時間、その他、なんでもかんでも記録してしまいそうで、とにかく、そういうのがいやだったのだ。

私自身のことならば、まだしもいい。私は、もしも日記を書くとなったら、私の妻、凛子《りんこ》とのあいだに起こる出来事までをも微細に記してしまいそうで、それが怖かった。実際、凛子は、客観的に見ても、生物生態学的に非常に興味深い行動をとる。もちろん、夫という立場として見ても、やっぱり興味深い行動をする。要するに、とても興味深い存在なのである。それは、結婚するまえも、結婚して十年経《た》ったいまでも、変わることはない。

凛子は、神秘だ。「女」という「性」は神秘である、という生物学的大前提を踏まえてもなお、彼女は特別に神秘である、と私は思う。彼女の行為や行動は、いつも私や周囲の予想を大きく裏切る、いい意味で。彼女は、「え？　そんなのアリ？」と、目からウロコの言動をやすやすとやってのけ、颯爽《さっそう》としていて、気持ちがよい。彼女のそういう言動に直面すると。周囲の人間は、たいていひっくり返りそうに驚く。誰も予想をしないからだ。むろん、私だとてその例外ではない。

ときとして彼女は、私に尋ねることがある。「ねえ日和《ひより》クン、私、こんなことをやろうと思うんだけど、どうかな？」。そんなとき、私はどんなに心底驚いていても、その驚愕《きょうがく》をぐっと胸に秘めて、決まって返すのだ。「いいね、やってみれば?」と。だって君がいいと思ってやろうとしていることは、いいことに決まってるだろうから。少なくとも、君と僕にとっては。そんなふうに言ってやるのだ。

彼女は言う。「日和クンのそういうところが、やっぱりいいんだよね」。そんなわけで、私たちの夫婦仲は、いたって円満なのである。

本日、日記をしたためようと思い至ったのも、何はさておき、私の妻、相馬《そうま》凛子という「神秘」を、書き残しておきたい、と強く感じたからだ。

本来、日記というものは私的なもので、公開を前提に書くものではないだろう。しかし私は、これを、後年、一般公開される前提で書き進めようと思う。

それが、いつのことかはわからない。私や凛子の死後のこと、遠い未来のことかもしれない。

その頃、この国は、どうなっているのだろう。世界は、どうなっているのだろう。政局は?　経済は?　年金は?　少子高齢化は?　雇用は?　国際関係は?　環境問題は?　人間は、生き物たちはどんなふうに生きて暮らしているのだろう?　私が専門に研究しているタンチョウヅルが、まさか絶滅していたらどうしよう。などと書くと、なんだかもう、いてもたってもいられない気分になってくる。

そうなのだ。いま、この瞬間、この国も、地球も、あらゆる局面で「待ったなし」の状況にさらされている。十年後、五十年後、百年後、もっとずっとさきまで続くはずの人間や鳥や生き物たちの未来を慮《おもんぱか》れば、まさにいま、なんとかしなければならない状況に、私たちはおかれているのだ。

それにしても、なんというタイミングなのだろう。

この時期に、日本の政局が大きく変わろうとしているのは、あらかじめ歴史にプログラミングされていたとしか思えない。それとも、神様が思いついた、とっておきのいたずらなのかもしれない。

が、こうなったら、そのいたずらに、とことん付き合おうじゃないか。って私が付き合ってもしょうがないのだが。

神様のいたずらに、これからしばらくのあいだとことん付き合わされるのは、私の妻、相馬凛子だ。

今日こそは、運命の日。

神のゲームが始まる日。吉と出るか、凶と出るか。いや、そりゃもう、大吉に決まってる、と私は信じているけれども。

と同時に、今日こそは、後世に残すべく私が日記を書き始めた日。この日記を最初に手にした人物、つまりあなたのことだが、いったいこれはいつの時代の産物かと驚いておられることだろう。

　何しろこの日記帳は、ネットで探し回ってようやく見つけ出したとっておきの代物だ。ワインカラーに染め上げられた革製ハードカバー、イタリア製洋紙をふんだんに使った「鍵《かぎ》付き日記」なるものだ。そう、いつかこんな日がくるかもしれないと予測して、さきの総選挙の開票日には用意しておいたのだ。こういうことは、アナログでいくに限る。ネット上にデータで保存なんていうのがいちばん危ない。そのくらいの危機管理能力は、私にだって備わっている。

　私のこの日記は、歴史の証人になるはずだ。未来の、あるとき、誰かが、つまりあなたが見出して、きっと何かの役に立ててくれるはずだ。そのためには、恥ずかしがっている場合ではない。あなたがこれを開いているとき、私も凛子も、とうに鬼籍に入っているはずだ。だからこの際、微に入り細に入り、ぶっちゃけなんでも書いてしまおう、と腹をくくっている。

　未来の超一級歴史的資料になる予定の日記を書き始める、記念すべき、この日。

　私の妻は、今日、総理になる。

　第一一一代日本国内閣総理大臣、相馬凛子。

　日本初の女性総理大臣が、誕生する日なのだ。

私は仕事柄、朝日が昇るまえに起床する。

というのも、自宅の庭に集まる野鳥の数を数えることから一日がスタートするため、野鳥が目覚める時間にはとっくに起きて、先回りをしておかなければならないからだ。スズメがチュンチュンと鳴き始めるまえに、顔を洗い、服を着て、コーヒーを淹《い》れ、リビングの窓辺で双眼鏡を両手にスタンバイする。

私の専門はタンチョウを中心とした希少鳥類の生存と回復に関する研究だから、スズメやメジロの生態観察は、実はあまり関係ない。しかし、長い目で見れば、東京の中心部の小さな雑木林に集まる野鳥を定点観測するのは、いずれ都市化と野鳥の生息数の関係性について発言するとき、役に立つことだろうと考えている。

三十分ほどの観察を終えると、もうお腹《なか》が空《す》いてくるので、トーストを焼いて、コーヒーのおかわりをする。私と妻は、朝食や出勤の支度など、朝のあわただしい時間帯、自分たちの身辺のことはできる限り自分たちでする。家政婦の下村《しもむら》さんがやってくるのは午前九時だ。下村さんは、日中、私たちが留守をしているあいだ、掃除や洗濯、宅配便の受け取り、買い物など、実にかいがいしく家事のいっさいを引き受けてくれる。

ほんとうのことを言えば、凜子も私も、お手伝いさんに家事をお任せしているのが心苦しい。結婚するときに、凜子が「私は『家内』にも『奥さま』にもなるつもりはないから」ときっぱり言っていた。つまり専業主婦にもならないけれど、うちの実家のように何人もの家政婦を雇うような贅沢《ぜいたく》もする気はない、ということだったのだろう。そして私の母親のようにはならない、という宣言でもあったに違いない。

私の母、相馬崇子《たかこ》は、「音羽《おとわ》の奥さま」と呼ばれて、何人もの使用人にかしずかれている。そしてそれが当然のことだと思っている。凛子が、当初、私との結婚を渋ったのは、ほかでもない、この母の存在があってのことだ。それから、我が実家の資産や「相馬一族」の名前を邪魔がった。お金はないよりあったほうがそりゃあいいけど、あり過ぎると面倒くさい、と言うのだ。

いままで私が見合いを勧められたお嬢さんがたや、私に対して無駄に色目を使ってくる女性たちと、そういう点でも凛子は一線を画していた。

金に興味のない女がこの世にいるはずがない、とは、兄の多和《たよ》の言だ。そうだろう、兄の奥さんの紗己子義姉《さきこねえ》さんなどは、言っちゃなんだが、兄と一緒に死ぬのはいやがるだろうけど、お金となら心中できる女性だ。だからかどうか知らないが、兄は凛子が相馬家に入ることを警戒した。金なんか面倒くさいなんて言う女ほど金に執着するに決まってるんだ、と決めつけていた。そのくせ、初めて凛子に会ったとき、こっちがぎょっとするくらい前のめりになって、夢中で彼女に話しかけていた。わかってはいたが、凛子は兄の好みのタイプの顔立ちなのだ。紗己子義姉さんはまったく兄のタイプじゃなかったが、まあ言ってみれば非上場のオーナー企業同士の政略結婚のようなものだったので、兄は是非もなく受け入れたのだった。

母がまったく凛子を気に入らなかったのは、当然と言えば当然のことだろう。

自分で言うのも情けないのだが、母は私を溺愛《できあい》している。二十二歳で結婚して早々に兄を産み、十五年経って私が生まれたので、私を愛玩動物のようにかわいがった。時代錯誤もはなはだしいが、私には「乳母《うば》」が存在した。母は私に母乳を与えることで乳房が変形するのをいやがり、若い乳母を雇ってその人の母乳を飲ませたのだ。そのほかにも、私のおむつを替えたり夜泣きに付き合ったりする保育士が複数いたらしい。母は私を産むには産んだが、面倒くさいことは全部彼女たち任せにして、自分はミニチュアプードルをかわいがる要領で私をかわいがったのだ。

そんな母が私に嫁を取るのに人一倍腐心したのは言うまでもない。家柄も学歴も趣味も容姿も、これ以上ないだろうというお嬢さんを探し出してきては見合いを勧めた（そしてそういう高級魚のごとき女性たちは、驚くべきことに母の漁場の中には結構いた）。母にとっていちばん重要だったのは、自分こそが日和の嫁を釣り上げる、ということだった。兄の場合は、いまは亡き父が勝手に相手を連れてきてさっさと決めてしまったから、それに対抗する気持ちもあったのだろう。

私は私で、そういう母に対抗した。自分の妻となる人くらい、自分で決めたかった。だから、凛子に出会ったとき、雷に打たれて感電死するくらいの衝撃だった。いま思い出しても、ぞくぞくして、汗が噴き出す。完全に、私の一目惚《ぼ》れだった。

思い起こせば十年以上まえのこと……って、いやいや、ここで彼女との出会いについて記述するのはやめておこう。そのためにはかなりの紙面が必要になる。

そう、何しろ今日は、特別な日なのだ。だから、朝起きて、いつもの野鳥観察を終えたところに話を戻そう。

時計の針は五時半を指していた。私は、新しいコーヒーを淹れ直し、トースターに食パンをセットして、冷蔵庫からグレープフルーツ、ロメインレタス、セロリ、ベーコンチップを取り出した。こういう食材は、「たまにはサラダでもお召し上がりください」という、下村さんの暗黙のメッセージだ。彼女はけっしてサトイモや丸ごとイカ一パイなど手のかかりそうな食材を買い置かない。凛子は料理をしない人だから、ときおり料理する私がレシピなしでも何か作れそうな食材を、毎日、少しずつ買い足してくれている。食材を調理台の上に並べてみて、下村さんが今朝の私に望んでいるのは、「シーザーサラダ」なんじゃないかと推測する。

凛子は、昨夜、かなり遅い時間に帰宅した。私は毎晩十一時には何があろうと就寝するので、彼女の帰宅時間は定かではなかったが、おそらく午前二時を回っていただろうと思う。ベッドに入る直前まで、ひそひそ声で携帯電話をかけていた。「記者会見は……」とか「組閣は……」とか聞こえてきたような気がする。明日の打ち合わせがまだ続いているんだな、と夢見心地《ごこち》で思った。

それから、ぼすん、と私の隣りが勢いよく窪《くぼ》んだ。凛子が身を投げたのだ。「お腹空いた」と宙に向かってひと言放つと、彼女は、そのまますうすうと寝息を立て始めた。

今朝、目覚めたときに、そのことを思い出した。よっぽどお腹が空いてたんだなあ、と気の毒になった。だから、今日くらいはトーストとコーヒーだけの朝食じゃなくて、一品何か作ってあげよう、と野鳥観察をしながら思いついたわけだ。

いつもの朝食は、彼女は彼女、私は私で取る。お互い出かける時間がばらばらだし、凛子は、少数野党とはいえ一政党の党首なのだから、分刻みに忙しく、資料に目を通したり、携帯で打ち合わせをしたりして、ときには何も食べないであわただしく出ていってしまう。朝の五時頃に誰かがインターフォンを鳴らすので、いたずらかと思ったら、何やら大あわてで駆けつけた政策秘書だった、なんてこともあった。総選挙で凛子が党首を務める直進党《ちょくしんとう》が大躍進してからは、ほとんど毎日、政策秘書の島崎《しまざき》君やら幹事長の小津《おづ》さんやらが、朝、うちにやってくる。凛子はろくに朝食を取れなくなった。トマトジュースとトースト半分、なんていうのはましなほうだ。よく聞いてみると、昼食や夕食は会食というのがほとんどだが、生来真面目《まじめ》な彼女は相手の話に耳を傾けるあまり、ちゃんと食べられないことが多いのだという。じゃあどうやって生きてるの？　と聞くと、「秘書にあんぱんと牛乳買ってきてもらって、移動中の車の中で」。それじゃ中学生の買い食いじゃないか、と言いたくなった。

とにかく、昨夜「お腹空いた」と眠りに落ちる寸前までつぶやいていたのが気になって、その日の朝は朝食をがっつりと食べてもらい、きちんと送り出そうと決めていた。

そうなのだ。よく考えたら、私は今日から総理の夫なのだ。妻の体調管理に気を遣い、思う存分闘えるように出陣の支度をするのは、夫たる自分の役目じゃないか。

そう、その通りだ。私は、総理の夫。

そこで、はたと気がついた。

日本初の「女性総理」誕生ってことは、日本初の「総理の夫」誕生、ってことだよね？　で、そもそも総理大臣の伴侶って、どんなことすりゃあいいんだ？

むしったロメインレタスを水にさらしながら、うかつだった、と思わず天井を仰いだ。

なんということだろう。ファースト・レディならぬファースト・ジェントルマンになったというのに、我が伴侶のために私がしていることと言ったら、シーザーサラダを作ることだとは。

なんだかこれじゃダメな気がして、とりあえず、サラダのトッピングにパルメザンチーズを削ろう、と思いついた。

そうこうしているうちに、キッチンのドアを勢いよく開けて、「おはよ」と凛子が現れた。白いシャツと膝上丈の紺色のタイトスカートをすでに着込んでいる。すっぴんに銀縁メガネ、ショートカットの髪の毛はボサボサだ。

それでもなんでも、私の妻は美しい。朝目覚めてあくびをした顔から、疲れ果てて眠る瞬間まで、どんなときも、見とれてしまうほどきれいだ。

「おはよう。よく眠れた?」ザルでレタスの水切りをしながら、訊《き》いてみた。

「最悪」と、凛子は、テーブルの上に私が並べておいた朝刊各紙の一面を眺めて返す。

「寝不足で、お肌のコンディションが悪いったらない」

そうつぶやいて、朝刊にぐっと顔を近づけて見る。どの新聞も、一面にでかでかと見出しが躍《おど》っている。

史上初　女性総理誕生へ
史上初　最年少の女性総理誕生
史上初女性総理　今日国会で指名

「ったく誰もかれも、女性女性って」

ぱしっと音を立てて紙面を引っぱたくと、凛子はむすっとして言った。

「そもそも人類の性は男と女のふたつしかないのよ。本来なら確率二分の一で女性が総理になるべきでしょ。それをいまさら」

「あ。それはちょっと違うと思う」私は異議を唱えた。

「たしかにほとんどの生物の性は雌雄《しゆう》に分けられる。けれど、その生物が生きていく環境の中で、とりわけ人類の場合は『社会』の中で、個体としての優劣や性別の向き不向きが、社会的ポジションには求められることになる。成熟した社会環境において女性が一国の行政のトップたりうるには、その女性の個体としての優秀さはもとより、世相的な潮流も必須なわけで……」

「いい。もういい、わかった、日和クン。今日のところはそこまでで」

凛子は手のひらを私のほうに向かってかざすと、私の陳述を止めてしまった。なんだよ、ここからがほんとに言いたいところなのに。

「あら、なんか作ってんの？」

凛子が私の手元をのぞき込むようにして、訊いた。

「ちょっと待って、もうできあがる」と私は、せっせと固形のパルメザンチーズをチーズグレイターですりおろした。

木製のボウルにこんもりとレタスを盛り、皮を剥《む》いたグレープフルーツとセロリ、かりかりベーコンチップを散らして、その上にパルメザンチーズを振りかける。特製シーザーサラダを凛子の目の前に置くと、私は言った。

「今日から僕は『総理の夫』だからね。君の健康管理に気を遣うことには、畢竟《ひっきょう》、一国の命運がかかってくる。そういうわけで、君には、今後できる限り健康な朝食を食べていただく。それが僕の家庭内政策《ポリシー》だ」

「あらそう」と凛子は、気のない返事をした。「そりゃ、ありがたいわ。いただきます」

フォークを手に取り、サラダを食べ始めようとしたとたん、表門のインターフォンが鳴った。

「島崎君だ」と凛子は、フォークをテーブルに戻して立ち上がった。

「メイクしてくる。五分以内に戻るから、リビングに通してあげて」

言うなり、ばたばたとバスルームへ走り去った。シーザーサラダには一口も手をつけていない。私はがっかりしたが、「はいはい、はい」と、「はい」の三回をもって彼女の命に従った。

「あっ、どうも日和さん、おはようございますっ」

玄関先に現れた政策秘書で直進党党首の片腕たる島崎虎山《こざん》君は、額に玉の汗をかいて息を切らしていた。我が家の表門はコンピュータ制御のセキュリティロックがかかっていて、それを室内にあるスイッチで解除すると、ドアが開く。そこから小さな雑木林めいた庭を通って、五十メートルほどの小径《こみち》がある。そこを全力疾走して玄関にたどり着くのが、もと陸上アスリートだった彼の流儀だ。

私も、いつものように、おはようございます、と返事をしてから、ぎょっとした。

島崎君の背後に、屈強な体型の黒服の男性が二名、張り付いている。ずいぶんゴツい背景だ。

「あの、後ろの方々は？」と訊くと、

「ああ、今日から凛子さんのSPを担当される、番田《ばんだ》さんと特川《とくがわ》さんです。あ、大丈夫ですよ、おふたりはこちらでお待ちくださいますんで。プライベートエリアには立ち入りませんよ。っと、失礼します」

勝手知ったるなんとやらで、島崎君は靴を脱ぐと、リビングへ向かって足早に入っていった。私はSPのふたりに向かって、どうぞ妻をよろしくお願いいたします、と頭を下げてから、島崎君の後を追った。

リビングでは、すでにしゃっきりとメイクをしてジャケットを着込んだ凛子が、島崎君と向かい合って何やら協議を始めている。凛子の表情にはほどよい緊張感がみなぎり、それがまた彼女を極めて魅力的に輝かせている。島崎君のためにコーヒーを淹れながら、私は、自分の胸がぐんぐん高鳴ってくるのを感じた。

いよいよ、歴史が動くのだ。私の妻の手腕によって。

まったく、こんなに無性に胸がときめくのは、北海道鶴居《つるい》村で、電線に接触して傷ついたタンチョウヅルが回復したのを野に放つとき以来だった。

凛子は、神秘だ。と同時に、圧倒的な強さと輝きを持つ人間だ。そればかりではない。

人としての魅力、まっすぐさ、はちきれんばかりの正義感、切実さ、その他、この世界でありとあらゆる善きもののすべてに彼女はたとえられる。

　このさき、彼女が、すべての国民にとって、「ありとあらゆる善きもののすべて」となるとは思わない。彼女を嫌い、憎み、遠ざけようとする人もいるだろう。しかし、どうあれ、私は、彼女を支えて生きよう。いままでもそうだったように、いままで以上に。

「今日は午後一時から特別国会が召集されます。そこで、第一一一代内閣総理大臣に指名、選出されます。そのあとすぐに小津幹事長、民心党《みんしん》の原《はら》党首、新党おおぞらの箱根《はこね》党首、革新一歩党《かくしんいっぽ》の山岡《やまおか》党首と国会内会議室で打ち合わせです。その後、小津さんと葉《は》山《やま》副代表、原さんを交えて組閣会議、それから……」

　マグカップに淹れたコーヒーを運んでいくと、島崎君が今日いちにちのスケジュールのブリーフィング真っ最中だった。

　島崎君は凛子が新党を結成してその党首に座ってからの付き合いだから、かれこれ八年ほどになるだろうか。実に優秀な青年だ。といっても彼は三十六歳、私よりふたつ年下に過ぎない。ってことはもう青年でもないか。初老ならぬ初中年と言うべきだろうか。待てよ、それじゃあ私も中年ってことになるじゃないか。それはちょっと違うと思うが、どうか。

これが女性ならば、「アラフォー」とか言われて、女性同士の旅行やグルメな女子会で存分に楽しみ、消費欲も（家庭のあるなしにかかわらず）恋愛欲も旺盛な世代としてちやほやされるのに、男子たるもの、実に哀《あわ》れな存在ではないか。妻子にいちばんお金のかかる時期のお父さんは小遣いを減らされ、女性に近づけばセクハラと言われ、男同士の飲み会はむさくるしい親父たちの憂《う》さ晴らしとしか見られない。まったく、男の生きにくい世の中になったものである。

まあいい。とにかく、島崎「青年」は、陰ひなたなく、凛子を支えてここまできてくれた。彼の存在なくして、凛子の大躍進はなかったことだろう。

しかし、本邦初の女性総理誕生に一役買ったのは、実は直進党内部の人間ではない。ほやほやの新党である民心党党首、原久郎《くろう》氏その人だ。

原氏は、私が知るところの政治家の中で、もっとも野心的で急進的な人物であり、稀《き》代《だい》の策士ではないかと思う。彼の存在がなかったら、凛子は少数野党の一党首として、生涯をもう少し地味に生きることになったのではないだろうか。

米沢旬太郎《よねざわしゅんたろう》前首相率いる与党・民権《みんけん》党の政権は、完全なる末期症状に陥《おちい》っていた。財政はとっくに破綻《はたん》し、消費税率を十％に上げると先々代の内閣で言い放って「パンドラの箱」を開けておきながら、おずおずして実施に手間取り、そうこうするうちに財政が逼迫《ひっぱく》、国際的な格付け機関による日本国の格付けはまた一ランク落ちた。民権党内部ではごたごたが続き、保守派と原氏率いる改革派とにまっぷたつに分かれていた。直進党を始めとする野党各党は、民権党の支持率が急落するタイミングを見計らって、内閣不信任案を突きつけた。従来であれば与党が過半数の議席を占める衆議院において不信任案は否決されるはずなのだが、なんと原氏率いる改革派が野党側に寝返ったのだ。結果、米沢内閣の不信任案が可決され、首相はこれを受けて解散総選挙に踏み切った。

原氏は自分の勢力を引き連れて民権党を離脱、民心党を立ち上げた。原氏はめっぽう選挙に強い男で、この天下分け目の大合戦を闘い抜き、立ち上げ直後の新党ながら八十議席を獲得した。凛子率いる直進党も、もともと五議席しかなかったのを十議席に増やす大躍進だったが、それでも、群雄割拠の少数政党が居並ぶ政局の中では第五の党だった。総選挙が終わった段階でも、凛子は、あくまでも少数政党の党首という立場でしかなかった。

しかし、そこからがすごかった。原氏は「まったく新しい政治体制《レジーム》を」との信念のもとに、野党各党に連立を持ちかけ、あっというまに政策を同じくする四党をまとめ、連立政権樹立を現実のものとしたのだ。結果、長いあいだ政権をほしいままにしてきた民権党は、あえなく野党に転落した。

原氏の手腕の鋭さ、動きの速さは、恥ずかしながら政治に疎い私の目にも恐ろしいほどに映った。しかし、まさか、自分の妻が担ぎ出されて、本邦初の女性総理、しかも四十二歳の最年少総理に押し上げられるとは、どうして想像できただろうか。

凜子が「総理」の二文字を口に上《のぼ》せたのは、総選挙が終わった三日後のことだった。

「ねえ日和クン」と彼女は、朝起き抜けのすっぴんメガネにボサボサの頭で、私に問いかけたのだった。

「もしも私が総理大臣になったら、何かあなたに不都合はある?」

それは、あまり笑えない冗談のように聞こえた。と同時に、とびきりすばらしいアイデアのようにも。

私は答えた。「いいや、何も不都合はないよ」と。

もしも君がそうしたいと考えて、それが世の中が求めていることならば、そうするべきなんじゃないの?

彼女はにっこりと白い歯を見せて笑った。そして言った。

日和クンの、そういうところがいいんだよね。


出発の支度が整ったようだ。冷めたコーヒーを飲み干し、あわただしく凜子が玄関へと向かう。その後を島崎君が追い、またその後を私が追いかける。

「日和さん、今日は外に出ないほうがいいです。集まってるマスコミの数、ハンパじゃないですから」

緊張気味に島崎君が言う。私はうなずいて、後は頼みます、と応えた。

「じゃあ、いってきます。国会中継は一時からだから、見ててね」

玄関先で私のほうへ振り向くと、凛子が言った。私はまた、うなずいた。そして、

「僕は、女性が総理になったとは思わないよ」

そう言った。

「君は総理になった。これは必然だ。しかし、君は男性ではなかった。これは偶然だ。そうだろう？」

凛子は、ほんの一瞬、不思議そうな顔になった。けれどその顔は、たちまち笑顔になった。希望にあふれ、輝きを放つ、この世でもっとも善きもののひとつ。それは、私の妻のこの顔なのだ。

テーブルの上には、まったく手をつけられなかったシーザーサラダのボウルが残された。

私は、新聞各紙のページをあっちこっちひっくり返しながら、ロメインレタスの葉をしゃくしゃくと噛《か》み締めた。みずみずしい味だった。

明日からは目先の変わったメニューを取り揃《そろ》えて、なんとしても朝食を食べてもらおう。

いや、そうじゃない。別にメニューはなんでもいい。気負うまい。とにかく凛子と、一緒に、朝食を食べよう。

それが、本邦初の「総理の夫」としての、私の所信表明だった。

2

二〇××年　九月二十七日　晴れときどき曇り

一念発起、いずれ日本の歴史に一石を投じる覚悟でこの日記を書き始めた。が、気がつくと一週間が経過してしまっていた。

この日記を最初にみつけた第三者であるあなた、つまりいつの時代の誰かもわからないあなたに対して、日記を丸一週間書かなかった言い訳をするのもどうかと思うが、まあとにかく大変な七日間だった。おちおち日記をつけているどころじゃないくらいに。

前回の日記に記した通り、日本の政治史にも我が相馬家の家史にも刻まれる日となった九月二十日、私の妻、相馬凜子は、第一一一代内閣総理大臣に就任した。と同時に、当然ながら、私は総理の夫となった。どちらも、日本の政治史上初のことである。女性が総理になったことも、それに伴ってファースト・レディならぬ「ファースト・ジェントルマン」が誕生したのも。

そんなわけで、いまがそのときとばかりに、日記をしたため始めた。特別国会で内閣総理大臣指名を受けるために出かけていく凜子を見送り、結局食べてもらえなかったシーザーサラダを自分で食べて、記念すべき「総理の夫日記・第一回」は、出勤までの小一時間のあいだに書き上げた。読み返してみて、なかなか面白くできたんじゃないの、と自己満足に浸《ひた》りもした。それから、島崎君に忠告された「外出自粛」をすっかり忘れて、出勤の支度を始めた。

が、そのあとがいけなかった。

ここからは、一週間まえに時計を巻き戻して、しばらく記述することにしよう。凜子と私の人生で、おそらくいちばん長かった日について。

私が研究員として勤務する善田《ぜんだ》鳥類研究所は、文京区春日《かすが》にある。我が家の最寄《もよ》り駅、護国寺駅から地下鉄を乗り継いで、毎朝九時の始業時間の十分まえには到着するように通勤している。家を出てから三十分ほどで到着できるのは、恵まれていると思っている。

八時二十分には家を出るのが慣《なら》わしだ。ジャケットを着て、戸締まりを確認して、セキュリティスイッチを入れる。これを入れたら五分以内に家を出なければならない。五分後に家の中で物影が動くと警備会社に通報があり、即座に警備員が飛んでくるシステムになっている。

と、そのとき、ジャケットのポケットの中でスマートフォンが鳴り響いた。液晶画面には知らない番号が表示されている。いぶかりつつも出てみると、『おはようございます。富士宮《ふじのみや》です』と、元気のいい女性の声が耳に飛び込んできた。

「はい。富士宮さん……ってどなたでしたっけ?」思い当たらずに訊いてみる。

『あら、お忘れなのは心外ですね。先日、凛子さんと一緒にお目にかかった、直進党の広報担当です』

苦笑まじりの答えが返ってきた。ああ、とすぐに思い出す。

「これは失礼。凛子が総理就任にあたって、今後のマスコミ対策会議をうちで開いたときに、お目にかかりましたね」

まえの週末に、我が家で極秘の広報ブリーフィングがあった。大手広告代理店のクリエイティブディレクター(広告賞を総ナメ)、敏腕女性スピーチライター(もと米大統領のスピーチブレーン)、映画プロデューサー(アカデミー外国語映画賞受賞映画を手がけた)などなど、政治とはあまり関係なさそうなプロフェッショナルが集まる中に、確かに富士宮さんがいた。私が盆にお茶を載せて運ぶのを、「私がやります」とさりげなく手伝ってくれた、あの彼女だ。

なんでも、凛子を総理大臣として発足される内閣は、徹底的にメディア対策を講じるのだそうだ。まずは、完全無敵の「相馬総理」ブランディングを行う。今度の内閣は急ごしらえの連立なので、ともすれば烏合《うごう》の衆と見られてしまう危険がある。野党に下った民権党は、どんな些細《ささい》なほころびでも即座にみつけて大きな穴にしようと仕掛けてくるだろう。そんなとき、相馬内閣を支えてくれるのは、いったい誰か。

世論。そう、これから凛子を支えてくれるのは、一にも二にも、世論なのだ。

政治の手腕は未知数で、しかも史上初の女性総理。ツッコミどころは満載だし、政敵は無尽蔵に存在する。政界きっての策士、原久郎も、そのへんのリスクを承知で彼女を総理に推した。それもこれも、相馬凛子には強力な「世論」というサポーターが付く、と踏んでいるからだ。

長らく続いた民権党のほぼ一党独裁状態の政権に、有権者はもううんざりだった。そこへ彗星《すいせい》のごとく現れた女性総理。反発する面々もいるだろうが、新総理の一挙手一投足に世間の耳目がこれ以上ないほど集まる内閣総理大臣指名の日から、世論を確実に味方につける。それが凛子たちの戦略だった。

万人に支持される総理大臣とは、いかなる人物か。

人物プロデュースにかけては超一流の人々が、凛子のブレーンとして集結した。そんな中にあって、複数名存在する直進党の広報担当者の中のひとりだという富士宮さんは、どちらかというと地味な印象だった。年の頃は三十代半ば、ショートボブに銀縁メガネ、黒いスーツというでたちで、華やかな人材揃いの演出チームがああでもないこうでもないと議論するのを、一心不乱にパソコンに打ち込んでいた。その富士宮さんが、凛子ではなく、この私の担当者になる……と、そういえばあの会議の席で言われた気がする。「総理の夫担当広報」の意味がよくわからなくて、私は、はあ、と愛想笑いをしただけで、深追いしなかったのだが。

『先だって決定された通り、私、今日から日和さん担当ですので。これからそちらへお伺いしてもよろしいでしょうか』

はあ、とまた、私は生返事をした。

「と言われても……僕はこれから出勤なのですが。もういま出るところで……」

『えっ。ちょっと……ちょっと待ってくださいっ！』スマートフォンの向こうから飛び出してきそうな勢いで、富士宮さんが叫んだ。

『だめですっ、絶対だめ！　いいですか、絶対に外に出ないでください。私が行くまでは家の中にいてください。いま車でそちらに向かってますので、あと十分の辛抱です』

「十分の辛抱って……」私は半ばあきれて返した。

「十分待ったら遅刻しちゃいますよ。何を焦っておられるのかわかりませんが、とにかくもう出勤しますので。それでは、また」

プツッと通話を切った。まったく、妻はともかく私は一般人なのだから、担当広報をつけるなどと大げさなのはごめんだ。

もう一度戸締まりを確認して、警備員が飛んでくるまえに外へ出た。

ようやく夏の熱気が遠ざかり、庭の木々に初秋の風が訪れているのを感じる。ツイイ、ツイイとシジュウカラのさえずりを耳にしながら、さわやかな気分で表門へと向かう。

門扉近くまできて、異変に気づいた。なんというか、熱気のようなものが門の外側で蠢《うごめ》いているような。

さきほど凜子が出てくる瞬間を狙って、ハンパじゃない数のマスコミが彼女を取り囲んだことだろう。しかしそれから二時間近くが経過している。さては凜子を逃したマスコミが彼女の帰ってくるのをすでに待ち構えているのだろうか。だったら「今日は遅くなります」くらいのことは、夫として伝えるべきだろうか。

内鍵をがちゃりと開け、重たい扉を押して外へ出た。その瞬間。

おびただしい数の光が目の前で炸裂《さくれつ》した。うわあ〜っと人波がこっちに向かって押し寄せてきた。私は面食らってその場に立ち尽くした。

「相馬日和さんっ。日本初の総理の夫になられたご感想を！」

「総理とご結婚された経緯《いきさつ》を教えてください！　プロポーズはどちらからですか⁉」

「総理の結婚指輪はどこのブランドですか⁉」

「総理のどこに惹《ひ》かれたんですか⁉」

「総理になるという相談はいつの時点で聞かされたのですか!?」

いっせいにマイクやらレコーダーやらを突き出してくる。至近距離でシャッターが切られ、フラッシュが弾《はじ》ける。ものすごい数のビデオカメラやスマートフォンがこっちを向いている。私は、ぽかんと口を開けたまま、何も言えず、一歩も前に進めず、電信柱になってしまったかのように、その場に固まってしまった。

「ちょっとちょっと、どいて！　やめてください！」

叫びながら人垣へ突進する女性がいる。富士宮さんだった。ボブの髪を振り乱して、阿修羅《あしゅら》のごとく叫んでいる。私の前に仁王立ちになると、富士宮さんは、どよめくマスコミ関係者に向かって「顔出し厳禁ですんで！」と吠《ほ》えた。

「直撃インタビューはいっさいお断りします！　この方は一般人ですよ、写真撮ったり録画したりするのはプライバシーの侵害です！」

「一般人じゃないでしょ、総理の旦那《だんな》なんだから」と誰かが言った。すかさず、「いまはまだ一般人です」と富士宮さんが鼻の穴を膨《ふく》らまして言い返した。

「相馬凛子氏は、本日午後一時十五分頃、内閣総理大臣に指名されます。それまでは、この人はただの人です」

ただの人、と言われたことに少し傷ついたが、まあ、その通りである。

「本日午後一時十六分頃からは、確かに『総理の夫』となります。しかしながら、相馬日和さんが一般人であることには変わりがありません。従って、公の場に相馬凜子氏とともに登場するとき以外の取材は、私を通してのみお受けいたします」

ざわざわと波紋が広がる。「誰？」とひそひそ声が伝播《でんぱ》するのを聞きつけて、「申し遅れましたが」と、富士宮さんは幾多のいぶかしそうな顔を見渡して言った。

「本日より、相馬日和担当広報スタッフとなりました直進党の富士宮あやかです。今後、相馬日和さんに関するすべての取材は、私を通してお申し込みくださいますように」

富士宮さんの言葉は、さながら戦国武将の名乗り上げのように、私には聞こえた。

それから、女戦国武将に引きずられるようにして、私は待機していた直進党の党用車に乗せられた。「ご勤務先までお送りします」と言われ、是非もなく乗り込んだのだ。

「言ったじゃないですか、外に出ちゃだめですよって」発車してすぐ、富士宮さんが文句を言った。

「凜子さんが総理になるってことは、夫である日和さんも注目されるわけなんですから。気をつけていただかないと」

「すみません」と私は小さくなった。

「そういうものなんでしょうか。その……妻が注目されるのは当然ですが、僕まで？」

「何言ってるんですか。このまえのブリーフィングでそういう話になったでしょう？」

そう言われればそう言われたような気がしないでもないが、今後妻を支えてくれる日本を代表するプロデューサーチームに失礼があってはならじと、おしぼりをあっためたりお茶っ葉を替えたりお茶菓子を出すタイミングを計ったりして、気が気ではなかったのだ。自分に関して議論されたことは、すっぽりと抜け落ちている。

富士宮さんいわく、プロデューサーチームのもくろみは、凜子氏には総理大臣として当然うまく立ち回ってもらう必要があるが、夫である日和氏にも理想的な夫を演じてもらわねばならない。日本を代表する夫婦として、今後相馬夫妻にはご活躍いただかなければ、ということらしい。

お年寄りにはあんなムコがいてくれたらいい、と感じてもらい、若者たちには夫婦って悪くないな、結婚っていいねと思ってもらう。独身女性には、ああいうダンナならいいかも、と結婚に対して積極的になってもらう。超少子高齢化の現代日本にあって、高齢者には癒やしを、若者たちや働く女性には結婚への憧れを促すモデルになればいい。

「ってそんなこと、全然聞いた覚えがないんですが」

富士宮さんの話を聞くうちに、顔が引きつってきた。

なんということだろう。それはつまり、凜子と私が、晩婚化、少子高齢化対策の大看板にされるってことじゃないか。

「そりゃそうですよ。凜子さんと日和さんのいないところで、つい三日まえにチームで決定されたことですもの」

富士宮さんは、涼《すず》しい顔をして言った。それから、「先日、チームでお宅にお邪魔したあとに、これは使える、ってことになったんですよ」と続けた。

「使える、って何が、ですか？」

「だからあ」と、一瞬、富士宮さんはアラサー女子っぽい口調になったが、あわてて「ですから」と言い直した。

「日和さんが、です」

へ？　と私は自分で自分を指差した。「僕が？」

ぷっと富士宮さんが噴き出しそうになった。そして、「そう、それです。そういうところ」と、さも面白そうに笑いながら答えた。

「いいんですよね、日和さんのそういうところが。相馬総理プロモーションチームのみなさんもおっしゃっていましたが、邪気がないっていうか、かわいらしいっていうか」

相馬凛子、四十二歳。直進党党首。東京大学法学部卒、同大在籍中にハーバード大学に留学、ノーベル経済学賞受賞者のハロルド・バーミリオン博士に師事。東京大学大学院法学政治学研究科で博士課程修了。経済同朋会《けいざいどうほう》を母体とした公共の政策シンクタンクの研究員を務めたのち、無所属で衆議院議員に立候補、三十一歳で初当選。父は最年少で開田川賞《あけたがわ》を受賞した小説家、真砥部惇《まとべあつし》。母は東大大学院教授で国際政治学を専門とする政治学者、真砥部夕《ゆう》。両親ともすでに他界したが、特に母の遺志に従い政治家となったという異色の出自。切れ味鋭い論客であり、曲がったことが大嫌い。正義の人、加えて美人。

相馬日和、三十八歳。鳥類学者。東京大学理学部卒、同大学院生物多様性科学研究室にて博士課程修了。善田鳥類研究所研究員。日本を代表する大財閥相馬一族を実家に持つ。加えてイケメン、若作り。

「どうです。こんな夫婦が、ほかにいますか?」富士宮さんは、うっとりした目つきになった。

はあ、と私は、「イケメン、若作り」と評されたことに甘いような苦いような気分を覚えた。そんなふうに面と向かって女性から自分の容姿について言及されたのは、これが初めてのことだった。

「もっといえば、日和さんの、おぼっちゃま然とした『天然』なところもいいんですよね。そこが特に、世の中の女性にはウケるんじゃないかと」

「ちょっと待ってください」と、そこで私は口を挟んだ。

「世の中の女性にウケるって……僕は、関係ないんじゃないですか。さっき、あなたもおっしゃってたでしょう。総理になるのは妻であって、僕のほうはいままで通り、あくまで一般人ですよ」

「確かにそう言いましたが」と富士宮さんは、メガネの銀色のフレームをくいっと指先で持ち上げて返した。

「本日、午後一時十六分頃より、日和さんは『総理の夫』になる、とも言いましたよ。つまり、日和さんも、総理とともに公式の場に現れるときは『公人』となるわけです」

私は目を瞬かせた。「こうじん」という言葉の意味が、一瞬わからなかったのだ。

「総理とともに公式の場に現れる、って？　具体的には、その、どういうときですか？」

富士宮さんはちらりと私を見た。やっぱりあなたは天然ね、と言いたげな目つきで。

「今後、凛子さんはさまざまな公式の場に登場することになります。たとえば、海外からの要人が来たときの総理大臣主催晩餐会《ばんさん》ですとか、あるいは宮中晩餐会ですとか。またた海外へ公式訪問される際の同伴ですとか」

「ええっ」私は思わず叫んでしまった。

「ちょっと待ってください。海外への公式訪問って、たとえば、……ええと、サミットとか、ＡＳＥＡＮとか、国連総会とか、そういうところへの訪問ですか」

「そうです」涼しい顔をして富士宮さんが受け答えする。

「それ以外にもあります。各国への公式訪問などもそうです。まずはアメリカ、中国、韓国、タイ、シンガポール、インド、イギリス、フランス……」

「いや、ですから」日本と交流のある世界じゅうの国々の名前を延々並べ立てられそうになって、私は富士宮さんを止めた。

「そんな、僕ごときに大切な国家予算を使って外遊しなくたっていいですよ。凛子ひとりで行けばいい……」

「何言ってるんですか」すぐさま、ぴしゃりと返された。

「各国の首脳は配偶者を伴って来日されることも多いし、その場合には総理の配偶者は訪問された首脳夫妻を総理とともにもてなす義務があります。また、各国首脳は配偶者とともに主要な国際会議の主催国を訪問する慣わしがあります。訪問先では、各国首脳や、その配偶者と交流し、我が国の文化等をPRする重要な役割を担うんですよ。決して『外遊』じゃありません。れっきとした『外交』です。従って、首脳の配偶者は、もっともすぐれた外交官でなければなりません」

はあ、とまた、私は生煮えな返事をした。そして、別に悪いことをしたわけでもないのに、しゅんとしてしまった。富士宮さんは、勝ち誇ったように、意気揚々として言った。

「とにかく。総理の配偶者としての仕事、特に外交については大変重要なことですので、移動中の車の中だけでは時間が足りません。外務省の担当官とともに、あらためてご説明とお打ち合わせに参りますので、そのおつもりで」

午後一時十五分、国会議事堂。

『……相馬凛子君を、衆議院規則第十八条第二項により、本院において内閣総理大臣に指名することに決まりました』

嵐のような拍手喝采《かっさい》が湧き起こった。黒いスーツに白いシャツ姿の凛子がすっくと立ち上がり、正面を向いて、ていねいに一礼をした。さらに、周囲四方に向かって頭を下げている。幾多の議員たちが、彼女の周りに押し寄せ、握手を求めている。

同時に、固唾《かたず》をのんでテレビをみつめていた私の周辺でも拍手が鳴り響いた。

「やったねえ、相馬君。おめでとう」

いちばんさきに握手の手を差し伸べてきたのは、善田鳥類研究所所長、徳田実《とくだみのる》氏だ。

「いやあ、こんな日がこようとはねえ。まさに感無量ですよ。我が所から、まさか総理大臣に近しい関係者を世に出すことになろうとは……」

総理大臣に近しい関係者、ってかなり微妙な言い回しだが、所長なりの祝意なのだろう。「ありがとうございます」と私は笑顔でそれに応えた。

「いや所長、それはちょっと間違ってませんか」

上機嫌の所長と私のあいだにつっ込んできたのは、上席研究員の窪塚豊《くぼづかゆたか》氏だ。

「別に我が所が『総理大臣に近しい関係者を世に出した』わけじゃなくて、相馬さんの奥さんが総理になったから、自動的に相馬さんが総理の夫になったわけでしょ。なんの努力もなく……とはいえ、おめでたいことには変わりありませんがね」

むっとする物言いは、この人の特徴でもある。しかし彼なりの祝意の表れなのだろう。

「ありがとうございます」と、やはり笑顔で応える。

「しかし、おきれいですねえ、奥さまは。……いや、じゃなくて、相馬さんのお嫁さんは。……あ、じゃなくて、相馬総理は」

凛子の呼称を何度も言い換えて割り込んできたのは、私の同僚の研究員、幡《はた》ヶ《が》谷《や》卓《たく》氏。絶滅危惧種であるアホウドリの棲息《せいそく》調査に人生を捧げる熱い研究者である。

「こんなにお美しくて、スタイルも良くて、演説もうまい。政策にもうなずけるところが多い。いやはや、相馬さんはすごい人を伴侶にお持ちなんだなあ」

「って幡ヶ谷さん、政策とか言っちゃってますけど、ちゃんと聞いたことあるんですかあ?」

さらにつっ込んできたのは、後輩の研究員、伊藤《いとう》るいさん。我が研究所で唯一のアラサー女子である。

「私は政策とか関係なく相馬総理を応援しますよ。この相馬さんのパートナーなんですから、いい人に決まってます」

「それはちょっと問題なんじゃないの?」窪塚さんが口を挟む。

「相馬君のパートナーだからっていい人とは言い切れないでしょ。そりゃ相馬君はいい人だろうけど、政治の世界はいい人だからってうまくいくとはいえないよ。むしろ、多少悪いやつじゃないとやっていけないんじゃないの。ねえ相馬君？」

はあ、と私は苦笑いすることしかできない。悪いやつじゃないとやっていけない、なんて、凛子が聞いたら怒り出しそうだが、それも一理あるような気がする。

「いいえ、そんなことはありません。相馬総理は絶対に正義の人です。まっすぐな人です。でなくちゃ、相馬さんが結婚するはずがありません」

負けずに伊藤さんが言い返した。そして、私の周りの女性たちも同様の意見である、私たちはとにかく相馬総理を支持する、と鼻息が荒い。凛子はまだ総理としてきちんと政策を示したわけではない。にもかかわらず、策士・原久郎とプロモーションチームのもくろみ通り、世論を確実に味方につけそうだ、と感じさせる。

「まあとにかく、今日はめでたい日だ。どうだい相馬君、今日は所員全員で祝宴としゃれ込もうじゃないか」

私の肩を叩《たた》いて所長がうれしそうに言った。所長は、自分の研究対象であるオオタカと同等かそれ以上に、アルコールが興味の対象なのである。周囲に集まっていた研究員全員がたちまち賛同、私に有無を言わせず、本郷《ほんごう》にある行きつけの居酒屋に行くことになってしまった。

善田鳥類研究所は、日本鳥類研究史に多大なる足跡を遺《のこ》した故・善田竜之介《りゅうのすけ》博士が一九三五年に設立した国内有数の鳥類専門研究機関である。自然誌研究室とともに保全研究室を持ち、主には環境省の委託を受けて、絶滅危惧種の鳥類の調査や生存の回復のための研究を行っている。

私を研究所に引っ張ってくれたのは、大学の研究室時代にもお世話になった徳田所長だ。徳田家は学者一族で、曾祖父の代から生物学の第一線で活躍してきた、専門家中の専門家である。徳田所長ばかりでなく、我が研究所の所員は、当然皆専門家であるが、と同時に、世の中の経済活動からは縁遠い、浮世離れした人物ばかりだ。と私が言うのもなんだろうけど。

その日は当然、凛子の遅い帰宅は決まっているから、居酒屋で二時間ほど過ごしてから帰宅しても問題なかろうと思われた。「ご帰宅時にはハイヤーを差し向けますので、それに乗って帰ってください」と富士宮さんには言われたが、まあそんなに四角四面に考えなくても大丈夫だろう。ハイヤーはお断りして、いつも通り地下鉄で帰ることにしよう。

ところが、である。勤務時間終了直前に、思わぬ来客があった。

午後五時ちょうど。さあ祝宴だ、と皆そわそわと帰り支度を始めたそのときに、「相馬さん。ご来客です」と、事務局の田沼正代《たぬままさよ》さんが色めき立って研究室に入ってきた。

「だめだよ、いま頃、来客だなんて。これからみんなで出かけるんだから」

私の代わりに所長が答えた。田沼さんは首を横に振って「普通じゃない来客ですから。所長もご一緒に」と言った。私と所長は顔を見合わせた。

応接室で私たちを待ち構えていたのは、相馬崇子、つまり私の母だった。

「これは、音羽の奥様！」

いきなり所長はその場に土下座しそうな勢いで、平身低頭、挨拶をした。和装の母は、袖を揺らしてソファから立ち上がると、悠然と挨拶を返した。

「いつもたくの息子がお世話になっております。いくつになっても世間知らずで、何かとご迷惑をおかけしておりませんこと？」

「いえ、いえ、いいえ」所長は両手をすりすりと揉《も》んで、

「相馬さんは大変、たいっへんっ、研究ご熱心で……こちらこそ、いつもお世話になっております」

かくも所長があわててゴマをする理由はただひとつ。相馬家は、毎年、研究所の母体である財団に多額の寄付を行っている。つまり、大口のスポンサーだからだ。母としては「節税対策の一環」とのことだが、それがなくなれば財団は立ちゆかなくなってしまうほどの寄付額らしい。私が研究所に勤務できることになったのはそのおかげだとは思いたくはないが、半分くらいはそのおかげなのかも、と思う。

「なんだいお母さん、アポイントもなしに、勤務時間が終わり頃に来るなんて非常識じ

ゃないか。いったいどういう用件なの」

　私は憤然として言った。一般常識など通用しない人なのはわかっていたが、言わずにはいられなかった。母は、しれっとした表情で言った。

「家でテレビを観ていたんですけど、なんだか気が気じゃなくてね。これからあなたと一緒に行こうと思って、車で迎えにきたのよ」

「一緒に行くって、どこへ？」

「国会議事堂よ」

　私と所長は、もう一度顔を見合わせた。それから、「なんで？」と私は重ねて尋ねた。

「だって、凜子さん、これから組閣するんでしょ？　ひと言、わたくしの意見も申し述べなくちゃと思って」

　私は、文字通り絶句した。どう答えていいのか、まったくわからなかった。母は、つんとすまして続ける。

「あなたのお父さまがかつてお世話になった政治家の方々や、その二世議員の方々が、ずいぶんたくさん野党に下られてしまったわ、お気の毒に。まったく、凜子さんも血も涙もない人だこと。わたくしからひと言、言っておかなければなりません。さあ日和、行きますよ。何をぐずぐずしているの」

「いや、お母さん、あの」私はうろたえて、どうにか言葉をつないだ。「そりゃまあ、凜子は総理になったけど……僕たちは一般人のままだし、組閣に対して意見するなんて、そんな権限ない……」

じろりと三白眼で母が私をにらむ。

「なんですか日和。あなた、お母さまに意見するおつもり?」

私の代わりに、所長が震え上がった。所長は、「いえ、いえ、いいえ。とんでもない」と再び発火するくらい両手をこすり合わせた。

「さあ相馬君、ご母堂とご一緒に、即刻、行きたまえ。いや、こっちのほうは大丈夫だから、さあ早く。さあさあ、さあ」

所長に追い出されるようにして、私は母とともに、研究所の入り口前で待機していた実家の車に乗った。後部座席に乗り込むと同時に、母は運転手の岡崎《おかざき》さんに向かって、「じゃ、国会へ行ってちょうだい」と告げた。

「どうせ追い返されますよ」私があきれて言うと、

「馬鹿ね。本気にしたの」母が笑った。

「前を通るだけよ。我が家のヨメに、敬意を表して」

私はますますあきれて、ため息をついた。

敬意を表して、と母は言う。けれどほんとうは、ちょっと自慢したい気分だったのだろう。たくの息子は総理の夫ですのよ、と誰にともなく見せびらかしたいような。

私の母は、そういう人だ。悪くいえば世間知らず。よくいえば、邪気がなく、天然なのだ。

ってどっかで聞いたような気がするな。


結局母に付き合わされて、実家で食事をするはめになった。実家には、お祝いの花や祝電が山と届いていた。もちろん、「相馬凛子さまの総理大臣ご就任を祝して」だ。血縁関係はなかろうと、とにかく「相馬」家から総理大臣が世に出たのは間違いない。

母は上機嫌でお礼の電話を次々にかけ、私はその電話口に引っ張り出されて、政界財界各位に礼を申し述べさせられた。さらにはお祝いに駆けつけた母と仲良しの政界財界関係者と一献ということになり、いつしか相馬家の客間で祝宴ということにあいなってしまった。その間、何度も、ポケットの中で携帯電話が震えていた。電話はすべて富士宮さんからだったが、お偉い方々を前に電話に出ることはかなわなかった。

母の運転手に送られて自宅に帰り着いたのは午前零時近かった。

玄関の電灯はつけっぱなしになっていた。家政婦の下村さんが防犯のためにつけて帰ったのだろう。驚いたのは玄関先の光景だ。

ドアを開けるとすぐに、甘い香りに包み込まれた。目の前に、コチョウランやカトレアの鉢が足の踏み場もないほどに並んでいた。まことに豪華で、見事な花園ができあがっていたのだ。

ランの鉢は廊下からリビング、ダイニングにまであふれていた。「わあ、すごいぞこれは」と思わずひとりごちたその瞬間、がちゃりと玄関のドアが開く音がした。

凛子だ。帰ってきたのだ。私はあわてて廊下を戻り、玄関へ飛び出した。

「おかえり」思わず弾《はず》んだ声を出す。

「あれ、起きてたの」少し驚いた声を出してから、凛子は応えた。「ただいま」

「すごいよ。花がいっぱい、それもランばっかりだ」

つい、うきうきとしてしまう。凛子はリビングまでやってくると、「へえ」とあたりを見回した。

「花園ね。まるで」

「うん。花園だ」

私は、すぐ近くにあった大きなコチョウランの花を指先で揺さぶってみた。「何やってんの？」と凛子が訊く。

「ああ、なんだかね。ハチドリが紛れ込んでいるような気がして。これくらいの大きさなんだよ、ハチドリってね」

ふうん、とランの花に顔を近づけて、凛子がくすっと笑う。

「よかった」

凛子が囁《ささや》いた。私は顔を上げて、彼女を見た。そして尋ねた。

「何が？」

ふうっとため息をついて、凛子はにっこりと笑顔になった。その日、出ていくときに見せてくれたのと同じ、輝く笑顔だった。

「長い一日の最後に、日和クンがいてくれて」

確かに長い一日だった。

気が遠くなるほど長い一日だった。いまや総理大臣となった凛子と自分のあいだの距離が、ぐんと離れてしまったように感じた一日だった。

しかし、まあ、よしとしよう。

よかった、日和クンがいてくれて。凛子のそのひと言を、長い長い一日の最後に、ようやく聞けたのだから。

3

二〇××年　九月三十日　晴れ

未来のいずれかの時点でこの日記を目にしている、おそらくは私の知らない人物であるあなたに対して、いささか藪《やぶ》から棒ではあるが、私が専門とする鳥類が形成する「社会」について、少々述べておきたい。

世界には実にさまざまな鳥が棲息している。全世界ではおよそ九千種の鳥類が存在し、日本には六百三十種以上、世界の鳥類の約六％が棲息していることになる。我が国は実に豊かな野鳥の国なのである。

鳥というのは、通常、同種の個体同士で生活しているのであるが、別の種類の鳥ともさまざまな関係を持ちつつ生きている。一般によく知られているカッコウの托卵《たくらん》（カッコウがオオヨシキリやモズの巣に卵を産みつけ、生まれたヒナを他人ならぬ他鳥に育てさせる）や、海鳥のコロニー（色々な種類の海鳥たちが密集した場所で、それぞれに営巣して共存する）などは、別種の鳥同士、かかわり合いをもって生きるよい例だろう。彼らは誰に教えられなくとも、こうして「種間社会」を形成しているのだ。

鳥類同士、別の種ではあろうとも、むやみに闘うのではなく（むろん、捕食者と被食者という関係にある種も存在するが）、とにかく共存することが、生き延びるための第一歩なのだと、彼らは本能でわかっているのである。

いささか回りくどい暗喩《メタファー》ではあるが、何が言いたいのかというと、私の妻であり第一一一代内閣総理大臣に就任した相馬凛子が発足させた内閣は、連立与党に立脚したものだ。つまりそれは、私の目から見ると、いかにも「種間社会」的内閣であると感じられるのである。

たとえてみれば、カッコウは、連立内閣の第一党「民心党」党首・原久郎。「内閣の卵」を托されたオオヨシキリが凛子というところか。

カッコウ原氏は政界の風雲児だ。そもそも、この人物がもともとの与党だった民権党を割って出なければ、前政権を担っていた米沢内閣は解散総選挙に打って出る必要もなかったわけだし、その結果民権党が与党の座を追われることもなかった。そして凛子はオオヨシキリとして自分の巣（直進党）を守り育てていくだけの話だっただろう。

しかし原氏はそうはさせなかった。あろうことか凛子の巣に連立内閣の卵を産みつけてしまったのだ。この場合の「凛子の巣」とは直進党を指すのではなく、内閣ということになろう。カッコウ原氏は他種の鳥の立派な巣に卵を産み、そこにオオヨシキリ凜子を誘い込んで抱かせたわけだ。そんなアクロバティックなことをやってのける鳥は、実際には存在を確認されていないが。

これはいちおう日記であり、我が妻・凜子が総理大臣に就任したのを記念して書き始めたものである。毎日ものっすごい色々なことがすでに起きていて、それを追いかけるだけでも膨大《ぼうだい》なページを費やさなければならないのはわかっている。しかしながら、どういう経緯で、凜子が米沢前内閣の「倒閣」にかかわり、結果的に政権を手中に収めたか、よく考えてみるとそこのところをちゃんと記しておかないと、この日記の歴史的価値が下がるような気がしてきた。従って、少しまえの話に戻らせていただきたい。

米沢内閣を支える民権党がまだ与党だった頃、私と凜子は、原久郎夫妻のお招きを受けて、夕食会に臨席したことがある。原氏はそのとき、民権党の「前幹事長」という肩書きだった。

かつては幹事長を務めるほど党内で重用されていた原氏だったが、その後政権の座に就いた米沢前総理とソリが合わず、「与党の座にあぐらをかいている場合じゃない。逼迫した日本の状況を変えるためには、まず民権党が変わらなければならない」と、米沢前総理に噛みついていたのだ。

原氏が米沢前総理に歯向かっていたのには理由がある。米沢氏と原氏は、米沢内閣のひとつまえの丹後文三《たんごぶんぞう》内閣が第三次まで続いたあと、丹後氏の後継の席を巡って、民権党代表選挙で戦ったのだ。そのとき米沢氏は党副代表、原氏は幹事長だった。票はまっぷたつに割れたが、辛《から》くも米沢氏が勝利。新代表となり、内閣総理大臣に就任したのだった。

米沢氏の祖父は、かつて内閣総理大臣を務めた米沢富祐《とみすけ》。父は外務大臣を務めた米沢富太郎《とみたろう》。息子も衆議院議員。米沢家といえば政治家（しかもずうっと与党）の代名詞のようなイメージだ。一方、原氏は、民権党幹事長だった故・遠藤淳弥《えんどうじゅんや》氏の秘書を長らく務め、叩き上げで政治家になった骨太な人物。剛毅《ごうき》で闊達《かったつ》、歯に衣着《きぬき》せぬ物言いで民心を巧みにつかみ、選挙にめっぽう強い。尊敬する人物は伝説の総理大臣、田中角栄《たなかかくえい》だとか。真逆なタイプのご両人は、同じ党の傘下にあっても、長らく火花を散らし合ってきた。

原氏は、「米沢総理のようなサラブレッドタイプは、正直苦手だ」と、はっきりと言った。あの夜、晩餐の席で、私と凛子の目の前で。

「などと申し上げては、財界のサラブレッドである相馬博士に失礼でしたね」

お招きを受けた晩餐の席——都心のホテルの最上階にあるフレンチレストランの個室

だった——で、原氏は、乾杯もそこそこに、米沢総理の批判を始め、前述の発言に至った。そして、自分で自分の言ったことに、わはは、と声を上げて笑ったのだった。

私は、そのとき、野鳥の生態を観察するがごとく深い興味をもって原氏の笑い方を観察していたので、彼の発言内容にはさして頓着しなかった。へええ、政治家というのは、自分の言ったさえない冗談を自分でフォローするみたいに、わはは、と大声で笑うもんなんだな、とそっちのほうに気がいっていた。凛子率いる直進党の幹部には若い人が多く、原氏のようにいかにも政治家然とした人物にまみえたのは、私にとってはそのときが初めてだった。片手にブランデーグラス、片手に葉巻、膝の上には白いペルシャ猫。大物政治家ってそんな感じかな、などと、お目にかかるまえは想像していた。

ところが目の前にいる大物政治家・原久郎は、ずいぶんとあっけらかんとしたにぎやかなおじさんで、聞けば、酒も飲めないしタバコも吸わない、当然膝の上にはペルシャ猫などいなかった。

「いえね、ご存じの通り、私、高卒でしょ。相馬さんたちみたいに、やたらきらきらした学歴やお家柄の方々を目の前にすると、まぶしくってしょうがないんですよ。ああ、なんかさっきからもう、目が開けていられないくらいだ……ちょっと失礼」

そう言って、原氏は、顔を伏せると、背広の内ポケットをごそごそと探り、太い黒縁のメガネらしきものを耳にかけた。さては「まぶしさ」のあまりサングラスかけちゃいますか、と私は思わず身を乗り出した。原氏は、ぱっとこっちに顔を向けた。虫メガネのごとく分厚く丸いレンズの黒縁メガネをかけた顔を。

隣りでぶっと噴き出す音がして、凜子が一瞬、手で口をふさいだ。それから、まったく遠慮もなしに、あははは、と気持ちよく笑い声を放った。

「まあ、あなたったら。そんなおかしな顔見せたら、相馬先生たちがびっくりなさるでしょ」

たおやかなフォローを入れつつ、原夫人も笑い出した。原氏の奥方は大変よくできた人だとこの時点でわかった。凜子のまさかの大笑いをごまかすために、ご自分も思い切り大きな声で笑ったのだから。

私はといえば、あっけにとられて原氏の牛乳瓶の底のごときメガネ顔を注視するばかりだった。とっておきの一発芸を見せられて固まっている私を、分厚いメガネレンズの向こうの目が面白そうに眺めている。

「はあ、さすが相馬一族の御曹司ですねえ。私のこのメガネ顔を初見した人は、たいがい凜子さんのように爆笑するんだが……びくともしないとは」

「この人、笑いのツボが、一般人と違うもんですから」

笑い過ぎて息を切らしながら、凜子がフォローを入れてくれた。が、原夫人とは違って、微妙なフォローだった。

「そのメガネは本物ですか」私が訊くと、

「ええ。パーティーグッズじゃありませんよ。かけてみますか？」

言いながら、原氏はメガネを差し出した。私はそれを装着してみた。たちまち世界がぐるんぐるん回るようだった。ひどいことに、私の牛乳瓶底メガネの顔を見て、今度は原氏が笑い出したのだった。

そんなわけで、高級フレンチレストランの個室内で緊張をはらんでいた空気は、なごやかな（というよりもかまびすしい）雰囲気に一変した。

原氏は、極度の近眼ではあるものの、それ以上にツカミのある人物だった。牛乳瓶底メガネばかりでなく、一瞬にして人心をつかむ技をもっている。彼が師匠と仰いだ政治家・遠藤氏も、学歴だのなんだのは関係なく、それに気づいて原氏を重用したのではないだろうか。

その夜の会食は、「ごく私的な食事会に相馬党首をお誘いしたい」と、原氏の私設秘書から凛子の秘書の島崎君を経由して打診されたものだった。民権党の黒幕、次期総理大臣最有力候補と目されている原久郎からの突然の接触に、凛子は当初警戒した。会食の参加者の顔ぶれを尋ねると「原久郎夫妻のみ」ということで、秘書も同行しないという。凛子は原氏のメッセージに勘づいて、ならばこちらも夫を連れていきましょう、ということになった。もしもこれが原派の議員や秘書を引き連れての会食だったとしたら、凛子は警戒するあまり出席を断ったかもしれなかった。

原氏は「ごく私的な会食」、つまり、「原久郎と相馬凛子、サシで話そうじゃないか」とメッセージを送ってきたわけである。私は刺身のツマでしかないので、まあ添え物としておとなしく隣りに座っていさえすればよかった。

凛子のほうは、そうはいかない。いったい原久郎は何を企《たくら》んでいるのかと、会食のまえはずいぶん気を揉んでいた。それでいてちょっと楽しみな様子でもあった。

私は凛子に訊いてみた。「君は原さんという人物をどう見てるの？」と。

凛子は即答した。

「腹黒い。……原久郎なだけに」

なるほど、と私はうなずきかけて、

「それって問題じゃないの？」とあわててもう一度訊いた。ハラグロい人物にハラグロい計画など持ち込まれたりしたら、どうするというのだ。

「そうね。問題かもしれない」さらりと凛子は返した。

「でも、ハラグロ（原久郎のあだ名らしかった）は、自分もすごく苦労してるから、人の苦労も理解できるし、いままで以上に苦労することもいとわない、そういう政治家じゃないかな。私は、『原久郎は腹黒い政治家である』という風評よりも、『原久郎は苦労人である』という事実を信じるわ」

苦労人……久郎なだけに。と言いかけて、のみ込んだ。

「じゃあ、原さん夫妻とお目にかかって、どんな話題になってもとにかく受けとめるということだね」

もっともらしいが、かなりあいまいなことを言ってみた。凛子は「まあね」と微笑《ほほえ》んだ。

「敵は百戦錬磨だからね、気をつけるわ。あ、あなたは何があってもにこにこしててくれれば、それでいいからね」

まあ、刺身のツマは黙っとれと。そういうことか。

そうしてまみえた原久郎は、なかなかどうしてチャーミングなおじさんだったわけだ。

「私は無学な人間ですが」と、前菜の鴨《かも》肉のテリーヌの上でナイフとフォークをせわしなく動かしながら、原氏は謙遜して言った。

「あなたのご母堂、真砥部夕先生のご著書は、あまねく拝読しています。『メタグローバル社会を生き抜く日本』は、私の座右の書ですよ」

「ありがとうございます」凛子は、少し頬を紅潮させて応えた。彼女は国際政治学者であった亡き母を深く尊敬している。そして原氏が挙げた一冊は、彼女もこよなく愛する座右の書だった。

「それに、ご尊父の絶筆……『解剖台の上のミシンとこうもり傘の偶然の出会い』も、さっぱりわけがわからないながら、なんだかたまらん物語でしたね」

今度は私が噴き出しそうになってしまった。凛子が小学生のときに急逝した彼女の父、夭折《ようせつ》の天才作家・真砥部惇の絶筆のタイトルを、つっかえずに諳《そら》んじた人物に初めて会ったもので。読んでいないとしか思えない原氏の感想だったが、舌を嚙みそうにシュールなタイトルをすらりと口にしたということのほうに、凛子はすっかり興奮してしまったようだった。

「両親の著作をお読みいただいているとは、光栄です。原先生は、ずいぶん読書家でいらっしゃるんですね」

凛子がうれしさをどうにか抑えながら言うと、

「それで近眼になっちゃいましてね」と原氏は笑った。あのメガネレンズの分厚さからすると、数万冊は読んでいるということになろうか。

まったく、原久郎は巧みに凛子の心をつかんだ。原氏が指揮者《コンダクター》となって、会話の入り口を作り、流れを生み出し、またたくまに両者は打ち解けた。彼が、凛子の興味を引きそうな話題を詳細に検討してきたのは間違いなかった。

それにしても与党の大物と野党の中の小勢力の党首の対話なのだ、普通ならばこちらのほうが相手の肚《はら》を探って、多少なりとも下手に出なければならないだろう。ところが凛子はそういう根回しや肚の探り合いのようなことがどちらかといえば苦手であり、とにかくなんであっても直球勝負というのがポリシーだった。それが相馬凜子という政治家の最大の魅力であり、ウィークポイントでもある――ということを、本人はどこまで自覚しているであろうか。

なごやかな雰囲気の中、コース料理は冷たい前菜、温かい前菜、スープ、メインと順調に進んだ。原氏は乾杯のシャンパンに少し口をつけただけで、すぐにペリエに切り替えてしまった。夫人もペリエを飲んでいる。私もあまり飲むほうではないので、ワインをちびちびとやっていた。凜子だけが、大いに飲んでいた。彼女はめっぽう酒が強く、ちょっとやそっとでは酔っぱらったりしない。しかし与党の大幹部に持ち上げられて気分が高揚したのか、かなり気持ちよさそうな顔になってきた。

原氏は実に巧みに会話を運んだ。当たり障《さわ》りのない会話のあいだに、ちらほらと米沢内閣への批判を、これまた当たり障りなく紛れ込ませた。野党の党首に与党の幹部が身内の悪口を囁くなどということは、普通ならば考えられない。が、原氏は自分が与党にいながらにして悶々《もんもん》としている現状を、凜子に遠回しに伝えようとしているようだった。

彼の思惑は、いったいどういうものなのだろうか。

凜子は、与党民権党の長いあいだの一党支配体制によって、政治家と官僚とが癒着《ゆちゃく》し、省庁が民間企業と癒着しているのを、直進党の結党以来ずっと糾弾し続けてきた。少子化対策や税制改革についても、歴代内閣がなかなか着手しないことに苛立《いらだ》ちを募らせていた。

米沢内閣は「ご学友内閣」と呼ばれ、米沢派に属する毛並みのいい議員ばかりを重用し、まさしく自分にだけ気持ちのいい内閣を作り上げていた。そんなわけで、凛子は、米沢内閣に反感を覚え、日々じりじりとしていた。

「米沢内閣はもはや末期症状に陥っていると私は目《もく》しています」

だいぶ気が大きくなっているようで、目の前にいるのが与党の大幹部であることも忘れたかのように、凛子は言い放った。

「先日、暁星《ぎょうせい》新聞の世論調査で、内閣支持率が三割台に落ちましたよね。三割を切るのは時間の問題です。国民の心は米沢内閣からとっくに離れています。これ以上米沢総理に政権を任せ続けるのは国難を招くだけですよ」

「おっしゃる通りです」原氏は、落ち着いて凛子の言葉を受け止めた。

「だいたい、民権党の一党支配が長過ぎるんです。もう二十年以上も与党だなんて、正常な民主主義政治が行われているとはとても言えない。適度な政権交代が為《な》されなければ、なれ合いと腐敗が蔓延《まんえん》する。そのとばっちりは国民が受けるんです」

「ごもっとも」と原氏。お隣りの夫人も、にこにこしている。

私は、「ちょっ……凛子さん、言い過ぎだよ」と、すっかりいい気になっている妻を小声で制した。

「相手を考えて話さなくちゃ……あちらは与党の大幹部なんだよ」

「あら、わかってるわよ」凛子は目の周りを赤くして言った。

「原先生は、米沢総理みたいにちっちゃい男じゃないのよ。大人物よ。大局を見据《みす》えてらっしゃるのよ。だからこうして、私の話も、どーんとこいなのよ。違いますか、原先生？」

「いいえ、その通りです」原氏はにこやかな顔で受け答えする。

「私を大人物と言っていただくのは、ちょっと言い過ぎかもしれませんがね」

ふたりのやり取りに、私は少々不安を覚えた。鯛《たい》とまぐろの対話に刺身のツマが割って入るのは間違いだろうが、どうもハラグロ、腹にいちもつ持っている感じだ。でなくちゃ、そもそも、こんな晩餐の席を設けるはずもないじゃないか。

グラスの底に残っていたグラン・エシェゾー05年をくいっとあおると、凛子は、空になったワイングラスをテーブルに戻した。それから、まっすぐに原久郎の顔を見据えると、

「今国会で内閣不信任決議案を提出したら、どうされますか」

いきなり言った。一瞬、私は血の気が引いてしまった。

内閣不信任決議。

日本国憲法第六十九条――内閣は、衆議院で不信任の決議案を可決し、又は信任の決

議案を否決したときは、十日以内に衆議院が解散されない限り、総辞職をしなければならない。

つまり、衆議院から不信任決議を突きつけられた内閣は、自分を不信任とした衆議院を解散して総選挙に打って出るか、総辞職をせざるを得ない。不信任決議案とは、野党にとっては国会における伝家の宝刀ともいえる。与党との対決色を前面に出し、国民に「野党蜂起《ほうき》」を印象づける最強のカードだ。

しかし通常、衆議院の議席は与党が過半数を占めているわけだから、野党が一丸となって不信任決議案を提出しても、ほとんどの場合は否決されてしまう。従ってこのカードはよほど慎重に切られなければならない。あっさり否決されれば、国民に「やっぱり野党はだめだ」とか「まとまりがない」とか「任せられない」とか、逆に失望されてしまいかねない。

否決されるとわかっていて提出されることもある。ただしその場合は、よほど野党が一枚岩となって内閣に「ＮＯ」と言える団結力がなければならないし、国民からは「やるだけのことはやってくれた」と一定の評価を得られる目算がなければならない。伝家の宝刀ではあるのだが、いってみれば諸刃《もろは》の剣《つるぎ》なのだ。

凛子はそのとき、直進党党首になって八年、衆議院における議席数は五。「新党おおぞら」、「革新一歩党」に続く野党第三の党だった。ニュースなどで野党各党の党首コメント紹介となると、三番目に凛子が登場する。つまり、政権に一枚嚙むことなど、どう転んでもできない立ち位置なわけだ。

その凛子が、確かに苦労人ではあるかもしれないが与党の大物で腹黒くて政界の黒幕である原久郎に向かって、いきなり「最後のカード」をちらつかせた。これには私も驚いた。

仮に最後のカードを切るとしても、凛子ではなく、野党第一党である新党おおぞらの箱根党首あたりがやるべきことなんじゃないか。つまりは、野党を完璧にまとめる根回しができる人物こそが、やるべきことなんじゃないだろうか。

凛子って、そこまで政治家として成長してたんだろうか。私の知らないあいだに。だとしたら、それはそれですごいけど。

などと、私はひとりであわあわしていたが、内閣不信任決議案の提出案を突きつけられた原久郎は、口の端を微妙に持ち上げてにやりと笑った。その笑い方は、ちょっと黒幕っぽい感じがして、再び私の興味を引きつけた。

「やはりあなたは勘のいい方ですね、相馬さん」

原氏の物言いは、さてこれから裏取引をしましょう、という感じの、悪代官と通じた越後屋ふうな響きがあった。

「実は私は、そのひと言をお聞きしたいがために、今日、あなたがたご夫妻をこの席にお招きしたのです」

原氏は、ほんの少し上体を前に傾けると、とっておきの商談を始める越後屋ふうな身の構えで、囁いた。

「ご一緒に、倒閣しましょう。……私は造反に回ります」

倒閣、ではなく、「倒幕」と私の耳には聞こえてしまった。いささか時代がかった原久郎の物言いのせいだろうか。

その瞬間に、日本の命運を決定づける秘密を、私は共有させられることになってしまったのだった。

思えば、あの晩餐よりもずっとまえから、おそらくは米沢氏との一騎打ちとなった民権党代表戦に敗れた瞬間から、策士・原久郎は内偵を始めたのだろう。

自分が組むにふさわしい野党の人間は誰か。自分が造反をしかけるにあたって、その火薬を詰めるに適した器はどれか。

秘密裡《ひみつり》に、慎重に、原氏は野党の中を探ったに違いない。

そして発見したのだ。癒着を嫌い、惰性を嫌い、本気で日本を変えていこうという気概にあふれた、ジャンヌ・ダルクのごとき闘う女性政治家、相馬凛子を。

あの夜、原久郎と凛子のあいだで交わされた密約。米沢内閣を倒し、連立政権を樹立する――しかし、その時点では、凛子はまだ、自分が総理大臣になろうなどとは想像もしていなかったはずだ。すべてがうまく運んで、もしも連立政権樹立となったら、総理大臣には当然原氏が就任し、自分は何かの大臣ポストに充てられるかも、という程度の期待はあったかもしれないが。

まったく、原久郎は底知れぬ人物だった。晩餐の席では、彼がとっくに描いていたはずの政界再編の青写真の破片すらも見せなかった。ただひと言、ご一緒に、倒閣しましょう、と言ったきりで。

それにしても、あの夜の帰り際の原氏のひと言。いまなお、はっきりと覚えている。レストランの個室を出るとき、ドアの脇に立って、原夫妻は私たちを送り出してくれた。原久郎、まずは凜子と握手をして、にこやかに彼女を部屋の外へ送った。そして、続いて出ようとする私に、こう言ったのだ。

「連立政権樹立の暁《あかつき》には、ご実家のご援助、期待させていただきます」

ていねいに一礼すると、口の端を釣り上げて、にやりと笑った。

腹黒き黒幕の苦労人が、私の妻を総理に祭り上げたのは、それから三ヶ月後のことだった。

4

二〇××年十月四日

我が妻・相馬凛子が第一一一代内閣総理大臣に就任、相馬内閣が発足して二週間が経過した。

それにしてもなんという二週間だったことだろう。あまりにも怒濤《どとう》の日々過ぎて、日記をつけ始めていたこともうっかり忘れていたくらいだ。十歳の頃からつけ続けている「野鳥観察日誌」のほうは、これはもう朝起きて歯を磨くのと同じくらいに慣例化していることもあり、あいかわらず続けているのだが。

当然のことながら、野鳥の生態は、まったくもって安定している。朝とともに鳥たちは目覚め、さえずり、食物を探しに飛び立ち、日暮れとともにねぐらへと戻る。春には春の、秋には秋の、彼らの暮らしがある。それはもう何百年も何千年も、ほとんど変わらず、朝昼夜、春夏秋冬、繰り返されている。人間が彼らの環境を脅かし、彼らの生態系を狂わせる破壊を行ってもなお、彼らは彼らの暮らしを淡々と繰り返し、変わることはない。

それにくらべて、私たちの暮らしはどうか。

私の場合、子供の頃から、劇的に生活環境が変わる機会はさほどなかった。「世間知らずのおぼっちゃま」とか「浮世離れしている」とか、さんざん言われたものだ。しかし、悔しいかな、おそらくそれは的を射ていた。母に溺愛され邸《やしき》の中で守られて、かなりぬくぬくと育ってきたことに間違いはないのだから。

いつだったか、一方的に私に言い寄ってきた女性に言われたことがある。「あなた、自分自身を振り返ってみたことがあるの？　何かと言えば鳥、鳥って。鳥のことばっかり言ってるけど、そんなあなたがカゴの鳥なのよ！」

言い得て妙ではあった。カゴの鳥とは、自分がカゴの鳥であることを一切意識していないはずなのだ。いや、もっと言えば、鳥は自分が鳥であることだって意識していない。自分がウグイスなのかカナリアなのかさえも、彼らは意識することなどない。

まあとにかく、「カゴの鳥」だった私を、空に放ってくれた人。それが、凛子だったのだ。

彼女は、べつだん、そうしようとしてそうしたわけではない。つまり、世の女性たちから「カゴの鳥」呼ばわりされている私に自由を与えようとして、カゴの戸を開けてくれたわけではない。彼女は私を「カゴの鳥」であると認識したのではないし、私が何ものかに囚《とら》われて不自由だと憐《あわ》れんだのでもない。ある日、何気なくやってきて、そうすることが当然であるかのように、いきなりカゴの戸を開けたのだ。そしてその瞬間に、私は初めて意識したのだった。それまでの自分が「カゴの鳥だった」ことを。

自由を得た私は、凜子の後を追って大空へ羽ばたいた。そして、その昔、私の祖父が住んでいた古色蒼然《そうぜん》とした邸（つまり私の父の実家）を、彼女と私の「巣」と定めた。

……と、いまうっかり「愛の巣」と書きかけて消したのだが、暗喩《メタファー》を使うにしても「巣」と「愛の巣」ではえらく感じが違う気がするが、どうだろうか。

話が大分横に逸《そ》れてしまったが、そんなわけで、私が三十八年の人生の中で大きく生活環境を変えたのは、凜子と結婚して祖父の家を新居と定めた、ただ一度きりだった。

以来十年間、私たち夫婦の生活には、劇的な変化は訪れなかった。そりゃまあ嫁姑《しゅうと》問題や一族のいざこざがなかったといえば嘘《うそ》になるが、私たちの暮らしを脅かすほどのものではなかった。凜子が衆議院議員に立候補し、見事当選したときは、さすがに「すごい人だなあ……」とあっけにとられたが、もともと政策系シンクタンクの研究員だったわけだし、国際政治学者だった母親の影響もあって、彼女が政界にやがて進出するだろうことはうっすらと感じていた。だから、なるべくして国会議員になったといえば、そうなのだ。

しかしまさか……妻が総理大臣になるところまでは、想像できなかった。自分の想像力の貧弱さを、いまとなっては恥じている。とはいえ、世の中の夫諸君のほとんどが、自分の妻が総理大臣になるとはあまり想像しないだろうけど。

というわけで、我が人生における二度目の地殻変動が起こった。相馬内閣始動とともに、夫である私の生活も、いやおうなしに変わらざるを得なくなったのだ。

凛子が総理大臣に任命されてから、早速、目に見えて物理的な変化が訪れた。

まず、我が家の門前の両脇に「ガードマンボックス」がお目見えした。プレハブでできていて、人ひとりがすっぽり入る大きさだ。ここに二十四時間体制で警備の人が詰めている。暑かろうが寒かろうが、雨が降ろうが風が吹こうが、彼らは門の両脇を固めてくれている。まるでリアル仁王門だ。私は自分の家に出入りするつど、この頼もしき仁王たちに「お務めどうもご苦労さまです」と頭を下げる。

「番記者」というのが現れた。凛子が出かける時間帯に、彼らはすでに門前で張っている。総理の動静を事細かに探るのが、彼らの役目のようだ。マスコミ各社から派遣されているとのことで、十名ほどがうろうろしている。凛子が迎えの車に乗り込むと、それっとばかりに彼らも社用車に飛び乗って後を追う。ほとんどが若い記者で、女性も半分くらいはいる。彼らは、総理大臣官邸で、凛子が立ったまま数分間コメントする「ぶらさがり取材」もするし、国会の総理大臣室の前にもたむろしているし、夜、ホテルのレストランなどで行われる私的な会合でも、個室前の廊下で立って待っているんだそうだ。そして、凛子が帰宅するまで、とにかく一分一秒たりとも彼女の行動から目を離さず、後を追いかける。そんな状況だから、よからぬ企みなどできっこないし、浮気もできない。私としては、むしろ安心だ。だから私は、この親衛隊のごとき若者たちにも、会えば必ず「いつもありがとうございます」と礼を述べることにしている。

親衛隊がダンゴになって追いかけるのは、「総理大臣公用車」。これもまた、凛子が総理になってから現れた頼もしい車だ。国内某自動車メーカー、ぴかぴかの黒塗り、そして防弾ガラス付き。助手席ではSP（セキュリティポリス）のリーダーが目を光らせ、後部座席には凛子と、野党時代からの秘書・島崎君が乗り込む。前後を護衛車に挟まれ、似たような黒塗りの車複数台（これは影武者だそうだ）も付随して走る。その後を親衛隊の車がくっついていくというわけだ。大名行列とまではいかないだろうが、ものすごく大掛かりであることは間違いない。さらに驚くべきことに、これは島崎君から聞いたのだが、地方に限っては総理の公用車が通る道路はすべて青信号になっているのだという。嘘だあ、そんな都合のいいことがあるもんか、と私は笑ったが、「総理の車は一秒たりとも公道で停止してはならないんですッ」と島崎君は鼻を膨らませて言い返した。

別に法律でそう定められているわけじゃないが、総理の公用車はとにかく別格に優遇されている。一国の首相たるもの、一秒も無駄にはできないということなのだ。何よりも、テロの標的にならないために、というのが第一義の理由なのだろう。

凛子はいままでも直進党の公用車で国会や議員会館へ通ってはいたものの、極めて燃費のいいごく普通のエコカーで、このたび用意された公用車に比べればかわいらしいものだった。

凛子が衆議院議員に初当選し、初めて国会に出向くにあたって、私の母が「ちょっとはましな車の提供」を申し出たことがある。せっかく国会議員になったのだから、もう少し景気のいい車にお乗りなさいな、なんならうちで一台手配してもよくってよ、と。しかし凛子は丁重に断った。車提供の申し出は母なりのご祝儀だとわかってはいたが、政治家としてデビューするにあたって、必要以上に相馬家との関係性をおおっぴらにしたくはなかったのだ。それで、母の機嫌が悪くなった。相馬家の嫁があんな貧乏臭い車に乗って国会に出向くだなんて、みっともない、と。総理大臣専用の公用車に相馬家の嫁が乗り換えて、結局、誰よりも満足したのは母かもしれない。

ＳＰの人数も、総理大臣指名直前のふたりから、指名後には八人に増えた。男性が六名、女性が二名。彼らは警視庁に所属する約四万人の警察官から選抜された警備のプロフェッショナルで、いざというときには文字通り体を張って総理を守る役割を果たす。

もちろん、そうなる以前に怪しい人物や動きを察知したら、未然に防がなければならない。そのため、全神経を凛子の周囲に張り巡らせ、凛子の行くところの四方八方を守る。いうなればリアル十二神将だ。八人だけど。

男性陣は身長一七三cm以上、屈強な体つきで、近づけば投げ飛ばされそうな気迫の持ち主ばかりである。そして男女にかかわらず、全員柔道や合気道の有段者である（ちなみに私は書道三段なのだが、全然かなわない）。彼らは一様に黒いスーツを着て、無線のイヤホンを耳に装着している。そして、これはあまり想像したくないのだが、彼らの背広の内側には拳銃がきっちりと隠されている。

いやはや、ほんとうに凛子の周辺は物々しくなった。私も、なんだか自分の家なのに出入りに気を遣うし、「私担当」の広報スタッフ、富士宮さんには「誰に何を聞かれても、総理に関して絶対に無用なことは言わないでください」と固く口止めされている。わかりました、とすなおに応えたのだが、よっぽど信用がないのだろう、勤務先の善田鳥類研究所と自宅のあいだを党用車で送迎されることになってしまった。富士宮さんいわく、「日和さんは人がいいので、地下鉄なんかで通って拉致されたら大変です」。どこその週刊誌の記者に跡をつけられて、ちょっとお話を聞かせてください、などと、どこかへ連れていかれたら困る、と。ほとんど小学生並みに心配されているようだ。

だいたい、凛子から漏れ聞いた政界のこぼれ話などを誰かに話したくなったとしても、彼女が総理になってから、私たちはほとんど向かい合って話らしい話などしていないのだ。

そう、私たちの日々の暮らしの中で、それがもっとも大きな変化だったかもしれない。凛子が国会議員になってからというもの、私たち夫婦が一緒に過ごす時間は格段に減った。

結婚してから衆議院選に立候補するまでは、週に二回は一緒に夕食をとったし、週末も一緒に過ごすことが多かった。母に呼びつけられて私の実家に出向くことも多かったけれど、凛子はいかなる場面でも空気を的確に読み、相手の出方を考えて行動するので、母と向き合えば笑顔を絶やさず、いつ準備したのか、母が気に入りそうなちょっとしたギフトなどを持参することも忘れなかった。

実家に足を踏み入れれば、私が大学生のときに他界した父の遺影に、まず丁重に頭を下げる。特に頼んだわけではないが、最初からそうしてくれた。母は、自分から私を奪った嫁を憎たらしく思っていたわけだが、彼女のその所作にいたく感心したらしい。以来、ときおり虫の居所が悪いときはあっても、嫁姑が面と向かって大げんかするような修羅場を見ることは一度たりともなかった。

そんな具合で、凛子が政治の世界に足を踏み入れるまえは、平日でも外で待ち合わせて食事に行ったり、映画に行ったり、本屋で本を探したり、新婚夫婦らしく仲睦《なかむつ》まじい生活を営んでいたわけだ。凛子が興味を持つものに私も興味を持ったし、凛子が行きたいところに私も行ってみたかった。なんであれ、私は凛子に付き従って行動するのが楽しかったし、うれしかった。凛子はそんな私をほとんどの場合受け入れてくれたが、ほんとうにひとりになりたいときには「今回はひとりで行きたいんだ」「しばらくひとりにしてくれる？」と正直に言ってくれた。そういうところも彼女の美点であると思う。

おや、また話が脱線だ。どうも凛子のことになると、私はあれもこれも書き付けておきたくて、むずむずしてしまうようだ。

相馬内閣発足以来、私と凛子が面と向かい合うのは、朝、彼女が食卓に着く十五分だけ。この日記の冒頭で書き綴《つづ》ったように、総理の夫たる私には凛子の健康に気配りする義務があるので、せめて朝食だけはきっちり食べてもらおうと決意した。シーザーサラダ、ブラウンフレーク、烏骨鶏《うこっけい》の玉子かけご飯、あれこれ工夫して準備してみるものの、いまや総理となった妻は落ち着いて朝食も食べていられない。なにせ、朝食のテーブルにすら誰かが臨席している。そのほとんどは、いまや総理大臣の政務担当秘書官となった島崎君だった。

私は、毎朝いちばんに公用車に乗って我が家にやってくる島崎君がなんだか気の毒で、「うちに引っ越してくれれば？」と、こっそり、しかし大真面目で誘ってみた。島崎君は、一日の終わりに凛子を我が家まで送ってきて、そのまま応接間で深夜まで打ち合わせをして、中野坂上《なかのさかうえ》にある自宅へ帰る。そして翌朝七時には、再びうちへやってくる。休みの日もひっきりなしに連絡してくるし、凛子が出かける先にいつも随行する。間違いなく、彼の私的な時間は凛子のために奪われている。凛子は彼を大変頼りにしているので、彼に倒れられでもしたら大いに困る。そんなことにならないうちに、うちに三つある客間のひとつを彼の部屋に提供して一緒に住めばいい、と思ったのだ。

「やだなあ日和さん。それじゃあ総理も僕も、まったくプライベートがなくなっちゃうじゃないですか。勘弁して下さいよ」

　私の提案に、島崎君は苦笑していた。

「君にプライベートなんてあるの？」と私が訊くと、

「そんな寂しくなるようなこと、言わないでくださいよ」島崎君は、ちょっとふくれた。彼には妻君と息女がいて、いつも彼の帰りを待ちわびているのだ。

　とにかく、朝の十五分間、夫婦で向かい合っても、ふたりきりでもないし、いまや凛子の関心のすべては国政にあるわけで、私が彼女に話しかける内容も限られ、彼女から特別な何かを聞かされることなどもない。

　しかし、それでも彼女は忘れないのだ、私にささやかな何ごとかを語りかけるのを。

「アホウドリの棲息数のデータはもう出た？」、「徳田所長はお元気かな」、「日和クンの淹れてくれたコーヒー飲むと、しゃきっとするわ」。

そのつど、私は明るい気分になる。彼女の心のどこかに私がちょこっと座る場所を空けてくれているのだ、とうれしくなる。

凜子は、今日も元気で、この国をよりよくするために奮闘する決意なのだ。ならば私もがんばろうじゃないか、と力が湧いてくる。


凜子が第一一一代内閣総理大臣に指名されてすぐ、組閣が行われた。

もちろん、事前に、連立を組む与党となる五つの政党――民心党、新党おおぞら、革新一歩党、新党かわる日本、そして直進党――のあいだで、誰にどのポストを預けるか、協議を重ねたらしい。凜子は決してそうは明言していなかったが、組閣の結果を見れば、今回の連立内閣の仕掛人、民心党党首・原久郎が仕切ったとわかる。私がわかるくらいなんだから、国民のほとんどがそう感じるに違いない人事だった。

先頃まで与党だった民権党から離脱して民心党を立ち上げた原氏。政局をダイナミックに再編させた立役者である彼は、「この国の政治を抜本的に変えていく」というひと言で、凜子を取り込んだ。

まさかの史上最年少・史上初の女性総理の誕生のために動いた政界の黒幕は、相馬内閣組閣でも暗躍したようだ。もちろん、総理となった凛子が組閣の指揮を執《と》り、連立与党各党首の意見も取り入れたに違いないが、「空気を読む」凛子のことだ、原氏の意見を最大限に尊重しつつ組閣したことだろう。

相馬内閣の布陣を、以下に書き留めておきたい。大相撲《おおずもう》の番付並みにボリュームがあるのだが、後々のことを考えると、ここに記しておくのは意味があると思うので、あえて書く。

まずは、官邸周辺（内閣官房）の人事。

内閣総理大臣　相馬凛子（42）直進党党首
内閣官房長官　小津智祐《ともすけ》（45）直進党前幹事長
官房副長官（政務担当、衆議院より）小石川輝信《こいしかわてるのぶ》（58）民心党
官房副長官（政務担当、参議院より）陣内忠久《じんないただひさ》（48）革新一歩党
官房副長官（事務担当、官僚出身）石田堅一《いしだけんいち》（66）旧自治省事務次官ＯＢ
内閣総理大臣補佐官（少子高齢化担当）　岡林弓子《おかばやしゆみこ》（40）新党おおぞら
内閣総理大臣補佐官（北海道・沖縄・安全保障条約担当）木内信也《きうちしんや》（41）民心党
内閣総理大臣補佐官（北朝鮮問題担当）上松《かみまつ》　一《はじめ》（44）新党かわる日本
内閣総理大臣補佐官（環境担当）白井《しらい》　翔《しょう》（39）新党おおぞら

内閣総理大臣補佐官（社会保障担当）海野友哉《うんのともや》（40）革新一歩党

さらには、総理大臣の側近として、五人の秘書官が任命された。このうち四人は外務、財務、経済産業、警察の各省庁から派遣された官僚である。山岡久《やまおかひさし》（外務省）、山内等《やまうちひとし》（財務省）、大山徳弘《おおやまのりひろ》（経済産業省）、山根快《やまねかい》（警察庁）。そして、政務担当秘書官として、我らが島崎君が抜擢《ばってき》された。この五名を総称して、のちに「相馬五山」と呼ばれるようになる。全員、姓名に「山」がつくからだ（島崎君の姓名は『島崎虎山』という。高名な書家であるご尊父の命名らしい。初めて名刺を見たとき、人懐っこそうな顔つきとのギャップに驚かされた。ちなみに島崎君は寅《とら》年生まれで、山形市山家町《やんべまち》出身である）。

次に、相馬内閣の陣容は以下の通りである。

総務・地域主権大臣　秋庭友香《あきばゆか》（48）東大大学院教授、民間より指名
法務大臣　江川俊《えがわたかし》（58）民心党
外務大臣　遠藤由一《えんどうよしかず》（47）民心党
財務大臣　古野公人《ふるのきみと》（56）民心党
文部科学大臣　行山明子《ゆくやまあきこ》（53）直進党

厚生労働大臣　橋爪京助《はしづめきょうすけ》（59）革新一歩党
農林水産大臣　細田義彦《ほそだよしひこ》（60）革新一歩党
経済産業大臣　小川《おがわ》　光《みつる》（58）民心党
国土交通・海洋大臣　喜多《きた》　潤《じゅん》（55）民心党
環境・防災大臣　松田由実《まつだゆみ》（49）直進党
防衛大臣　久永鋭一郎《ひさながえいいちろう》（51）民心党
沖縄・北方大臣　富沢留璃子《とみざわるりこ》（53）新党かわる日本
国家公安委員会委員長・拉致担当大臣　片岡駿祐《かたおかしゅんすけ》（60）新党おおぞら
郵政・金融大臣　田野村龍一《たのむらりゅういち》（55）新党かわる日本
経済財政・消費税担当大臣　沖田美弥子《おきたみやこ》（53）新党おおぞら
国家戦略・科学技術政策担当大臣　荻野目優太《おぎのめゆうた》（47）民心党

どうみても、重要大臣のポストは民心党が占拠しているように見える。しかしまあ、もっとも重要なポストが直進党（凜子）なのだから、私的には文句の言いようがない。

この相馬内閣一覧表を見て、きっとあなたは、「で、原久郎はどこにいるんだ？」と不思議に思われたに違いない。そう、いいところに気がつきましたね。

ここまで仕切っておきながら、肝心の自分の立ち位置を、原氏はいったいどこに据えたか。

原久郎は、「連立与党協議会議長」となった。その立ち位置は官邸内部でもなく、肩書きは大臣でもない。議長といっても衆議院や参議院の議長でもない。新内閣の布陣に関する公的発表として、テレビニュースにも新聞にもネットにも名前が出てこない。どこにも、なんにも、原久郎のハの字も見えない。

私も、官房長官となった直進党前幹事長の小津智祐氏が内閣の顔ぶれを発表するニュースをテレビで観ていて、「あれっ?」と声を上げたくらいだ。だって、原久郎の名前がまったく出てこないなんて、そんなはずないじゃないか。

おかしいな、と思っていたら、翌日の朝刊の三面に、中くらいの扱いで「民心党党首原久郎氏　連立与党協議会議長に就任」と掲載されていた。そして、一見中途半端に見えるそのポストの重要性が、こう説明されていた。

——連立与党協議会とは、相馬内閣の実質的な意思決定機関となる。その議長は、いわば連立与党の幹事長的な立場となり、政権運営の中心となって舵を取る最重要ポストだ。

私は、ううむ、と唸《うな》りたいのを我慢して、ふうん、とさりげなく声を漏らした。

やるじゃないですか、ハラグロさん。裏で内閣を仕切ろうってわけですか。

だけど、そう簡単にいくかどうか。

私の妻は、ああ見えて、なかなかの人物なんですよ。ご覚悟を——。

相馬内閣発足の日、初の閣議が行われたあと。首相官邸の階段を下りてくる、内閣総理大臣となった我が妻・凛子のまぶしさを、どう表現したらいいだろうか。

閣僚となったメンバーが、会議のために初めて首相官邸に集結するとき、全員、正装している。これは、宮中で天皇陛下による総理大臣任命の親任式、国務大臣の認証式が行われたあと、官邸で初閣議があるためで、何も記念撮影のために全員が正装してくるわけではない。それでも、モーニングやドレスをきっちりと着込んだ新しい顔ぶれの閣僚たちが、赤い絨毯《じゅうたん》を敷き詰めた階段に居並ぶ姿を見れば、この国はこれから生まれ変わるんだ、という気持ちが自然と湧き上がってくる。

凛子は、この日、くるぶし丈の黒いイブニングドレスに白いジャケットを着て、颯爽と階段の上に現れた。新閣僚たちが、続いて次々に現れる。少し高揚した顔、誇らしげに胸を張る姿。一団となって、一歩一歩、階段を下りてくる。目を開けていられないほどのフラッシュの光の中、凛子は、まっすぐに顔を上げ、前を向いていた。その目は、幾多のカメラを見据えて、決して逸らされることはなかった。

けれど、私にはわかった。そのとき、凛子が見据えていたのは、カメラではなく、カメラの向こうの国民のまなざし。そして、日本の未来。

だから、あんなにも輝いていたのだ。美しく、気高く、鋭く。そして、どこまでもまっすぐに。

5

二〇××年十一月十日　たぶん晴れ

この日記を、未来のいつか、どこかで読んでおられるあなた。あなたは、私がいまこの文章をしたためているのが、いったいどこか言い当てることができるだろうか。いや、たぶん、絶対できないと思う。なにしろ、私自身ですら、こんなとんでもないところで日記を書くことになろうとは、つい二ヶ月まえくらいまでは、まったく想像できなかったのだから。

私が、いまいるところ。日本国政府専用機の中だ。

日本国内閣総理大臣かつ我が妻である相馬凛子の、初の首脳外交となったアメリカ合衆国公式訪問を終え、日本へ帰る途上である。凛子は機内後方の「一般客室」（一般といっても無論観光客が乗るわけではなく、政府関係者やマスコミ記者団が乗っている）に設けられている記者会見席で会見中だ。私はワシントンで訪問したスミソニアン博物館の最新の鳥類コレクション目録を微細にチェックしていたのだが、離陸直後に振る舞われたワインのせいか、はたまた慣れぬ「伴侶外交」（以前は『夫人外交』と言われていたそうだ）の疲れからか、あっというまに眠りに落ちて、そのまま数時間眠りこけてしまった。

それにしても政府専用機の乗り心地は抜群である。この飛行機は、連立内閣に政権交代する直前に導入された新品の純国産中型ジェット機「ＭＬＪ」（Michibishi Long-range Jet）である。米沢前首相の肝いりで導入された同機は、米沢氏がその処女飛行を狙っていたのだが、まんまと凛子にもっていかれてしまった。

米沢氏には気の毒だが、日本初の女性総理がワシントンに国産の政府専用機で乗り込む、というシナリオの実現に際し、外務省も経産省も快哉《かいさい》を叫びたい心境だっただろう。というのも、第二次世界大戦で敗戦国となった日本は、飛行機作りの高い技術を持ちながら、長らく国産機を作る権利を剝奪《はくだつ》されてきたからだ。日本の総理大臣が純国産機でワシントン入りする、というのは、外圧を目に見える形で押し返した、と言っても過言ではない。

飛行機や新幹線などの売り込みは国益につながるビッグビジネスゆえ、トップセールスをする必要がある。アメリカや中国などは抜かりなくこれをやってきたが、いかんせん、いままでの日本の首相はこういうことが不得手で、海外に出かければ売り込みどころかあれこれ買わされて帰ってくることも多かった。凛子は、ことあるごとに従来の政権とは異なる政治手法を打ち出そうとしているので、こういうことにも臆することなく挑戦する姿勢なのだ。

飛行機大国アメリカにあっても、低燃費で技術的な信頼性の高い日本製飛行機に興味がないことはない。女性総理が日本製飛行機で堂々ワシントン入りする、そういう舞台設定にもアメリカは敏感だ。

政府専用機は、機首部分が貴賓室《きひん》となっていて、ここが皇族方や総理が過ごすキャビンとなっている。私は夫の特権で、前方搭乗口から凛子とともに乗り込み、その際にこのキャビンを見ることができた。木目調の内装でゆったりしており、ベッドやシャワールームも完備されている。貴賓室に続いて会議室があり、続いて「伴侶室」（以前は『夫人室』と呼ばれていたそうだ）という個室がある。これが私専用のコンパートメントだ。機体中央部は首相補佐官や随行員のための席。後方は政府や省庁のスタッフ、随行記者のための席となっている。

政府専用機のパイロットや客室乗務員は全員が航空自衛隊所属で、れっきとした自衛官だ。今回のフライトでは副操縦士を女性自衛官が務めてくれた。凛子が指名したわけではないが、空幕長の計らいでそうなったと聞く。出発まえに翼の下で凛子と彼女が敬礼をし合った瞬間は、マスコミにとっては絶好のシャッターチャンスだったに違いない。

ともあれ、私専用のコンパートメント「伴侶室」は、なかなかの居心地だった。二席あるが、使えるのは私だけ。ドアは施錠できるようになっており、通路側についている窓はスイッチひとつで曇りガラスになる。着替えもできれば大口開けて眠ることもできる。もっとも、私の場合、着替えも寝顔も見られたって別段構わないが、やはり「首相夫人」が使う前提で設計されているんだな、これは。

フルフラットにしていた座席を起こすと、目の前にあるモニターにコールサインが点灯しているのに気づいた。昔は機内ではビデオ鑑賞などしかできなかったのだろうが、いまは最新型のOSを搭載したタッチ式端末になっている。インターネットにもつながっているし機内でビデオ通話もできる。つまり、席を立たずして凛子やスタッフと通話ができるのだ。むろん、この設備は一般の民間機にはない。

コールサインはいまから三十分まえに点灯したようだ。発信者は後部座席にいる富士宮さんだった。私は富士宮さんのシートの端末にメールを送った。『すみません、寝てました』と。

すぐに返信がきた。『そちらへお邪魔してもよいですか?』。断る理由もないので『どうぞ』と返した。完全な個室で妻以外の女性とふたりきりになるのもどうかと思ったが、曇りガラスにしなければ許されるだろう、ということで。

ノックの音がした。「どうぞ」と応えると、「失礼します」とドアが開いた。

「わあ。ほんとに完全な個室だ。よく眠れそうですね」

富士宮さんは、入るなり、コンパートメントの中を見回して言った。

「お隣り、座ってもいいですか？」

「どうぞ」と私はまた言った。さっきから「どうぞ」としか言っていない。富士宮さんは、ファーストクラス仕様の革張りのシートに腰掛けた。その拍子に、膝上丈のタイトスカートから伸びた足が腿《もも》近くまでむき出しになった。私はあわてて立ち上がると、スイッチを押して通路側の窓を曇りガラスからクリアガラスに変えた。

「あら」と、富士宮さんが、何やら残念そうな含みのある声を出した。

「その窓、そんなふうになるんですか」

「うん、まあ」と私は、歯切れの悪い口調で返した。

「総理夫人の着替えや寝顔を公にするわけにはいかないでしょ。私は、見られたって構わないんですが」

「なるほど。やっぱり総理大臣っていうのは、男性であるのが前提なんですねえ」

半ば呆《あき》れ、半ば得心したように富士宮さんが言う。すらりと伸びた足を組み替えたりするので、私は目のやり場に困ってしまった。

「三十分まえにご連絡いただいたようですね。何かありましたか」

前方に視線を泳がせながら、訊いてみた。「もういいです。終わりましたから」と富士宮さんは答えた。

「総理の記者会見のあと、日和さんの記者会見もやってほしいって、記者から要望が出たんです。総理の夫として初のワシントン訪問の感想を聞きたいって。もちろん、お断りしましたよ。そんなこと、前代未聞ですから」

政府専用機内での首相の会見は恒常的なイベントだが、総理の伴侶（いままでは首相夫人）の記者会見なんて聞いたことがない。それは断ってもらって正解だっただろう。

「でも、いちおう総理に伺ったら、あらいいんじゃないの？ っておっしゃって。あの人私なんかよりワシントンのことはずっと詳しいのよ、って。それ、ほんとですか？」

私はシートからずり落ちそうになった。まったく、凛子も人が悪い。確かに、私は国際鳥類学会議に出席するためワシントンに数回出向いた過去を持つ。でも、いまや総理になった凛子が「ワシントン」と言えば、それはすなわち「アメリカ政府」のことなんだと勘違いされてしまうじゃないか。

「私がワシントンに詳しいとしても、かなり局所的にですよ。スミソニアン博物館とか」

言い訳がましく言うと、「わかってますって」と富士宮さんは面白そうに笑った。

「日和さんって、ほんと、からかい甲斐《がい》があるなあ。総理もそう思ってらっしゃるんですよ、きっと」

そう言って、上目遣いに私を見た。大きく開いた白いシャツの襟元に鎖骨のくぼみが見える。そのくぼみの下、あとちょっとで胸元が見えてしまいそうで、私はまたもや目を逸らした。

こんな密室に、政権を取って以来、妙に艶っぽくなった党員の女性と、期せずしてふたりっきり。

妻も同乗している飛行機の中で、何をどぎまぎしてるんだ、私は。

少しまえのことに話を戻そう。

相馬内閣発足後、国会での凛子の所信表明演説の中継の視聴率は四十・三％という驚くべき数字を叩き出した。これは去年の紅白歌合戦の視聴率より高かったらしい。ライブではなくウェブでの動画の再生回数などを加えると、とてつもない数の人々が凛子の演説を視聴したことになるはずだ。

相馬内閣発足直後の内閣支持率は、「支持する」「どちらかといえば支持する」を合わせると、実に七十八％。有権者の約八割が、相馬総理の政策を聞かずして内閣支持を表明したのだ。これには私も驚かされた。「すごいねえ」と私が正直に讃《たた》えると、当の凛子は「珍しいからってていうだけじゃだめなのよ」と、まったく浮かれた様子はなかった。

初の女性総理大臣、という物珍しさだけが数字を稼いでいるとすれば、それは凛子が欲するものではないのだ。ともあれ、相馬内閣の仕掛人たる原久郎氏にしてみれば、まずは狙い通りの滑り出しということで満足だったに違いないが。

総理大臣に指名された翌日に、凛子は早速、所信表明演説の草案作りのため動き始めた。内閣参与にも招いた「伝説の」スピーチライター・久遠久美《くおんくみ》という女性を我が家に呼んで、政策秘書となった島崎君、その他内閣のブレーンを次々に呼び、客間の一室にろう城して草案を練った。原久郎の姿は見えなかったが、すでに凛子の政策に対する原氏の要望は上がってきており、それを盛り込んだ上で草案を作る。できたところで最終的に原氏に確認してもらう段取りになっているようだった。草案づくりに自ら動かないのも、やはり黒幕らしい。

そうして出来上がった凛子の所信表明演説は、実に感動的なものだった。少なくとも、私にとっては。

演説は、国民への呼びかけから始まった。国会に集まっている議員たちに向けてではない。凛子は端《はな》から、所信表明演説を通して国民に語りかけることしか考えていないようだった。

国民の皆さん。私たちは、今日、生まれ変わりました。

旧政権が、自らの保身と延命のために、長いあいだ私たち国民に被《かぶ》せ続けてきた美辞麗句に包まれた幻想を、いま、ここに脱ぎ捨てます。「日本国民は我慢強い」「我々は辛苦を耐え忍ぶ」「苦しみを分かち合い、絆《きずな》を深める」。こんな幻想の影に隠されていた私たちほんとうの日本人の姿を、いまこそ国民ひとりひとりが意識し、世界の人々に知ってもらうチャンスです。

私たち日本人は、柔軟性のある考え方をもっています。相手を思いやる精神をもっています。その優しさと柔軟性を、いかなる悪政にも耐え、政府の言いなりになる国民なのだと旧政権はすり替え、国民が沈黙するのを利用してきました。しかし、今回の総選挙で、国民は旧政権に対してはっきりと「ノー」を突きつけたのです。沈黙を叫びに変えたのです。

今日、私たちは生まれ変わりました。まずは、そのことを国民の皆さんに意識していただきたいのです。その上で、国民ひとりひとりの暮らしを、誇りと責任を持って支えていく。それが、私が明示する、第一の約束です。

総理の演説にはつきものの野次も罵声《ばせい》も聞こえてはこなかった。もちろん、野党議員は挙げ足を取れる瞬間を逃すまじと聴き入っていたのだろう。しかし、すでに驚異的な支持率を伴っている政権なのだ、下手に野次ると野党のほうに批判が跳《は》ね返る。女性総理ということもあり、まずはお手並み拝見、黙って聴いてやろうじゃないか、と紳士風を吹かせてみたのだろう。しかし、想定外に聴きごたえのあるスピーチに、野党議員諸氏はすっかり黙り込んでしまったのだった。

凛子の所信表明では、そのポリシーが大きく五つの指針に分けて示された。

一、国民主権の再認識、旧体制からの脱却
二、社会保障の財源確保のための再増税
三、地方自治制の強化、自治システムの変革
四、少子化・雇用・経済の活性化を同一のものとした改善策の実施
五、脱原発に向けたエネルギー政策と環境政策の実施

再増税については、民権党政権では長らく開けてはいけないパンドラの箱として放置されてきた。しかし、日本の財政の累積赤字はべらぼうな数字に膨れ上がり、もう待ったなしの状況で、これ以上放置すれば破綻するのは目に見えていた。しかし、旧政権はなかなか「ネコの首に鈴をつける」ことができず、二の足を踏んでいた。米沢内閣が手をつけられずにぐずぐずしていた面倒な課題に、勇気と信念を持って着手する。その一点を倒閣の旗印に掲げていた凛子は、選挙で「消費税を十五%にする」と堂々訴えた。

ただし、食料品や日常品、教育費や育児関連商品などへの課税は十％に据え置き、外食や高級ブランド品や車、不動産などには思い切って課税するという、欧州型の「複数税率」を前提としていた。日本の財政危機を克服していくには国民が当事者意識を持ち、一丸となって乗り越えなければならない。自分もその一員である、と凛子は訴えた。もはや消費税率を再度上げるのは避けて通れない、とわかってはいたものの、政府がどうしても踏み込まないことにかえって不安を覚えていた国民は、「自分も当事者である」との凛子の徹底した国民目線に共感を覚えたのだ。

自治システムの変革、これは凛子の持論である。東京へのあらゆる事物の一極集中（特に経済）がもたらした地域間格差は、少子高齢化によっていっそう加速し、活発な産業と労働力の双方を失い、破綻危機に直面している地方自治体が少なくない。が、中央政府にはかつてのように地方にバラまくカネもない。こうなったら徹底した自立を図ってもらおうという策だ。中央に頼らず、地場産業を活性化し、若い労働力を呼び込む。そのためのサポートを中央が行うというものだ。

少子化と雇用の問題は、日本の国力増強のためにも解決しなければなるまい。非正規雇用の若者たちが不安定な収入のために家庭を持つことをあきらめ、社会に進出した女性が職を失うことを恐れて子育てをためらう。安定した雇用創出と、安心して子育てできる社会環境の整備は急務である。雇用力のある企業を増やすためにはいっそうの経済の活性化が必要であり、そのための規制緩和や支援策に政府も動く。

エネルギー政策については相馬内閣の目玉でもあった。二〇一一年三月に起こった東日本大震災で、福島第一原子力発電所が被災し、最悪の「レベル7」の危機に陥ったことは、いまだに私たち日本人のトラウマとなっている。その後、あなたもご存じの通り、日本における原発の保有と稼働については国民の強い反発もあり、全国の原子力発電所は休止したり廃止されたりして、日本は脱原発に向けて一定の歩みを記してきた。一方で、政府・経産省・産業界のぎりぎりの駆け引きもいまだに続いている。さまざまな利権が複雑に絡み合う電力業界を思い切って再編しなければ、原発を断ち切ることがなかなかできないのも事実である。旧政権の保守派には「電力族」と呼ばれて電力会社と癒着する議員も少なくなかったから、彼らが暗躍してなかなか総理に「脱原発」宣言をさせなかったのだ。凛子は最初から脱原発派だったが、実は原久郎も旧政権においては脱原発を誰よりも強く訴えていた。意外な気もするが、ふたりは脱原発で一致したのだ。凛子は早くから風力・太陽光エネルギー発電へのシフトと、全国の電力周波数（ヘルツ）の統一、電力会社の自由化などの政策を唱えていた。さて凛子を矢面に立たせて原氏が何を狙っているのかは、現時点で私が知るところではない。

驚くべきことに、凛子の所信表明演説は、要所要所で賛同の拍手を得たものの、野次のひとつも飛ばされずに終了した。

国民の皆さん。そして国会議員の皆さん。

生まれ変わった私たちの手で、いまこそ、日本を新しく生まれ変わらせましょう。


力強く演説を結ぶと、万雷の拍手で国会議事堂は割れんばかりだった。

私は職場で同僚とともにテレビで視聴したのだが、同僚たちがテレビに向かって一心に拍手をしてくれたのには驚いた。アラサー女子の伊藤るいさんに至っては、「そ〜りん、サイッコー！」と涙ぐんでいた。ちなみに、そ〜りんというのは、伊藤さんがつけたニックネームで、相馬凜子を縮《ちぢ》めたのと、『総理』に『ん』をつけて親しみをもたせたものらしい。

凜子の所信表明演説は、いつもは手厳しいマスコミ各社にも概ね好意を持って紹介され、海外のマスコミからも好評を得た。何より、日本の世論が女性総理の誕生とその政策を歓迎していることを興味を持って受け止め、各国の政府もまずは新内閣に協調しようという態度を表明した。

アメリカ大統領の場合、就任から一〇〇日間は「ハネムーン期間」と呼ばれ、たとえ下手を打っても国民は寛大にそれを許す、とされている。しかし一〇一日目からは違う。国民の目線は厳しさを増し、結果を出さなければたちまち批判に転じる。

相馬凜子は果たして国民という夫の愛情を得たままで一〇一日目を迎えることができるかどうか——とは、ワシントン・ポスト紙の社説に掲載された一文だ。凜子の訪米に合わせて発表されたその社説のタイトルは、「Honeymoon to the Washington: Tough flight of the first female prime minister under the thunderstorm of Japan（ワシントンへのハネムーン：日本に吹き荒れる嵐の中、初の女性首相による厳しい飛行）」。なかなかシビアなものだった。

しかし、凜子はこの紙面を、ワシントンのホテルの部屋で目にして、「いいわねこの記事」とつぶやいていた。

「批判してるけど？」と私が問うと、

「そこがいいのよ」と答えた。

「批判されない政治家は、むしろ不信感を持たれるでしょ。マスコミと癒着してるんじゃないか、とかね。常に批判にさらされないと、危機感を持つことができない。私は、それがいちばん怖い」

こんなふうに本音をこぼすのは、凜子が素に戻っているときだ。そして、こぼれた本音を受け止めるのが私の役目だった。

「大丈夫だよ。君が危機感を忘れたら、僕がちゃんと思い出させるようにするから」

「ほんと？」と凜子が微笑んだ。

「どうやって思い出させてくれるの？」

「僕も国民だからね」と、私は大真面目で返した。

「そしてプロの観察者でもある。僕の客観的かつ率直な意見に対して聞く耳を持ってくれれば、大丈夫だよ」

「プロの観察者って、鳥のでしょ？」

凛子が訊き返した。私はにこやかに答えた。

「そう。もの言わぬ鳥を観察できるんだから、人間だってつぶさに観察できるわけさ。もちろん、政局の観察もね」

凛子は笑っていたが、その様子で、彼女がどれほどリラックスしているかを知ることができた。

総理の夫として、私が彼女のためにできることは、ささやかなことだ。けれど、そのささやかな息抜きをこそ、忘れてはいけない。たとえ、ワシントンへのハネムーンの最中であったとしても。

ワシントンでの二泊三日の滞在を終え、私たちを乗せた政府専用機は羽田《はねだ》へと向かっている。

明日にはもう国会の続きが始まるし、次の週末には韓国への公式訪問が控えている。さらに十二月になるまえに、凛子と私は引っ越しをしなければならない。そう、「首相公邸」へ。

富士宮さんは、私の隣席に座ってあれこれ話し込むうちに、よほど疲れたのか、はたまたコンパートメントの居心地が良過ぎるがゆえか、いつのまにか眠ってしまった。

私はと言えば、妙に艶っぽい寝姿に少々胸をかき乱されつつ、これではいけない、と前室の凛子に端末からメッセージを送ってみた。国会対策や政権の舵取りで、一分一秒の余裕もない私の妻。『How's your honeymoon to Washington, D.C.?（ワシントンＤＣへのハネムーン、どうだった？）』との私のメッセージに、ものの一分で返事を返してきたのだった。

『Enjoyed！（楽しかった！）』

そうだ。こういうところがいいのだ。度胸と、茶目っ気と、素早いレスポンス。この三つを兼ね備えた総理大臣が、いままで日本に現れただろうか。

私は端末のモニターに浮かび上がった文字を、じっとみつめた。

楽しかった。その単純明快なひと言が、凛子とともに、このさきもあるように。そう祈らずにいられなかった。

6

二〇××年十一月十七日　曇り

人間は、自分が情をかけた相手に対して何かしてあげたい、貢ぎ物をしたい、と思う生き物だ。おしゃれなレストランへデートに誘ったり、結婚まえにマンションの購入に踏み切ったり……。しかしそれは何も人間に限ったことではない。気になる相手に食べ物を与えたり、立派な巣穴を作ってそこに誘い込もうとしたりするのは、鳥の世界ではごくあたりまえに、本能的に為されている行為だ。

二十世紀を代表する動物行動学の父であり、ノーベル生理学医学賞の受賞者でもあるコンラート・ローレンツ博士は、私がもっとも敬愛する研究者だ。野鳥をヒナから育てて観察し、有名な「刷り込み」の論理——カモのヒナが卵から孵《かえ》った直後に目にした動くものを母親だと思い込み、その後に付き従う、というあれだ——を発見した。その博士の名著『ソロモンの指環《ゆびわ》』に、こんなエピソードが出てくる。

成鳥になってから飼育を始めたコクマルガラスが、博士に恋をしてしまった。コクマルガラスは恋する相手に自分の好物をなんとしても貢ぎたい。自分の唾液《だえき》でこねくり回したミールワーム（ゴミムシダマシ科の甲虫《こうちゅう》の幼虫）を博士に食べさせようとやっきになった。博士のほうはそんなものは食べたくないので逃げていたら、カラスは思いを募らせるあまり、鋭いくちばしでつまんだワームを博士の耳の穴に優しく突っ込んだのだそうだ。口で受け取ってくれないなら、口のようなところでいいから、どうしても受け取ってほしい、とカラスのほうは必死だったのだ。ちなみにこのカラスはオスだったそうだ。博士いわく「メスの動物は男に魅《ひ》かれ、オスは女に魅かれる、というような『異性誘因の法則』は鳥ではまったくなりたたない」。好きになったらフラれるまで、あるいはライバルに蹴散らされるまで、とことん思いを伝え続ける。それが鳥の世界の常識だ。気の毒な博士はカラスの求愛を受け止めるよりほかはなかったようだ——耳の穴で。

なぜまたこんな回りくどい話を日記に書いているのかと、あなたは首を傾《かし》げていることだろう。いや、なぜかって……物事の核心に触れるまえには、そしてその核心が触れにくいものである場合ならなおさら、人間というのは回りくどくなる生き物なのだ。ゆえに、ときどき私は回りくどくなる。それは私という人間がそうだからではなく、人間一般がそうだからなのだ。ってますます回りくどくしてるんじゃないか、私。

凛子が総理大臣就任後初の外遊となったアメリカ、韓国、中国への公式「弾丸」訪問

（私はそのすべてに職場の有休を取得した上で付き合わされた）は、特別国会開会中のタイトなスケジュールの合間を縫って敢行された。二〇一〇年に中国に経済大国世界第二位の座を奪われて以来、残念ながら我が日本は、グローバル社会の中でその存在感《プレゼンス》をどうしても高められないままでいた。凛子にはかねて、国内の経済地盤を固め国際市場で産業力をもっと伸ばすべきだとの持論があった。国際社会における日本の復権を狙い、他国とも対等に渡り合うと決意している。国会が終わるまで外遊はすべきではないという意見も周辺から出てはいたのだが、とにかく一日でもいいから米中韓の首脳と渡り合ってくるからと、さっさと出かけてしまった。いま何を真っ先にすべきかという優先順位のつけ方、判断力、決断の速さ。我が妻ながら、恐るべき人物である。私なんぞは、勤務先の所長に有給休暇の申し出をどのタイミングで出すべきか、たとえ「外交的に総理を助ける」ということでも、普通に考えてみると、妻の出張に夫がくっついていっちゃったりしていいのか？　それってヘンじゃないのか？　と迷っていたら、所長のほうから「君、奥さんの外遊に同伴しなくっていいの？」と切り出してくれた。

延長された特別国会では、凛子が公約として打ち出した消費税率改定法案についての大議論がすでに始まり、喧々囂々《けんけんごうごう》の様相を呈しつつあるところだった。日本初の女性総理のお手並み拝見ということで、野党に転落した民権党の諸氏も、声高に総理をののしったりするのは初めのうちは控えていたが、消費税率引き上げというパンドラの箱を、ぐずぐずしてる場合じゃないでしょ、とあっさり開けた凜子に、いま咬《か》みつかずしていつ咬みつくのだ、と言わんばかりにののしり始めた。国会中継のテレビに映し出される凜子は、実に涼しい顔をして、どんな質問が飛んでこようが野次を飛ばされようが、お答えします、と清々しい声で答弁書も読まずに理路整然と応え、どんな意地の悪い質問もコメントもさらりとかわすのだ。消費税増税なんて大変なことを持ち出しておきながらなんであんなに涼しい顔をしているのか、非常識じゃないか、冷血漢だ、と野党のおじさんたちはテレビカメラに向かってブースカ文句を言うのだが、そういう彼らの脂《あぶら》ぎった顔を見るのが国民はもういやなのだ。

そりゃあ消費税増税は国民の全員が賛成しているわけではないだろうが（世論調査では賛成五十八％・反対四十八％と拮抗《きっこう》している）、自分たちが信用するリーダーが、筋道立ててきちんと説明してくれれば聞く耳をもつのだ。いとも単純なことなのに、周辺はしがらみだらけであっちを立てればこっちが立たずな状況を自ら作り出してしまった民権党政権は、どうしてもそれができなかった。涼しい顔をして押し切ってしまおうとする凜子に、この女に手柄を与えてはならじと、野党のおじさんたちは血相を変え焦っていた。

彼らは、とにかく、なんでもいい、法案を成立させないためにも、相馬総理の人気が失墜するような決定的なダメージがないかと周辺を嗅《か》ぎ回り始めた。とはいえ、凜子は夫の私の目から見ても、斜めに見ても逆さまに見ても、清廉《せいれん》潔白な人なのだ。彼女いわく、人生で受け入れられないたったひとつのものは、曲がったこと。そんな彼女を叩いたところで、塵《ちり》もほこりも出てくるはずがない。

そこで彼らの矛先《ほこさき》は、私と私の実家に向かったのだ。

相馬凛子にミールワームを必要以上に貢いでいる、彼女の信奉者はいないのか——と。


弾丸ツアーから戻ってすぐ、兄の相馬多和から携帯にメールが入った。

『お母さんが一緒に飯でもって言ってるから、今夜音羽の家に来てくれ』

母もかなり一方的な人なのだが、その長男たる兄も同じくらい一方的な人だ。こうだと決めたら相手の都合も何もなく実行に移してしまう。まあ兄が私のように何をするにも遠慮がちな人間だったら、関連会社二万人の社員を率いる相馬グループの総帥《そうすい》としてはかなり困ったことになるだろう。

兄は現在五十三歳、非上場企業グループ「ソウマグローバル」のＣＥＯであり、十年まえに父が他界してからは相馬家の家長である。妻の紗己子さんとのあいだに二女があり、高校一年生の眞貴《まき》、中学一年生の吾貴《あき》は、ともに都心の名門女子校に通い、悪い虫がつかないようにと運転手付きの車で送り迎えし、携帯も持たせなければゲームもインターネットもさせない。それじゃ友だちができないんじゃないかとも思うのだが、「携帯やゲームでしかつながれない子となんぞ友だちになる必要はない」というのが彼女たちの父親の持論だ。それでも彼女たちに近づきたい子（というかその母親）はいくらでもいる。眞貴ちゃん吾貴ちゃんになんとか取り入っておいて、いずれ「ソウマ」に就職を、そしてそこのエリート社員と結婚を、というのがあの学校に通っている生徒の母親の頭の中なんだ、と兄はいつも腹立たしげに言う。まったく、発想が貧困なんだよ。あの学校に通っているからには、どの子もいいとこのお嬢さんには違いないが、娘を手堅いところに嫁がせることしかあの母親たちの頭にはないのかね、などと。

「世の母親たちには凛子さんを見習ってほしいものだね。本人は手間ひま一切かけないのに、相馬家の息子のほうからノコノコついていって何もかも全部捧げちゃうんだからな。ったく、お前の得意分野のあれみたいだよ。目の前を通過したメスにカモがくっついていっちゃうっていう……」

音羽の実家のダイニングで、相馬家の台所を三十年にわたって仕切っている料理人の武村《たけむら》さん手製のエンドウ豆のポタージュスープをスプーンで口に運びながら、兄が言った。新入りの家政婦だという若い女性、富田《とみた》さんが、危なっかしげな手つきで銀色のスープボウルから私のスープ皿に緑色の液体を注いでくれた。どうも、と富田さんに礼を述べてから、「『刷り込み』のことですか？」と私は兄に向かって訊いた。

「あれはですね、兄さん。孵化《ふか》したばかりの水鳥のヒナが、最初に目にした大きな動くものに本能的にくっついていく、という行動です。別にメスとかカモとかに限定されるわけではありません」

「あら、凛子さんのすごいのは、日和をつかまえたことばっかりじゃないでしょう？」

家族間の夕食だとて、きっちりと和装で臨むのが母のスタイルだ。帯に挟んだ白いナプキンで口をちょっと押さえて、母が言う。

「あの人ったら、いつのまにか相馬家の嫁になったどころか、気がついたら総理大臣になってしまったんですもの。そりゃあ、眞貴や吾貴のお母さまとはわけが違うわよ。ねえ日和？」

私は返事をしなかった。そうですね、などと口にしたら、短気な兄はたちまち怒り出すだろう。それに兄は結構マザコンなのだ。後から生まれた私のほうを母は何かと構いたがるのだが、そういうのもずうっと以前から気に障っているに違いなかった。

父の後継者となる運命を持って生まれた兄は、幼い頃から父にあれこれ口やかましく言われて育ってきた。父の指示通りの学校へ行ったし、父の希望通り英国へ留学もした。父の命令通りに経営学を学び、父の会社に入社してすぐに父の差し金通り管理部門の部長になった。父の選んだ相手と結婚した。父の助言を受けて子育てをした。すべては相馬家を守るため、「ソウマグローバル」を繁栄させるために、だ。

兄にしてみれば、鳥にうつつを抜かして「ぼうっと生きてきた」私が、知的な美人をあるときひょっこり実家に連れてきたかと思ったら披露宴もせずに結婚してしまったのも気に入らないだろうが、私の妻が突然総理大臣になってしまったことは、もっと気に入らないのだろう。「相馬内閣発足からこっち、凛子さんを食事に誘いにくくなったよ」などと、夫である私を目の前にして平然と言う。

「あちらの立場を考えると、『ソウマ』のトップたるおれが食事に誘ったりしたら、闇献金でもしてるんじゃないかと野党議員やマスコミに勘ぐられるからな。迷惑をかけたくないから、直接誘うのはもうやめにしたよ」

「お言葉ですが、兄さん」母に対してと同様、相馬家の家督たる兄がいかなる無礼な発言をしたとしても、こちらは礼節を持って応対するのを私は心がけていた。

「ということは、いままでに凛子を直接誘ったりしたことがあった、というふうに、僕には聞こえるんだけど」

「なんだ。凛ちゃん、お前に話してなかったのか」やはり相馬家に仕えて二十余年、ソムリエの遠藤《えんどう》さんにブルゴーニュの赤をサーブしてもらいながら、兄は意外そうな表情になった。

「凛ちゃんはお前とのあいだにはなんにも隠しごとがないから、お義兄《にい》さまからお誘いいただきましたことも言っておきます、って言ってたぞ。こちとら別に隠すようなことをしてるわけじゃない、用事があって凛ちゃんを食事に誘っただけだから、構わないよって言っておいたんだが。でもやっぱり凛ちゃんは……」

「ちょっと多和さん。なんですかあなたは」私が反応するよりも早く、母が目くじらを立てて兄の言葉をさえぎった。

「時の総理大臣のことを凛ちゃん凛ちゃんって……あなた、自分の奥さんのことは『おい』とか『ちょっと』とか呼んでるくせに。ずいぶん馴《な》れ馴れしいじゃないの」

「まあまあ奥様、そうおっしゃらずに」と、母に仕えて四十年、相馬家の家政婦長・奥林《おくばやし》さんが、パン皿に母好物のカボチャの種入りロールパンを載せながら口を挟む。

「多和ぼっちゃまはちょっと呼んでみたかっただけですわよ。相馬の苗字《みょうじ》を冠した総理大臣が登場したってことを誇りに思っていらっしゃるんですよ。ねえぼっちゃま？」

「そうです。さすが奥林さん」兄はにっこりと奥林さんに笑いかけた。

「表立っては凛ちゃんなんて呼んじゃいませんよ。総理になってからは『総理』とお呼びしています。普段はいままで通り『凛子さん』だし」

「あのー、ってことは、裏では『凛ちゃん』と呼んでるんでしょうか」

ようやく私はツッコむタイミングを得た。

「心の中で呼んでる」

と兄。それって、いっそうたちが悪い気がする。

「あなた、まさかそれを日和に宣言したいから今日の夕食会を招集したの?」

母が半分あきれて言った。「お母さんが一緒に飯でもって言ってるから」と兄のメールにはあったが、どうやら母をおとりにして私を呼び寄せたようだ。兄は、私や凛子に意見したいときは、いつもこうして母をおとりにする。そうすれば私たちは絶対に断らないからだ。

「いやだなあ、お母さん。私はこう見えても『ソウマグローバル』のCEOですよ。いくらなんでもそんなセコいことで、お母さんをおとりに使って弟を呼び出したりしませんよ」

悠々と構えてそう言ってから、「でも言っちゃってちょっとすっきりしたけど」と付け足した。

「それで、僕を呼び出したのは、いったいどういうご用件ですか」

その日の夜には「鳥類保護連盟」の幹部と打ち合わせの予定があったのを、どうにか延期してもらって、私は実家へ来たのだ。いくら兄とはいえ、我が妻の呼称についての打ち明け話などで呼び出されるのはご免こうむりたい。

ワインを一口飲んでから、兄はおもむろに言った。

「ぶっちゃけて言う。凛ちゃん……いや、相馬総理は少々暴走し過ぎじゃないのか?」

「暴走、ですか?」私は、はて、と首を傾げた。

「消費税のこと。それから脱原発に関してだよ。ほかはどうでもいい」端的に兄が言葉を継いだ。

「総理の掲げている欧州型の『複数税率』は、正直、経済・産業界の足を引っ張りかねない。おれが役員を務める経済同朋会会員の企業にとっては、現行の十％から十五％への引き上げは収支に大きく影響するし、一時的に赤字に転落する企業も出て来るだろう。引き上げ分を商品の価格に上乗せするところも出るだろうから、物価高も招く。消費税が高ければ消費マインドも冷え込むだろうし、結果的には市場を萎縮させ、日本の国際競争力を弱める可能性もある」

急に経営者の口調になっている。私は黙って兄の言い分を最後まで聞くことにした。

「それに、脱原発。確かに世論は脱原発でほぼ一致している。長い目で見れば、いずれ避けられはしないだろうが……それにしても、原子力もエネルギー政策の一選択肢として、せめて総電力の二割程度は原子力でまかなうべく、原発は残すべきだとおれは思う。さもなければ、原発関連の雇用も失われるし、各電力会社の株もさらに下落する」

そこまで一気に話してから、「お前はのんきなおぼっちゃまだから、年金の心配などしなくてもいいから知るまいが」と前置きして続けた。

「電力会社の株ってのは、かつては高配当の安定株だった。福島のあの事故でそうではなくなったが、年金の組み入れ率はまだ高い。総理が言ってるように電力会社の自由化なんかしてみろ、いまの電力会社の株が軒並み下がって、ただでさえ少ない年金はもっと少なくせざるを得なくなる。とにかく、あの事故以来、停止廃止で原発はなくなる流れにあるんだから、何もいますぐ脱原発を掲げる必要はあるまい」

「ソウマ」は父の代に「関東電力」の大株主でもあった。あの事故で大変な損失があったわけだが、いまもまだ株主ではある。関東電力ばかりではない、兄の会社は世界各国の電力会社に大口投資もしている。既存のエネルギービジネスとは深いかかわりを持っているから、原発の利権にも何らかの関係があると考えるのが自然だ。とどのつまり、消費税率引き上げも、脱原発も、「ソウマ」とその仲間たちの企業にとってはメリットよりもデメリットのほうが大きい、との判断のようだ。

そういえば、凛子が先頃アメリカを訪問したとき、経済界から二十名ほどが訪問団を作って同行した。経済同朋会会長をはじめ、同会役員のお歴々ばかりだったが、現地の経済界との交流パーティーに引っ張り出された私は、彼らに取り囲まれて大変な目にあった。もちろん、相馬家の次男ということもあったからだろうが、自分の父親ほどの年齢のお偉方におべっかを言われたり持ち上げられたりで、どう対処していいものやら、ありがとうございます、よろしくお願いいたします、がんばります、などと、当たり障りのない返事をしてどうにか逃げ切ったのだった。

彼らにしてみれば、かつては長らく政権の座にあった民権党と癒々着々をしてきたのだから、政権交代は相当手痛い出来事だったに違いない。が、こうなってしまったからには、絶大な世論を味方につけた現政権と仲良くしておきたい。凜子の掲げた政策には、彼らとしてはうなずけないことも多くある。しかし経済界・産業界が現政権と一枚岩であるというパフォーマンスを、凜子も各企業のトップもアメリカに見せつけたかったのだ。そしてあわよくば渡米中に総理と親しく接近し、こっそりと政策に関する要望を伝えるつもりもあったのかもしれない。実際、パーティーの会場や往復の機中で、経済同朋会の会長・豊津信唯《とよつのぶただ》（トヨツ自動車会長）と副会長・生島真《いくしままこと》（角友《かくゆう》商事社長）が凜子に接触してきた。凜子の総理大臣就任後、すでに官邸へ公式に挨拶に出向いたふたりだったが、凜子とのあいだでどんなことが話し合われているのか、もちろん私の知るところではない。

兄が彼らの意向を汲《く》んで、「総理にいちばん近い場所にいる」私に苦言を呈していることは、もはや明らかだった。

「おっしゃることはよくわかります、兄さん」

手にしていたフォークとナイフを皿に置いて、私は言った。

「さきのアメリカ訪問のとき、僕も豊津さん、生島さんとお話ししました。彼らの言い分もよくわかります。よおくわかりますが……」

実際は、会長も副会長も遠回しに何かを私に伝えようとしていたのだが、あんまりいっぺんに色んな人に囲まれてしまったこちらとしては、彼らが何を言いたいのかさっぱりわからなかった。実際、政界財界における物言いは暗喩《メタファー》で埋め尽くされている。「ひとつよろしく」というのが「もう二度と頼まねえよ」という意味で使われたりするらしい。「ここはお任せ下さい」というのが「お前には任せられんわ」みたいな。「ようこそいらっしゃい」が「とっとと帰れ」的な。そういう意味では、私が口にした「よおくわかります」というのは「ぜんっぜんわかりません」ということになるのだが。

「いや、お前はぜんっぜんわかってない」きっぱりと兄が否定した。

「豊津さんも生島さんも、総理の強引な手法にいささか肝を冷やしているんだ。彼女よりもはるかに長いあいだ日本の経済界を牽引《けんいん》してこられた御仁たちの目には、根回しも何もなくスパッと切り込む総理のやり方が危険に映る。国会運営も、あれじゃ一方的過ぎないか。涼しい顔して、役人が作った答弁書も無視して（実際は無視じゃなくて見ないだけだ）、公約なんだからやり抜きますって、誰の意見にも耳を貸さずに……あれじゃまるで独裁者だよ。色んな意見をまんべんなく吸い上げるべき民主主義国家の長とは言えないんじゃないのか」

「それはまったくのお門違いです」今度は私がきっぱりと否定した。我が妻を「独裁者」とまで言われてしまったら、もう黙っているわけにはいかない。

「確かに彼女にはこうと決めたら一途《いちず》なところがあるし、それを成就させるためには多少乱暴な手法も取るかもしれない。しかし、それは信念あってのことです。彼女は選挙で選ばれた議員たちによって正当に選ばれた総理大臣です。従って、いうまでもなく、民主主義国家日本の代表です。色んな意見をまんべんなく吸い上げる、とおっしゃいましたが、まさしくその通り。彼女はいま、まさにそれを実践しているんです」

日本国民、ひとりひとり、さまざまな意見をできるだけとりこぼさずにすくい上げる。それを熟慮の上、政策に反映させる。それこそが、凛子が総理大臣としてまっさきにやりたいことだった。メディアを駆使し、マスコミを利用し、多忙な時間の合間を縫ってタウンミーティングに出かける。政界財界の大物ではなく、若者や、幼い子供を持つ両親や、お年寄りや、病気に苦しむ人々。庶民の声をこそ、彼女は何より聞きたがっているのだ。

「凛子の中では、優先順位はいつもはっきりしている。いま、彼女の胸中では、国民の暮らしを守ることが何より優位なんです。国民の暮らしと、それ以外。そのくらいはっきりしている。相馬内閣はまだ始まったばかりですが、国民は総理の胸の内をちゃんとわかっている。だからこそ、発足後二ヶ月経過しても驚異的な支持率を保持しているんですよ」

相馬政権は、政界財界の意見を優先してきた従来の政権とは明らかに違うんです。もう一歩踏み込んでそう言ってやろうかとも思ったが、我慢した。私の話を聞くうちに、兄の顔がみるみる不機嫌になっていくのがわかったからだ。

「わかった。もういいよ」さじを投げたといわんばかりに兄が言った。子供の頃、母が私にべったりで振り向いてくれないとき、兄はいつも「もういいよ」とふてくされ、私とは口をきいてくれなくなった。その代わり兄がやったことは、自分の小遣いでお菓子などを買ってきて、料理人やら家政婦やらにそれを配り、兄弟げんかになったときには自分の味方をするようにと懐柔することだった。私はいやな気がしたものだが、父は「根回し上手だ」とむしろ頼もしがっていた。兄があの頃のままに大人になったとは思いたくはないが、多分にしてそういうところがあるかもしれないのだった。

「おやめなさいよ、いい歳《とし》をして兄弟げんかなんて」

冷徹な審判のように私たちのやり取りを黙って聞いていた母が、やはり不機嫌そうにようやく口を開いた。

「日和。あなたはいままで政界にも財界にも関係のないおめでたい人だったけど、いまとなってはそうはいかないこともあるのよ。おわかり？　なぜって、あなたの奥さんが総理大臣になってしまったんですからね」

兄と私が確執するときは、母は決まって私の側についた。あなたは相馬家の長男なんだから我慢なさい。それが、母が決まって兄に申し渡す審判の結果だった。母に言われれば兄はすなおに従った。十代のときも五十代のいまも、兄はいつも母に対して驚くほどすなおだった。かえっていつも母に守られていた私のほうがのんきに育ってしまったに違いない。

その母が、珍しく兄を擁護《ようご》した。「凛子さんも相馬家の嫁ならソウマにとって都合よくいくように考えてほしいわ」などと。しかし私は、その意見にはどうしても同意できなかった。

「いま、凛子は相馬家の嫁という以前に総理大臣なんです。自分の嫁ぎ先に都合よく政策を作るなんてことがあったりしたら、それこそ大スキャンダルですよ。国民への裏切り行為です。即刻、退陣させられるでしょう。お母さんも兄さんも、それをわかっておっしゃってるんですか」

兄は特大のため息をついた。そして、思いがけないことを口にした。

「直進党や『相馬凛子を励ます会』のパーティー券を、いままでどれほど私たちが大量に購入してきたと思ってるんだ、お前は」

私は、えっ、と驚いて兄を見た。

「パーティー券を？　凛子個人の会のものも、ですか？」

「そうだよ」と兄は、いよいよあきれた声を出した。

「お前たち夫婦のあいだには、なんら隠しごとはないはずだろ？　夫のお前がなんでそんなことくらい知らないんだ」

政治資金を集めるために政治資金パーティーは必須だ。人気の高い国会議員主催のパーティーでは、一晩で何千万、ときには億のカネが動く。政治資金規正法が政治家個人への企業の政治献金を厳しく罰しているので、大口献金はできないが、小口に分けたパーティー券を組織ぐるみで購入し、「トンネル献金」としている企業も実際にはある。

私は自分の妻がいったいどうやって政治活動費を得ているのか、まったく関与していない。というか、関与する必要もないし、凛子もそれを私に望んでいない。従って、兄の会社が——法には抵触していないと兄は言い切ったが——結果的に凛子の政治資金管理団体に献金している事実を知って、少なからず驚いた。

「『ひょうたんからこま』で、弟の嫁さんが総理大臣になっちゃったから、いままで以上にサポートしてきたんだが……凛ちゃんも、このままじゃすまないってわかってるはずだがな」

私はますます混乱した。なんの脈絡もなく、ローレンツ博士の耳の穴にワームを突っ込む片思いのコクマルガラスのエピソードが頭に浮かんだ。

ワームを君に、愛する君に贈ろう。その代わり、僕のいうことを聞いてくれないか?

7

二〇××年十一月二十二日　晴れ

　突然の引っ越し宣言をされたのは、母と兄とともに、実家で不穏な夕食を共にした翌週のことだった。

「引っ越し、決まりましたんで」と私に告げたのは、妻・凛子ではなく、富士宮さんである。最近は、私の出勤時に彼女が我が家まで党の車で迎えにきてくれ、職場への道々打ち合わせをするのが慣例化していた。突然の引っ越し宣言は、出勤の車中でのことだった。

　富士宮さんは、凛子の首相就任とともに我が家の近所である護国寺に引っ越してきたということだったので、「また引っ越すんですか？」と思わず訊き返してしまった。

「やだなあ。私じゃなくて、総理と日和さんのことですよ。いよいよ、引っ越していただきます。首相公邸に」

まるで憧れのベイエリアの高層マンションにでも移り住むかのように、富士宮さんは妙にうきうきしている。私は、ついにきたか、とこっそり嘆息した。

我が妻が総理大臣になったからには、いつかこの日がくるとは思っていた。しかし、凛子も私も、公邸入りについては、なんとなく話題にせずに避けてきた感がある。いま住んでいる家への私の執着を、凛子も重々わかっているはずだった。

私たちの結婚後の新居となったこの家は、私の祖父が隠居後に住んでいた洋館だ。戦後すぐに著名な建築家に依頼して作ったもので、二十年まえに祖父が他界したときに相続税対策の一環で売却されかけたのだが、どうしても残してほしいと年甲斐《としがい》もなくゴネたのが私だった。私は自ら申し出て、祖父が遺した膨大な資産の中から、研究費として少しばかりの「ソウマ」の株と、研究場所としてこの邸宅を相続したのだった。

護国寺という都心であるにもかかわらず、こんもりとした小さな森を有する敷地内に建てられたこの家は、私が野鳥研究に目覚めたきっかけを与えてくれた場所だった。音羽にある実家から車で五分、自転車で十五分のこの家に、私は子供の頃から入りびたっていた。両親同様、祖父もまた、長男たる兄には厳しく接したが、次男坊である私をそれはかわいがってくれた。幼い頃から野鳥の声を聞き分けるのが得意だった私に、双眼鏡を買ってくれ、野鳥事典を与えてくれた。そういえば、私の座右の書、コンラート・

ローレンツ博士の『ソロモンの指環』を買ってくれたのも祖父だった。

学校が終わると、ヴァイオリンの稽古をすっぽかし、はたまた英語の家庭教師が自宅で待っていると知りながら、私は祖父の家へ直行した。引退した祖父の家には、なおも政界財界の関係者の出入りが激しかったが、祖父は私がやってくると、客の相手を中断して、たとえ五分でも十分でも野鳥観察に付き合ってくれるのだった。

外に張り出した二階のテラスで、双眼鏡を目に当てて、ケヤキの木に掛けた巣箱を眺める。巣箱は祖父が作ってくれたもので、木に梯子《はしご》をかけて取り付けたものだった。初めてシジュウカラが巣箱に入ったと知ってからは、放課後がくるのが待ち遠しく、一目散に祖父のところへ飛んで帰った。

現役時代の祖父は身内にも社員にも等しく厳しい経営者として知られていたが、私と野鳥観察をしているときの祖父は、ゆったりとして、大きくて、風通しのいい大人だった。祖父が少年の私にこんなふうに言っていたのを、いまもよく覚えている。

日和。お前には、とてつもなく豊かな未来が待っているようだ。金銭的にとか、社会的にとか、そういうことじゃない。もっと深くてあたたかいものに包まれている。私にはそれが見えるよ——。

祖父が遺してくれたこの家は、私にとって、ふかふかとした羽毛が敷き詰められた居心地のいい巣だった。そして、その巣に、決死の覚悟で、あるとき私は凛子を誘い込んだ。我が意中の美しい鳥は、私の巣を見て、ひと言、言った。いつまでもずっといたくなる場所ね――と。

かくして、私たちは、ベイエリアの高層マンションでもなく、都心にあるホテル仕様のコンドミニアムでもなく、築百年近く経った古風な洋館をスイート・ホームに選んだ。何も好きこのんであんな古くさい家を新居にすることないじゃないの、と母はぶつくさ言い、披露宴もしなければ大々的に新居を構えるでもない私たち新婚夫婦に「おかしな人たち」とレッテルを貼った。都心の名門ホテルの一番大きな宴会場で招待客千名を超える披露宴を行い、渋谷区の一等地に新居を構えた兄夫婦の存在が、私たちのジミ婚ぶりをいっそう際立たせた。もっとも、次男は次男らしく長男よりも地味な結婚をするべきだ、と考えていた兄にしてみれば、少しはほっとしたことだろう。とてもじゃないがフツウの男は歯が立たないほど頭脳明晰《めいせき》な上、誰もがはっとするような美貌の持ち主である凛子を、未来の妻として引き合わせたとき、明らかに兄は動揺していた。いっつもアヒルの尻しか追っかけてなかったくせに、お前どうやって彼女を口説いたんだ？　と言われても家畜であるアヒルは私の研究の対象外なのだが。

とにかく、私は、それまでも野鳥観察のために実家から通っていた祖父の家に、人生の伴侶を得て移り住んだ。凛子は総理になるまえもいつも忙しい人で、家事にはあまり関心を持たなかった。私は私で、毎朝五時起きで野鳥観察を存分に行い、先に朝食を済ませて出勤した。私たちは、当然のごとく、自分のことは自分でする生活を営んだ。お互いの日常に関心を持ちつつも、干渉はしない。助け合うべき場面では助け合う。そういう暮らしが、祖父のようにゆったりと大きなこの家にはふさわしかった。

毎朝私がかかさずにつけていた「野鳥観察日記」を、凛子はときどき私に無断でのぞいているようだった。そして、シジュウカラが巣に入ったことを記したページなどに、「おかえり、スイート・ホームへ」などと走り書きした付箋《ふせん》をくっつけたりしていた。

私は、彼女のそういう茶目っ気が何より好きだった。よって、凛子の目につきやすいところに、日記をわざわざ開いて放置したりしていた。

私と祖父の思い出が詰まった場所。私の学び舎《や》にして研究所。私たちの巣。私たちのスイート・ホーム。

いつかは出ていく日がくるだろうと、覚悟していた。けれど、それを、凛子ではなく、別の女性に告げられることになろうとは。

「引っ越し宣言」のあった日の夜。凛子はいつものようにSPに伴われ、党の幹部、政府関係者数名とともに十時頃帰宅した。現直進党幹事長の小野寺勇《おのでらいさむ》氏、事務担当官房副長官の石田堅一氏、政務担当秘書官の島崎君の三人と、何事か居間で話し込んでいるようだった。キッチンをのぞくと、小野寺さんと石田さんの女性私設秘書がふたり、そうして富士宮さんが、お茶の用意をしている。

「遅くまでお疲れさまです」と私が声をかけると、秘書のふたりは会釈をしたが、富士宮さんは「日和さんはもうお休みください」とそっけない。毎度のことなのだが、凛子が幹部や閣僚を伴って帰宅したとき、富士宮さんは私がキッチンに入ってくるのをどうやら警戒している感じなのだ。

しかし私は、そのときに限って、あえてキッチンに踏み込んだ。事務担当の官房副長官である石田さんが来ているということは、公邸への引っ越しの段取りについても話しているのではないかと考えて、挨拶をしておきたい、そのためにお茶をお持ちしようと考えたのだ。

凛子の総理大臣就任までは、直進党の幹部などが夜間に来宅すれば、お茶の用意と提供は私の範疇《はんちゅう》だった。ところが、いまはそれを秘書たちや富士宮さんに取られてしまった。私はお茶の銘柄や淹れ方などにもちょっとしたこだわりがあるので、おいしいお茶を客人に供するのはむしろ楽しみでもあった。それを奪われてしまって寂《さび》しく思ってもいた。凛子が深夜に飲むのによかろうと、カモミールとジンジャーがブレンドされたハーブティーを取り寄せたものがある。リラクゼーション効果もあるらしいし、是非ともそれを飲んでいただこうじゃないか。

「もう夜も遅いので、カフェインの多い緑茶ではないほうがよいのではありませんか。

おいしいハーブティーがありますから、それを淹れて私がお持ちしましょう」

にこやかにそう言って、私は、お盆の上に緑茶入り湯呑《ゆの》みを載せて運ぼうとしていた女性秘書を止めた。すると、富士宮さんが急に目を三角にした。

「ハーブティーですって？　総理の旦那さまが？　やだもう、みっともないからやめてくださいよ」

言われて私は、反射的にむっとしてしまった。

「どうしてみっともないんですか。妻のゲストに夫がお茶をお持ちして何が悪いんですか」

「どうしてって……よく考えてくださいよ」と富士宮さんは、両手を腰に当てて威圧的な態度になった。

「凜子さんはいまや総理大臣ですよ。全日本国民の代表、でもって全日本女性の代表なんですよ。その人が旦那さまにお茶を、しかもハーブティーなんて女々しいものを持ってこさせるなんて、なんだか旦那さまをこき使っていばってるみたいじゃないですか。幹部の男性陣だっていい気はしないでしょうし……とにかく、私が持っていきますから」

そう言って、女性秘書の手から湯呑みの載ったお盆を受け取った。「ちょっと待ってください」と私は彼女を制した。

実に意外だった。富士宮さんの言っていることも意外だったし、そんなことを彼女が考えていたという事実も意外だった。これは捨て置けぬとばかりに、私は反論した。

「なぜ夫が妻の客人のためにお茶を出すのが、妻が夫をこき使っているということになるのでしょうか。妻が夫の客人のためにお茶を出すのであれば、それは当然の行為だとあなたはみなすのですか？　あなたの職場では、いまだに必ず女性スタッフが来客にお茶を出すのですか？」

「いや、それは……」富士宮さんは言葉を濁したが、正直に答えた。

「うちの職場の場合は、会議室にお茶とコーヒーの入ったポットが置いてあって、飲みたい人は勝手に飲む、ってことになってます」

「そうでしょう」と私は言った。

「あなたの職場のボスは党首である凛子ですよね。だから、そういうシステムにしているのだと信じます。彼女は真の平等主義者です。お茶を淹れるのは妻の役割などとは、彼女は端から思っていませんし、私もまた同じです。ですからやはり、私がお茶を淹れて妻の来客のために運ぶのは、まっとうな行為です」

「いや、それはそれ、これはこれですよ。とにかく、ここは私が」

「いいえ。私がやります。私は総理の夫ですから、そのくらいのことは」

湯呑みの載っかったお盆をあいだに挟んで小競《こぜ》り合いをしているところへ、「あのう

「……」と島崎君がひょっこりと顔をのぞかせた。

「遅くにお邪魔しました。今日はこれで失礼します」

「ええっ」と、富士宮さんと私は同時に声を上げた。

「いま、お茶をお出ししようとしてたんですけど」私は言った。「すみません、なんのおかまいもできませんで」

「いいえ、こちらこそ、いつも遅くにどやどやと上がり込んで、申し訳なく思っています」

島崎君は律儀に詫《わ》びた。そして、「でも、来週からはご面倒をかけずに済むようになります」と笑顔になった。

「富士宮から聞いておられると思いますが、公邸への引っ越しが決まりました。来週の土曜日です。引っ越しの段取りや手配はすべてこちらでやりますので、日和さんには、ご自分の身の回りの荷物だけまとめていただければと思います」

「はあ」と私は気の抜けた返事をした。「ということは、着替えや書物だけでよいのでしょうか」

「そういうことですね」島崎君はあっさりと答えた。「どのくらいの期間、お住まいになるかわかりませんので。いちおう、あちらへ持ち込むのは最低限のものにしていただくのがよかろうかと」

確かに、公邸に住んだのはわずか三ヶ月という総理大臣も過去には存在した。どうやら腰を据えて住む場所ではないようだが、それはつまり、内閣が短命であることの裏返しだ。そんなことになっては、凛子にとって由々しき問題だ。

「日和さんには、ご勤務先から若干遠くなってしまいますが、変わらずに党の車で富士宮が毎日送迎させていただきますから、ご了承ください。それに、これからは公邸秘書も付きますし、公邸専属の家政婦さんもおりますので、日和さんにお茶の準備の心配をしていただかなくても大丈夫になりますよ」

「はあ」とまた、私は生返事をした。それから、生真面目に尋ねた。

「じゃあ、私は何をすればよいのでしょうか」

「やだなあもう。日和さんは総理の旦那さまなんですから、そんなこと言わないで、もっと堂々としていればいいんですよ」

富士宮さんが口を挟んだ。

「日和さんは学者だしお坊ちゃまだから、育ちのよさはあるんだけど、凛子さんのことになると、いつもおずおずとしてるっていうか、ちょっと頼りない感じがするんですよね。総理もおっしゃってましたよ。『あの人はとにかく温室育ちだから』って」

富士宮さんは日頃から何かと私に厳しく接するのだが、その日ばかりは彼女の言葉がずしんときた。おずおずとしてる。頼りない。温室育ち。ああ、でも、そう言われたところで否定できない自分がいる。なんてことだ。私の知り及ばぬあいだに、凜子と富士宮さんは、私をいじって「女子トーク」を繰り広げているのだろうか。

客人たちが移動する足音が廊下から聞こえてきた。島崎君は「ではまた、詳しいことは後日」と告げて、キッチンを出た。富士宮さんとふたりの秘書もその後を追った。私は玄関まで見送る気分になれず、ぼんやりとその場に佇《たたず》んでいた。

しばらくして、凜子がキッチンに現れた。そして、「どうしたの?」と私の顔を見るなり訊いた。

「何かあったの?　なんだか思い詰めたような顔してるけど」

私は、とっさに作り笑いをした。

「いや、ちょっとね。遅まきながらお茶を淹れようかと思って……緑茶とハーブティーと、どっちがいいかなって」

「ハーブティーのほうがいいんじゃない?」凜子がにっこりと笑顔になった。「私もいただこうかな」

ハーブティーにハチミツを添えて、ダイニングテーブルへ運んだ。凜子は椅子に座ってくつろいでいるかと思いきや、テーブルの上に幾枚もの資料を広げ、ネットの端末を眺めて、何かぶつぶつつぶやいている。明日の国会答弁の練習をしているのだ。

凜子が国会でほとんど資料に目を向けず、野党の質問者から視線を逸らさずに話すというのが「相馬総理の七不思議」のひとつとしてマスコミでも取り上げられていたが、相手から決して目を逸らさない、というパフォーマンスのために、彼女はこうして毎晩睡眠時間を削り、答弁を頭に叩き込んでいるのだ。国会での代表質問者の氏名とプロフィール、質問の概略については、前日に官邸に情報が入れられる。質問者の戦術を島崎君たち秘書官が分析し、想定問答を担当官僚が作成する。総理はそれらを頭に叩き込んだ上で、自ら答弁しなければならない。いままでの総理は官僚が作成した資料を棒読みすることが多かったが、凛子はそれを嫌った。彼女はあくまでも自分の言葉にこだわり、自分の考えを伝えようと地道に努力していた。生きた言葉こそが国民の胸に響くのだと信じて。

余談だが、相馬総理の七不思議として、他には「結婚指輪をしない」「絶対に太らない」「官邸の中庭の枯れかけていた竹の植栽が相馬総理就任直後に青々と蘇《よみがえ》った」などがある。竹の件はたぶん都市伝説なんじゃないかと思うが。

書類の横に注意深くティーカップを置くと、「ありがとう」と凛子はすぐにそれを口元へ運んだ。近視用のメガネが湯気でたちまち曇り、「ありゃりゃ。見えんわ」とつぶやいて、メガネを外した。それを潮に、私はその日いちにち懸念していた案件を切り出した。

「富士宮さんと島崎君から、今日、聞かされたよ。引っ越しのこと」

「そう」お茶を一口啜《すす》って、凜子は返事をした。少々、そっけない。

「僕は、べつだん、引っ越しに関して何も手伝わなくてもかまわないんだね？」

「かまわないわよ」と、またそっけなく答える。「全部、スタッフが段取ってくれるから」

一瞬、私は、私の本当の気持ちを告げるべきかどうか迷った。こんなふうにうじうじと迷っているから、富士宮さんには「頼りない」と、そして凜子には「温室育ち」などと言われてしまうのだ。こんな自分を自分でもときどき情けないと思う。

そこで私は、思い切って、今朝引っ越しについて聞かされたときからずっと考え続けていたことを口にした。

「僕は、この家に残ったらまずいかな」

凜子は、ティーカップを持ち上げたまま、じいっと私をみつめた。ちょっとやそっとのことでは動じない涼やかなまなざしは、何も言わずとも私を圧倒する。それどういうこと？　と説明を求めている。国会で代表質問に立った人物は、この澄み切った瞳にみつめられて、ひとり残らずおずおずとしてしまうに違いない。

「いや、その、つまり……この家は、単なる住居じゃなくて、僕にとっては研究室のようなものだから」

もぞもぞと私は理由を述べた。

「君も知っての通り、まだ小学生だった頃から、僕はここへ通って野鳥観察を続けてきたんだよ。いわばライフワークみたいなものだから、いまさらやめるわけにはいかないし……どっちにしても、いま、君は仕事で忙しいから、その、一緒にいても僕らはあまり接触もないし……僕が公邸に一緒に移ったところで、なんの役に立つわけでもないし……」

むしろ僕がいないほうが君のためになるんじゃないかな、とも言いかけたが、なんだか負け犬の遠吠えみたいな気がしたので、さすがにやめておいた。凛子は私を見据えたままだったが、ふっと笑って、「ヘンなの」と囁くような声で言った。

「日和クン、私が総理になったことが気に入らないの？」

「まさか」私は、すぐに否定した。

「君が総理になるのに、何も不都合なことなんかないって、最初に言ったじゃないか」

「でも、なんだかいままでのあなたとは違うよ」凛子は私から目を逸らさずに言った。

「いままでのあなたは、私が行きたいところがあれば、一緒に行ってくれたでしょう。私がやりたいことがあれば文句ひとつ言わずに同意してくれたし、後押しもしてくれた。そうでしょう？」

まったくその通りだった。それって、すごく優しい夫のように聞こえるが、よくよく考えてみると、まったく自我のない人っていうか、妻ベッタリっていうか、ヨメコンプレックスみたいに聞こえなくもない。ゆえに私は、いっそうがっくりしてしまった。

「そうだよ。まるで君のいいなりだった」

「いいなり？」凜子の声のトーンが、一オクターブ上がった。それは、結婚してからこのかた一度も聞いたことがない、攻撃的な声だった。

「じゃあ何？　あなたは、私のために、いやなことがあっても我慢して付き従ったってことなの？　私のいいなりになって、それで幸せだったの？」

「いや、いやいやいやいやいや、いや。そうじゃなくて」と私は大急ぎで全面否定に出た。挙げ足なんぞは野党時代に百本も取っただろう凜子に、不用意なことを言ってはならぬ。

「君の意向はいつだって僕の意向でもあったわけだから、それは、はい、いいなりってわけじゃありません。前言撤回します」

「ならばけっこうです」と凜子は、私の潔《いさぎよ》過ぎる撤回を受け入れた。

「とにかく。公邸への夫婦での移住は、あなたにも総理の夫たる者の義務として受け入れていただきます。そうでなければ、マスコミに何を書かれるかわからないでしょう。そのくらいの想像はできるわよね？」

　確かに、「相馬総理　別居の真相」などと、すぐに私たちの周辺を嗅ぎ回られるに違いない。それでなくとも、常日頃、富士宮さんに口酸っぱく言われているのだ。総理は常に狙われてるんですよ、相馬凜子を沈めるにはスキャンダルしかないって言われてるんです、日和さんも十二分に気をつけてください——と。

しゅんとしてしまった。もちろん、覚悟はしていた。けれど、どうにも寂しかった。この家を離れて野鳥観察ができなくなってしまうこともだが、公邸での私の役割が何もなさそうなことが、私をそんな気分にさせた。そして、凛子がますます遠くにいってしまうような気がしてならなかった。

結婚して十年。私は、出会った頃からちっとも変わらずに、いや、時間が経ってなおさら、凛子がまぶしかった。総理になってからはなおのこと、輝きはいや増して、何かもう近づけないような女神的な感じすらあった。実際、彼女と私がふたりきりでいちばん近くに隣り合うのは、真夜中の二時か三時、寝息以外に聞こえない真っ暗な寝室のベッドの上だけだった。掛け布団の下で、私は、シジュウカラのヒナに触れるように、そうっと彼女の手を握ることがあった。そんなことくらいしか、いまの私にはできなかった。

そうだ。確かに、凛子が総理になってから、私は変わってしまったかもしれない。

兄が彼女のことを密《ひそ》かに「凛ちゃん」と呼び親しみ、彼女の政治資金管理団体にどうやら資金提供をしているらしいことを知って、ふたりのあいだに親密な何かがあるのではないかと気になり始めていた。もっと言えば、疑い始めていた。ひょっとして凛子は、総理になってこの国を動かすという大義のために、兄を、相馬の力を——そして私を利用しているんじゃないのか？　と。

そんなふうに考えたことは、この十年間、ただの一度もなかったのに。

この家を捨てて、凜子に付き従い、公邸に移り住む。それは、私たち夫婦のあいだの力関係をいやおうなく形にされるようなものだった。もちろん、野鳥観察と家庭とを天秤《てんびん》にかけることはできない。それでも私は、何かに「負けた」ような気がして、たまらなく苦しかった。いったい、何に負けたというのか。世間の目か、政治の力か、兄の存在か、嫉妬心か、凜子自身か——その全部かもしれなかった。

公邸の近くにだって森があるわよ。せめて凜子がそんなふうに言ってくれることを、私は待った。

皇居もある。日比谷《ひびや》公園も、神宮外苑《がいえん》も。どこにいたって野鳥観察は続けられるわよ。だから、一緒に行きましょう。私には、あなたが必要なんだから。

そんな言葉を、期待していた。

凜子と私は、テーブルを挟んで向かい合ったまま、それっきり黙ったままだった。いたたまれなくなって、私は席を立った。キッチンでハーブティーをていねいに淹れ直し、あたたかいティーポットを片手にテーブルへ戻ると、凜子の姿はもはやそこにはなかった。

8

二〇××年十二月五日　晴れ

十二月最初の週末、凛子と私は、総理大臣公邸へと引っ越した。

「日和さんのお手は煩わせません」との富士宮さんの言葉通り、私は何ひとつ持ったり運んだりしなかった。それどころか「ご実家へ帰っていてくださいますか」とこれまた富士宮さんから指令が出て、すごすごと実家へ引っこまざるを得なかった。凛子は政府の用事で外出しており、私ひとりで実家へ出向いたのだが、ここぞとばかりに母に買い物へ誘われた。

「お正月用に、訪問着を新調しようかと思ってるのよ」母はうきうきと言った。

「日本橋《にほんばし》の五越《いつこし》まで付き合ってくれなくって？　ついでにあなたのスーツも買ってあげるわ、引っ越し祝いに。ひとつ新調なさいな」

「いいですよ、そんな」私は遠慮した。

「いつも五越の外商の方がうちまで来てくださってるんでしょう。反物二、三十点持ってきてもらえばいいじゃないですか」

「まあ。あなたったら、あいかわらず無粋な人ね」母はたちまち憤然として返した。「私の着物じゃなくて、あなたのスーツのほうに買い物の力点を置いているのがわからないの。それに、あんな要塞みたいなところに引っ込んじゃったら、この先あなたを連れ出すのはひと苦労だわ。つべこべ言わずについていてらっしゃい」

どういうわけだか、自分の家の引っ越しの日に、母とデパートへ出向くはめになってしまった。母専用の車で出発して間もなく、スマートフォンがジャケットの内ポケットの中で震え始めた。富士宮さんからの電話だ。

「はい、もしも……」と応答しかけると、『だめじゃないですか、ご実家から出たりしちゃ！』といきなり怒鳴られた。

ああ、そうだった。私のスマホのGPSは、富士宮さんにいつもチェックされているのだ。少しでも不審な動きをすると、すぐに電話がかかってくる。私の日常は、いまや妻でもなんでもない女性にこうして監視されているのだった。

『党で把握していない行動を取るのは慎んでください。戻ってください、いますぐに』

「いや、いますぐにというわけには……」私は母の視線から逃れるようにして、電話を片手で覆うようにして応えた。

「母に買い物に付き合わされてるんです。行き先は日本橋の五越です。一時間で戻りますから」

『五越？　デパートへ行くっていうんですか？　冗談じゃありませんよ、引き返してください』

強い口調で富士宮さんが言った。

『言ったでしょう？　総理の関係者の周辺を嗅ぎ回っている輩《やから》がうようよいるんですよ。どんなほころびでもみつけられたらまずいんです。自重していただかないと』

ほころびって、母親とデパートに行くことがなんのほころびにつながるんだろうか。と思ったが、反論している場合じゃない。

「わかりました。なるべく早く帰りますから」

そう言って、急いで通話を切った。母がじろりと三白眼をこちらに向ける。

「ずいぶん賑《にぎ》やかな方ね。お若い女性のようだけど、いったいどなた？」

「いや、あの」私は口ごもった。「直進党の広報部の方です」

「その方に、なんと言われたの？　母親の買い物に付き合うなとでも？」

私は返事ができなかった。まったく、母といい富士宮さんといい、私の周りに存在する女性は、なぜこうも押しが強くて勘の鋭い人ばかりなのだろう。

「引っ越しが間もなく完了するので、彼女が党の車で護国寺の家まで迎えにきてくれるそうです。そんなわけで、お母さんを日本橋までお送りしたら、僕はすぐに引き返さなければ……」

「いいえ。許しません」ぴしゃりと母が言った。「今日はあなたのスーツの採寸が終わるまで、一緒にいていただきます」

結局、母の訪問着の生地選びと、望んでもいないスーツの採寸が終わるまで、母に付き合わされてしまった。そのあいだじゅう、ジャケットの内ポケットの中で、スマートフォンが何度も繰り返し震えていた。

総理公邸は、中に入ってみると、想像以上に味気ない邸宅だった。

考えてみれば、当然のことだった。友だちを呼んだり、地方からやってきた親戚に泊まってもらったりする場所じゃないのだから、特別「味」がある必要はない。総理大臣が執務し、政権運営が為される場である総理官邸に直結している公邸は、総理の移動を最大限にスムーズにし、非常時となればすぐに陣頭指揮が執れるよう、総理が「待機」する場所なのだ。

中の見取り図は……と、いま描きかけたのだが、後世にこの日記が公になることが万が一あれば、セキュリティ上の問題に発展しかねないので、断念する。この日記を読んでいるあなたにしてみれば、奥歯にものの挟まったような言い回しだなと思うかもしれないが、すべては後世に政権を執っている総理のためと我慢していただきたい。

公邸内は、それなりに広くはあるが、音羽の実家のほうがずっと広かった。あまり広過ぎると総理の居場所がわからなくなるだろうし、移動にも時間がかかるから、常識的な広さにとどめたのだと想像する。寝室や書斎、和室の客間やダイニング、会議室、秘書室などがある。凛子の秘書や官邸の公設秘書が、非常時に備えて、交替でこの「秘書室」に寝泊まりする。家事を手伝ってくれる家政婦もいる。掃除やクリーニングなどは専門の業者が入る。この邸に出入りする人間は、誰であれ厳しいセキュリティチェックを受ける。当然、出入りの業者は事前に内部調査を受けており、中でもより抜きのスタッフが派遣されている。徹底的にふるいにかけた業者の社員であっても、掃除などは単独ではできない。必ずセキュリティスタッフがそばに付きっきりで監視を行う。そういえば凛子は公邸に移ってからは紙の書類をいっさい捨てなくなった。機密情報が漏れ出る可能性があるからだ。私とて同様で、以前のように「明日の朝ご飯はシーザーサラダでいいかな?」などと、ちょこまかしたメモを彼女のデスクに残すこともできなくなった。凛子が私の私的なメッセージを目にして、そのあと丸めて捨てたりしたら……と考えるとぞっとする。まったく、ゴミひとつにも気を抜けない。

私が公邸内に通されて、まず初めにやったこと。それは、トイレと浴室、それに私たちの寝室を隅々までチェックすることだった。だって、どこかに盗聴器とか、盗撮カメラとか、万が一にも仕込まれていたらたまらないじゃないか。

「……何してるの？」

寝室のベッドの下に潜り込んで、ベッドの裏側を入念に調べていると、床ぎりぎりの低さにしゃがんでのぞき込む凛子の顔が見えた。思わずあわっと頭を上げかけて、思いっきりベッドの裏側に額をぶつけてしまった。

「ああ、おかえり。早かったんだね、今日は」

額を押さえながら這《は》いずり出ると、凛子は、まあね、ともうひとつのベッドの上に腰かけた。寝室には、セミダブルのベッドがふたつ、スタンドが載ったサイドテーブルをあいだに挟んで、少し離れて置かれていた。これは、米沢前首相夫妻が使用したベッドではなく、私たちのために新調されたものだと富士宮さんが教えてくれた。いくらなんでも、前総理夫妻の使ったベッドはいやでしょう。こちらのほうで、低反発マットレスのものを選んで準備しておきました、と。が、しかし、この部屋に初めて入って、ふたつに分かれたベッドを目にしたときの、敗北感にも似た言いようのない私の胸のうち。

「いちおう、引っ越しの日だからね。……で、日和クンのほうは、お義母《かあ》さまと日本橋へ出かけたんですって？」

早速富士宮さんから告げ口が入ったようだ。私は「うん、まあ」と歯切れの悪い返事をした。まさかスーツを新調してもらったとは、口が裂けても言えない。

凛子はしばらく口を結んで、張り替えられたばかりのカーペットの床に視線を落としていたが、

「申し訳ないんだけど、しばらく遠慮してくれるかな。そういうの」

顔を上げて、すっぱりと言った。反対側のベッドの上に腰掛けた私は「え？」と訊き返した。

「そういうのって……どういうの？」

「だから、党に無断で、お義母さまとどこかへ出かけたりすることよ」

少し苛立った声が返ってきた。

「あやかちゃんから言われてるでしょ。いくら実家だからって、そうやってあなたが相馬の人と出かけたりするの、いまはまずいのよ。いままでだって、どれほど気を遣《つか》ってきたか……ここでしっぽをつかまれるわけにはいかないんだから」

「ちょ……ちょっと待ってよ」私はあわてて凛子の言葉が暴走しかけるのを止めた。「いったい、何がどうなっているのか全然読めないよ。僕が母と出かけたことが、そんなに責められるようなことなの？」

「ああ、あなたって人は」凛子は、大きなため息をついた。「本当に、おめでたい人ね」

「おめでたい人」というのは、母がよく私をからかって口にする言葉だ。母が言うと、

なんとなくやんごとないというか、意地悪ではあるのだが上品でもあり、そう耳障りでもない。が、凛子に言われてみると、どうしてだか、自分ばかりか母までを軽蔑しているかのように聞こえてしまった。

そんな些細なことに揺れ動く私の心中を知ってか知らずか、凛子は続けて言うのだった。

「あなたと私は、結婚してからこのかた、ずうっと嗅ぎ回られてるのよ。私が国会議員に当選してからはさらに。総理になってからはもっと徹底的に」

相馬家の次男を射止め、世間が羨望する玉の輿《こし》に乗った女――当代きっての知性派で知られた国際政治学者、故・真砥部夕の娘、凛子。勤務先だった政策シンクタンクでもその切れ者ぶりと美貌は群を抜いており、早くからマスコミに目をつけられていた。ふたりが結婚した時点で、いずれ真砥部夕の娘は相馬の財力を後押しにして国政選挙に立候補するだろう、そうなれば一波乱あるはずだと追跡を始めた政界ジャーナリストが複数いる。衆議院議員に立候補したときも、相馬家との関係を探られた。さきの総選挙では、保守系のマスコミをも動かした。けれどそのときも、慎重にさぐりを入れていた人々がいる――。

「野党に転落した民権党が、どれだけ必死になってマスコミを抱き込もうとしているか想像したことがある？　野党であれば、多少汚い手法を使っても、世間に注目されることはないわ。だけど、与党になれば、どんな小さなほころびでも、あっという間に大きな穴にされてしまうんだから」

ほころび。富士宮さんも今日、そう言っていた。私が母と買い物に出かけることがほころびになる、というようなことを。とにかく、不用意な行動は慎んでほしい、ということなのだ。

「わかったよ」私は、しおれて言った。「ごめん」

「謝るようなことじゃないよ」凛子は、冷たい声で言った。

「安易な『ごめん』は、言ってほしくない」

立ち上がると、寝室を出ていってしまった。私は、そのままベッドの上に腰掛けて、ただ所在なく、真新しいクロスが張られた壁の一点を見るともなくみつめていた。


かくして、首相公邸への移住に道連れにされてしまった私の日常は、すっかり無味乾燥なものに変わってしまった。

あなたもご存じの通り、首相公邸の所在地は東京都千代田区永田町《ながたちょう》二丁目三番一号。この日記を読んでいるあなたの時代にも、きっと公邸は変わらずそこにあるはずなのだが、住所から想像していただけるように、都心の超ど真ん中だ。周辺にあるものと言ったら、総理大臣官邸と、ホテルと、オフィスビル。歩いていける距離に国会議事堂と、衆参両議員会館、霞《かすみ》が関《せき》の官庁群。もちろん、赤坂《あかさか》や六本木《ろっぽんぎ》も近いから、気安い居酒屋やラーメン屋、バーなどがある歓楽街も至近距離だ。赤坂の高級料亭がかつて発展したのは、こうして政治の中枢部が近かったのと無縁ではなかったからだろうが、いまはずいぶん廃《すた》れてしまった。政財界の大物が接待したりされたりして、密談が交わされたのはひと昔まえのことなのだ。透明性が求められるいまの政治家たちは、黒塀の近くに車を着けて足早に料亭内に消える、などということをすっかりしなくなってしまった。

特に、総理大臣ともなれば、一日の行動のほぼすべて、一挙手一投足が衆人環視のもとにさらされる。新聞各紙には「今日の官邸」「首相日々」「総理の一日」なる小さなコラムがあり、朝、凛子が公邸を出る瞬間から、公邸に帰り着くまで、分刻みで「どこへ行ったか」「誰と会ったか」を記録し、公表する。地味なコラムながら、結構これが目に入ってしまう。「午前8時10分、公邸出る。8時13分、官邸。15分、陣内官房副長官。16分、小津官房長官。25分、陣内副長官出る。40分、消費税率引き上げ推進委員会会議。9時15分、マンテヴァ欧州連合副会長面談……午後8時40分、公邸。」という具合だ。これがある限り、絶対に怪しい会合など開けたものではない。

とにかく、都会のど真ん中、四方八方を色んな人に見張られた場所は、とてもじゃないが「家」とは呼べなかった。母がくしくも「要塞」とたとえていたが、そっちのほうがしっくりくる。

当然、野鳥たちがやってくる森などはない。長年の習慣で、朝五時まえには目覚めてしまう私は、仕方なく起きると監視カメラが動いている廊下を歩いてキッチンへ行き、コーヒーを淹れ、そのままキッチンテーブルで学会誌などを開いてみる。けれど、目はちっとも文字を追えず、ページに浮かび上がるのは、自宅の森の風景だ。私はその幻影を追いかける。どこまでも、どこまでも……。ああ、アルムの山に帰りたいと言って病気になってしまったハイジの気持ちが、なんだかわかる気がしてきた。

「なるほど。重症ですね、それは」

ある朝、アルムの山からフランクフルトに連れていかれた「アルプスの少女ハイジ」になった気分だと、出勤途上の車の中で思わず富士宮さんに打ち明けてみたら、どういうわけだか彼女が急に理解を示してくれた。この比喩《ひゆ》が彼女のツボにハマったのかもしれない。あるいは、総理の夫の精神状態が危険水域に達しつつあると恐れをなしたのかもしれない。ついに彼女はこんな提案をしてくれた。

「私、極力早く公邸にお迎えにいくようにします。少し早く出て、研究所へ行くまえにご自宅へ立ち寄られたらどうですか。移動を考えると、観察時間は十五分くらいしか取れませんが」

「ほんとに？」私は、声が弾んでしまうのを抑え切れなかった。

「いいんですか、ほんとに？」

「ええ、もちろん」富士宮さんはにっこり笑って答えた。

「じゃあ、私のほうから総理にお話しして、許可をいただいておきますね」

私が自分で言うよりも、ここは凜子との交渉に長《た》けた富士宮さんにお任せするのがよかろうと判断した。ただでさえ、公邸に移ってから、私たち夫婦のコミュニケーションは日増しに薄まっている。ベッドもふたつに分けられてしまったいまとなっては、ふとんの中で妻の手を握るのは簡単なことではなくなった。

凜子は、公邸移住後、いよいよもって多忙を極めていた。総理大臣就任後に始まった臨時国会における消費税率改定に関する議論が、まさにピークに達しつつあるのだ。年内に決着するのは無理であるというのが大筋の見解で、一月から始まる通常国会の会期中に改定法案を成立させたいというのが、凜子の肚のうちのようであった。

相馬内閣の支持率の高さに、野党は消費税率アップ反対を唱えつつも、解散総選挙を迫るに迫れず、じり貧状態に陥りつつあった。国民に信を問うために解散総選挙すべきだ、というのが、従来の支持率の低い内閣に対する野党の決まり文句のようなものだった。が、相馬内閣の場合、解散総選挙に持ち込まれたら、凜子の人気と原久郎の百戦錬磨の選挙術で、圧倒的勝利を収められ、下手をすれば凜子率いる直進党と原久郎率いる民心党ほか、連立与党を組んでいる政党に議席を独占されかねない。そうすれば自分たちの首を絞めかねない、と野党民権党は、凛子を追い詰める際立った戦術もなく切羽詰まっていた。

などと書けば、いかにも私が凛子の現状について把握し尽くしているかのように見えるだろうが、もとより私は凛子から直接政局運営について、はたまた国会を乗り切る戦略について、聞かされたことなどただの一度もない。いま彼女が何をしているのか、どういう状況にあるのか、私が情報ソースにしているのは新聞やネットニュース、テレビの国会中継などだった。私は主要紙の政治欄、特に「首相の一日」欄の隅々まで目を通し、研究所のオフィスに置かれたテレビでつけっぱなしにしてくれている国会中継に耳を傾けた。心優しい徳田所長は、「まあ国会のことなんかは総理に家で聞かされてるんだろうけど。私たちもなんだか気になるから」と、研究所の最大の支援者である相馬家に敬意を表して、国会中継をつけておいてくれるのだった。

「で、公邸の住み心地はどうなんですか」

ある日のランチタイムのこと。研究所の会議室にこもっている私のところへ、テイクアウトのジャージャー麺《めん》を買って持ってきてくれた研究員の伊藤るいさんが、藪から棒にそう聞いた。

最近の私は、同僚に外へランチに誘われても、なんだかんだと理由をつけてお断りするようにしていた。そのへんの定食屋で私たちの会話をどこかの誰かに聞かれたらかなわない、と警戒してのことだ。富士宮さんに毎朝持たされるおにぎりと総菜のパックが、ここのところの私の定番ランチだ。それをひとりで会議室にこもって食べる。やはり味気ないランチタイムだった。

たまには「食道楽」のジャージャー麺食べたいなあ、と同僚がランチに出かけるのを眺めて私がつぶやくのを、伊藤さんは聞きつけたらしい。じゃあ買ってきてあげますよ、と気を利かせてくれたのだった。

「なんというか、公邸は、ずいぶん味気ないよ」

大好物の肉味噌《みそ》を忙《せわ》しく口に運びながら、私は答えた。

「家というよりも、要塞というか。いつも誰かがいるし、落ち着かないな。毎朝やってた野鳥観察も、できなくなっちゃったし」

「最近、護国寺のお宅に立ち寄って観察してから出勤してるって言ってたじゃないですか」

「まあ、それはそうだけど……あなたも専門家だからわかるだろうけど、五時と八時じゃ、野鳥の動きはまったく変わっちゃうからね。定点・定時で観察しなければ、やっぱり意味がないよ」

「じゃあ、なんでわざわざ毎朝自宅に立ち寄るんですか？　日比谷公園とか行けばいいのに」

「それはそうだけど」とまた、私は言った。よく考えてみると、毎朝自宅にわざわざ行くのは、私のハイジ的な気持ちを安定させるためのようなものだった。

「まあ、小鳥たちに挨拶、ってところかな」

「小鳥たちに挨拶……」伊藤さんは復唱した。それから、ふふっと笑った。

「相馬さんて、なんだかかわいい」

どきっとした。妙に熱っぽいまなざしで、伊藤さんは私をみつめている。

奇妙な予感が、私の胸をよぎった。何か、よからぬことがこのさき起こるような……。

9

二〇××年十二月十二日　晴れ　時々曇り

総理公邸へ移住してから一週間、私の周辺で異変が起こり始めた。

最初に感じたのは、まあ異変というほどおおげさなものではなかった。私を「出待ち」している人たちの中で、微妙に男性率が上がったという程度のものだ。

「出待ち」などと書くと、なんだか自分を宝塚《たからづか》スターにでもたとえているようで、我ながらちょっと気色悪い。けれどそれは「出待ち」という以外にたとえようもない現象だった。つまり、私が外出するのを待ち構えている「ひよラー」たちが、公邸の門前に群れているのだ。ちなみに「ひよラー」とは、私目当てにわざわざ自宅の前までやってくる女性たちのことを、富士宮さんが冗談めかして付けた名称だったが、どこからどう漏《ろう》洩《えい》したのか、いつのまにか週刊誌などでも「総理の夫・相馬日和さん追っかけひよラー」などと掲載されるようになり、現在に至る。もうひとつ言えば、凛子の追っかけは

「凛子ジェンヌ」と呼ばれているらしい。凛子もまた女性の追っかけが圧倒的に多いようで、男性ファンは、凛子を猛烈に応援し彼女を崇拝する「凛子ジェンヌ」の勢いがコワくて参戦できないらしい。まあ確かに、凛子にはどこかしら「ベルサイユのばら」のオスカルめいた凛々《りり》しさが漂っているのだから、宝塚《ヅカ》ファン的熱狂が彼女を支持する女性陣のあいだに巻き起こるのもうなずける気がする。

もはやあなたもよくご存知の通り、毎朝、私は富士宮さんとともに直進党の公用車に乗って出勤する。公邸は壁に囲まれているのだが、その出入り口の両脇には、仁王像のごとく頼もしき門番係の方々が立ち、公邸敷地内からゆるゆると出動する車に向かって敬礼を送ってくれる。そして歩道の周辺には二十名ほどだろうか、ひよラーたちがわあっと群れて、車に向かって盛んにカメラのシャッターを押したり、手を振ったりしている。『日和さんおはようございます』『いってらっしゃい』『凛りんをよろしく♡』などなど、手書きのプレートを掲げる人もいる。ひよラーたちが出現した当初、私はどう対応したらいいのやらまったくわからず、目を合わせてはいけないような気がして、おどおどと顔を伏せるばかりだった。しかし総理の夫となってもうすぐ三ヶ月、いまでは軽く会釈をするくらいの余裕を持ち合わせている。手を振り返そうとしたこともあったが、「それはやり過ぎです」と富士宮さんからぴしゃりと止められた。総理の夫たるもの、無愛想なのはよろしくないが、愛想を振りまき過ぎていい気になっているように見られ

ても いけない。ファンの方々に対しては、あくまでも礼節を持ち、距離を保って接するのがよい。それが富士宮流「ひよラー対処法」だった。

出待ちのひよラーたちは、毎日並ぶ顔ぶれが変わっているような気がしたが、そのうちに何曜日にどういう特徴の人が来ているかを私は把握した。だてに長年野鳥観察をしているのではない、瞬間的に小さな鳥の特徴をつかむのはお手のものなのだ、人間となれば大きさは野鳥の数十倍、難なく見極められる。月曜日には「いってらっしゃい」プレートとともに大きな花のコサージュを胸元に着けているおばさん、火曜日にはゆるふわカールの髪型で大きなフリルのついたポンチョ風コートを着ているおばさん、水曜日は真っ赤なニット帽と真っ赤なマフラーをつけたおばさん……っておばさんばっかりじゃないか。

「男性のひよラーさんっていうのも、いらっしゃるんでしょうか」

ある朝、出勤時に富士宮さんに尋ねてみた。富士宮さんはいぶかしそうな表情になった。

「日和さん、視力が落ちたんですか？　見ての通り、ひよラーの九十九％はおばさんですよ」

「そりゃあまあ、そうには違いないのですが……」

私は渋々と肯定した。なんでそんなにおばさんばっかりなのかも、私としては究明したいポイントではあるのだが。

「最近、毎日『出待ち』しておられるアラサー男子がいるんです。けっこうセンスのいいジャケットを着ていて……」

「アラサー男子……」富士宮さんはつぶやいた。「凛子ジェンヌがコワくて、仕方がないからひよラーに転向したのかな……」

そんな理由での転向はヤだなと思ったが、それは口には出さずに、気を取り直して私は言った。

「アラサー男子ばかりではありません。おじさんもいます」

「おじさん？」富士宮さんは、心底意外そうな声を出した。「どんなおじさんですか？」

「天然パーマで、あごひげの剃《そ》りあとが濃くてぶつぶつしてて、目付きが悪くて、よれたコートを着てます」

かなり的確におじさんの容姿を描写してから、「なんとなく、『刑事コロンボ』みたいな感じです」と付け加えた。ふうん、と富士宮さんは気の抜けた返事をした。どうやら、そんな大昔のテレビドラマの主人公などまったく知らないようだ。

「まあ、男性ひよラーがいたって、それは構わないでしょう。個人のシュミの問題ですからね」

富士宮さんは、微妙な意見を述べた。それから、「いずれにせよ、気をつけたほうがいいですね」と言い足した。

「ひよラーと見せかけて、日和さんの動向を探っている輩かもしれませんから。もちろん、おばさんの中にも刺客がいないとは言い切れませんよ。とにかく、日和さんに近づこうとする人物には、誰であれ、要注意です。わかりましたね？」

念を押されて、私は小声で、はい、と答えるほかはなかった。

「要塞」公邸と、職場と、ときどき護国寺の自邸と。その三箇所以外に、私が出かけることは、まったく容易ではなくなってしまった。

いったい、いつまでこの状態が続くのだろうか。

いやいや、弱音を吐いている場合ではない。凛子が総理大臣の職を務める限り、この状態から脱することはできないのだ。

そう腹をくくらなければならないのだ、私は、総理の夫として。


さらなる異変というと、最近、同僚の伊藤るいさんが、やたらあれこれと気遣って声をかけてくれるようになったこと、だろうか。

もともと、彼女はよく気がつく、大変できるタイプの女性で、研究所内でも紅一点の研究者であることから、徳田所長も彼女の存在を大変尊重していた。根気のいる細やかな調査の下調べなども自分から買って出る様子が大変好ましく、上席研究員の窪塚さんも、幡ヶ谷さんも、伊藤さんは本当によく気がつくね、いい嫁さんになるよ、いや嫁にいってほしくないね、などと噂《うわさ》をしていた。

よく気がつく＝《イコール》何くれとなく声をかける、ということではない。周囲の人の状況や立場に気遣いできるということは、むしろ声をかけなかったり、あたたかい無視をしたりということでもある。そういう意味では、伊藤さんはよく気がつく人だった。私が総理の夫という立場になってからは、必要以上に私を飲み会や昼食に誘ったりしなくなったし、まるで私の妻が総理大臣になどならなかったかのように、通常通りに接してくれもした。一方で、休憩時間に国会中継を熱心に見て、凜子の著作本などにも目を通して、「やっぱりそ〜りんってすごいなあ」とひとり嘆息しているのだった。その言葉がかすかに私の耳に届くくらいの距離で。

その伊藤さんが、ジャージャー麺をランチにテイクアウトしてきてくれた日あたりから、なぜだか奇妙に私に接近してきた。

「テイクアウトばっかりだと飽きちゃうでしょう」と言って手作りのお弁当を持ってきてくれたり、「ちょっとカフェでお茶して帰る時間、ありませんか」と誘ったり。手作りのお弁当には驚いたが、正直うれしくもあった。ランチはいつも無味乾燥なおにぎりと総菜のパックばかりだったし、夕食は家に帰って公邸付きの家政婦さんが作りおきしてくれたものをダイニングでひとり黙々と食べるのが、このところの私の定番だったから。

伊藤さんから渡されたお弁当箱のふたを開け、ふっくら黄色の卵焼きとかわいらしいタコのウィンナーとたわら形のおむすびを見た瞬間、不覚にも感動で涙が出そうになった。

「こんなにおいしいお弁当はひさしぶりだよ」

タコにかぶりつきながら、私は言った。ひさしぶり、というのは嘘だった。ほんとうのことを言えば、初めてだったのだ。結婚してこのかた、私は妻に弁当を作ってもらったことなど一度もない。それどころか、幼少期にも、母の手製の弁当を持たされたことなどなかった。運動会のときですら、老舗《しにせ》料亭の松花堂弁当を校庭まで届けさせる周到さだったのだ、私の母は。

「そうですか、よかったあ」

伊藤さんは、にこやかに応えた。天使が微笑むときっとこんな感じなのだろう、と本気で思えてきた。米粒ひとつ残さずに完食してから、私は「ああ、おいしかった」と箸を置いた。

「ありがとう。このご恩は、いつか必ず、何かでお返しします」

私は大真面目だった。しかし女の子の手製のお弁当に、何で恩返ししたらいいのか、皆目見当がつかなかった。

「いえ、そんな」と伊藤さんは、首を小さく横に振った。「お返しだなんて……」

そう言ってから、上目遣いにちらと私を見た。私の胸が、一瞬どきりと鳴った。彼女の目の奥に、あやしい光が宿っているように見えたのだ。

「あの、でも、もしよかったら……今日の午後にでも、相馬さんの護国寺のお宅へお邪魔できませんでしょうか」

「私の家に?」と私は訊き返した。「しかも、勤務時間中に?」

「ええ。相馬さん、以前、一九二一年に刊行されたジブリー・アルキメデスの世界鳥類全集をお持ちだっておっしゃっていましたよね。そこに記載されているはずのディオメデア・アルバトゥルスの記述に関して、今度、所長が学会で発表する論文で引用したいとおっしゃってるんです。それで、拝見して、ハンディスキャナでスキャンさせていただけないかと思って……」

「ああ、そういうことか。なるほど」

私は、すぐに頭の中で鳥類全集をめくった。アルキメデスの図鑑ならば、子供の頃から何百回も眺めて、ほぼすべてを暗記しているくらいだ。私の十歳の誕生日に祖父が贈ってくれた大変な希少本で、国会図書館にも入っていない珍品だ。たしか、第三巻の五七二ページあたりにディオメデア・アルバトゥルスの記述があった。ちなみにディオメデア・アルバトゥルスとはアホウドリの別名である。

「所長には、もう外出許可をとってるの？」と尋ねると、はい、と伊藤さんは答えた。

「急いでいるからなるべく早く行ってきてほしいと、所長もおっしゃっていました」

「では、すぐに行きましょう」私は、空になった弁当箱にふたを被せてから立ち上がった。

「そういうことなら、早いほうがいい。じゃあ、タクシーを……」

「あ、もう呼んであります。外で待ってるはずですんで」

段取りがよ過ぎる気がしたが、とにかく私たちはタクシーに乗り込んで、護国寺の家へと向かった。

「わあ、すごい。さすが、相馬家のお屋敷。レトロですてきですねえ」

家の中に入ると、伊藤さんはきょろきょろと室内を見回して歓声を上げた。

邸の主《あるじ》たる私と凛子がいなくなっても、平日の午前中には家政婦の下村さんがやってきて、換気と掃除を怠りなくしてくれている。家というのは、人が住まなくなると荒《すさ》んでしまうものらしい。だから下村さんにお願いして、毎日、あなたは見放されていませんよ、ご主人はそのうちに帰ってきますよ、と邸にサインを送ってもらっているわけだ。

私も、毎朝、富士宮さんに付き添われてこの邸に立ち寄り、わずか十五分ほどではあったが、野鳥観察を続けていた二階のベランダへ出て、野鳥たちに、私の森に、語りかけている。ちゃんと今日も来たよ、私はここにいるよ、だから私のことを忘れないでおくれ、と。

私は伊藤さんを私の書斎へと誘《いざな》った。必要最低限の研究書や資料は公邸へ持って行ったが、重くてかさばる全集や事典の類いはほとんどが書斎に残したままだった。書斎に一歩足を踏み入れるなり、伊藤さんは目を輝かせた。

「すごい、こんなに資料が……わあ、アルキメデスの全集がほんとに全巻揃ってる！　オックスフォードの全集も、大英博物館の全集も！」

壁一面を埋め尽くす書棚に飛びつくと、伊藤さんは片端から書物を取り出し、広げ始めた。そして、そこが私の書斎であることなどまったく忘れたかのように、夢中でページを繰り始めた。

彼女が入所したての頃、所長に聞いたことがある。伊藤さんは北海道出身で、北大で野鳥生態学を学んだ。大変な才女で、学術誌にも極めてユニークな論文を発表し、「北に伊藤るいという才媛あり」と学会でも噂されていた。しかし、家庭の事情で、研究を続けられなくなり、一度は東京にある製薬会社のOLとなる。が、その才能を見捨て難く感じた所長が、当研究所に欠員が出たとき、なんとか彼女を迎えたいと画策し、その結果、晴れて我が研究所の研究員となった。そんなこともあって、伊藤さんは所長には特別に恩義を感じているようだったし、所長とて娘のように目をかけているのだ。

伊藤さんは書物に夢中になり、くだんのアホウドリのページをスキャンする気配がない。自分の研究に関係のある珍しい書物を見出したとき、我を忘れて没頭してしまう研究者の気持ちは痛いほどわかる。しばらくはそっとしておいたほうがよかろうと、私は書斎を出た。キッチンへ行って、ハーブティーでも淹れようと食器棚からポットを出したところで、上着の内ポケットのスマートフォンが震え始めた。

あちゃあ、富士宮さんだ。暗澹《あんたん》たる気分で通話キーを押すと、私は「はい、どうもすみません」といきなり謝った。

「GPSでご覧の通り、ただいま、私は自宅に来ております。研究所の用事です」

『日中にご自宅へ立ち寄るとは、聞いてませんけど』我が監視員殿のトゲだらけの声が返ってきた。

『そういうことなら、どうして朝のスケジュール擦《す》り合わせのときに言ってくださらなかったんですか』

「いや、それは、その……」私は口ごもった。「所長が必要とされている資料が、私の書斎にあるとさきほど判明したので……取りにきたんです」

『おひとりで、ですか』ますますトゲトゲしい声になって、富士宮さんが尋ねた。『誰かと一緒じゃないんですか』

「いや、まさか。ひ、ひとりです。勤務中ですから」とっさに、そう答えてしまった。

これじゃまるで、妻に浮気現場を突き止められて言い訳しているみたいだ。

『ならば、いいですけど』と富士宮さんは言いつつも、あまり合点がいってない口調だ。『ご自宅へ用事があって立ち寄ることまで禁じるわけにはいきませんからね。用事が済んだら、寄り道せずに、まっすぐ研究所へ帰ってください。いいですね？』

「はい」と答えて、私はしゅんとなった。「すみません」

『謝るようなことじゃありませんよ』富士宮さんは口調をやわらげて言った。その言葉、つい最近凛子も口にしたなと急に思い出した。安易なごめんは言ってほしくない。彼女はそんなふうに言ったのだ。いままでになかったような、冷たい声で。

『ところで、日和さんがおっしゃっていた「男性ひよラー」の件ですが……なんでしたっけ、「刑事コロンブス」に似てるとかいう』

「『刑事コロンボ』です」私はすかさず訂正した。「それが、どうかしたんですか」

『気になったんで、調べてみたんですが……どうやら、総理の周辺を嗅ぎ回っている、阿部《あべ》とかいうフリーの政治ジャーナリストのようです。米沢内閣解散直後から、総理が原さんと連立を組むだろうということで、早くから独自に動いて、情報を週刊誌に売っていたみたいです』

フリーの政治ジャーナリスト。そう言われてみると、刑事じゃなければフリーの政治ジャーナリスト以外には考えられないような風貌だった気がする。それなのに、男性ひようラーさんかもなどと悠長なことを言っていた（そしてなんとなくちょっとうれしかった）自分が、無性に恥ずかしくなった。

それ以上言うと私がおびえて逆効果かもと思ったのか、『じゃあ、そういうことで。終業時間にいつも通りお迎えに上がります』とあっさり締めくくると、富士宮さんは通話を切った。

私はもうハーブティーなど淹れる気にもなれず、足取りも重く書斎に向かった。ノックしてからドアを開けると、伊藤さんは、ハンディスキャナでくだんの図鑑の一ページをスキャンしているところだった。

「あ、すみません。なんだか私、夢中になっちゃって。勝手に散らかしちゃいました」

すまなそうな表情になって、伊藤さんが言った。私は、「いやいや、いいんだよ」と言いつつも、

「あまり長くなると午後の業務に差し障りがあるし、そろそろ引き揚げましょう」

そう促した。伊藤さんは、はい、とまた素直に返事をした。

スキャナをトートバッグの中にしまい込んでから、伊藤さんは、「これ、すてきな写真ですね」と、デスクの上に飾ってある写真フレームを指差して言った。

フレームの中には、私と凛子、ふたり並んで写っている写真があった。凛子は椅子に座り、傍らに私が立っている。緊張でかちんこちんに固まって、歪《ゆが》んだ笑顔になってい

るスーツ姿の私と、ふんわりと春風のごとく軽やかに微笑む、シックなワンピース姿の凛子。私の左手はぎこちなく凛子の座る椅子の背に置かれ、凛子はすっと背中を伸ばして、ほっそりした両足を形よく揃えている。私のほうはともかく、凛子は白百合《しらゆり》のごとき気高さだ。ゆえに、この写真は私のお気に入りの一枚だった。

「ああ、これね」と私は苦笑した。「結婚したときの記念写真だよ」

「え、ほんとですか」伊藤さんはびっくりして、思わずフレームに顔を近づけた。

「うっそお。だって、そ～りん、普通のワンピ着てますよ。ドレスじゃないし」

「私たち、挙式も披露宴もしなかったんだ。彼女は、華美なことがあまり好きじゃなかったので」

うっそお、と伊藤さんはもう一度言った。さっきまでの研究者っぽい様子はどこへやら、まったく素のアラサー女子に戻っている。

「相馬家の御曹司と結婚しときながら、華美なことが嫌いって……そんなのありですか。ウエディングドレスは女子一生一度の夢ですよ。相馬さんと結婚したら、どんな豪華なドレスだって着られるのに……」

少し興奮気味にそこまで言ってから、ふっと口を閉じた。そして、急に肩を落とすと、大きなため息をついた。

私にしてみれば、女子の心情というものは、野鳥の動きよりも神秘というか難解というか、とにかくつかみづらいものである。伊藤さんが私と凛子の写真を見て興奮したり急にふさぎ込んだりするのを目撃しても、いったい彼女の心がどっちの方向に動いているのか皆目見当がつかない。ゆえに私はその場に棒立ちになって、次に彼女がどう出るのか、見守るほかはなかった。

「そっかあ……私、なんだかいま、そ〜りんの気持ちがわかっちゃいました」

彼女はそうつぶやくと、にやりと笑った。そう、にやりと。そう表現する以外にはないような笑みだった。

「そ〜りんって、すっごく頭のいい人じゃないですか。きっと、相馬さんと結婚したからって、披露宴やドレスなんてもの、眼中になかったんだろうな。彼女は、もっと大きなものを見ていたはずでしょうから」

え？　と私は首を傾げた。「それ、どういうこと？」

「いえ、別に」伊藤さんは、ふふふ、と笑った。「いいんですよ、相馬さんは気がつかないほうが。そのほうが幸せです」

意味深長な言葉を口にしてから、おもむろに、

「ああ。私、そ〜りんが羨《うらや》ましいなあ」

そう言った。どうして？　と私に訊いてほしがっているような言い方だった。女子の気持ちはわからないが、ここはひとつ、訊いておいたほうがよさそうだ。

「どうして？　何が羨ましいの？」

「だって……」伊藤さんは、小さく息をついた。

「美人で、頭もよくって、相馬さんみたいなすてきな旦那さまがいて……しかも総理大臣ですよ。日本のトップ、超セレブですよ。皇室の方々にも、各国の首脳にも、芸能人にも、会い放題なんですよ。こんなに恵まれた女性、世界中探したってそうそういませんよ。でしょ？」

「いや、それは……」伊藤さんの一方的な言い切りを、私は肯定できなかった。「それは、違う。皇室の方々や各国首脳や芸能人に会い放題とかじゃないし」

「でも美人でしょ。頭いいでしょ？」伊藤さんは、身を乗り出して私に肯定を迫った。

「相馬さんみたいなすてきな旦那さまがいるでしょ？　すっごいお金持ちの」

私はぐっと詰まってしまった。相馬さんみたいな……旦那さま。この場合、すてきな、という形容でなく、すっごいお金持ちの、という形容のほうに重きが置かれているとわかる。

実際、相馬内閣発足後に、恒例となっている各閣僚の資産公開がされたのだが、凜子が歴代総理大臣の中でダントツに「持ってる総理」であるということが判明してしまった。というのも、夫たる私の資産がカウントされてしまったためだった。護国寺の家、軽井沢の別荘、ソウマグローバルの株式、いつのまにか持たされていた名門ゴルフ場の会員権……わざわざ「すべて総理の夫の資産です」と官邸がコメントを出したくらいだった。恒例とはいえ、資産公開は凜子の人気に冷や水を差すのではないかと、直進党幹部もやきもきしていた。

「持ってる」人を妬《ねた》ましく思うのが人情だ。総理は「持ってる」どころじゃなく、「持ち過ぎている」。才能、容姿、そして資産（を保有する夫）。羨ましい、というのはまだいい。それがいつしか、妬ましい、という感情に変わったとき、相馬内閣の支持率は落ちるのではないか——。

「私なんて、恵まれない家庭に育ったから……正直、そ〜りんの幸せが、まぶし過ぎて。最近は、テレビの国会中継も、もうみつめていられないくらいです」

心なしか肩を落として、伊藤さんは言った。そして、どういう流れかわからないが、自らの身の上を話し始めたのだった。

伊藤さんは、北海道の釧路《くしろ》市に生まれた。五歳のときに、漁師だった父が還《かえ》らぬ人となった。時化《しけ》た海で船が転覆し、行方不明になってしまったという。以後、母親が女手ひとつで、伊藤さんとふたつ下の妹を育て上げた。

子供の伊藤さんの心の支えになったのは、野鳥観察だった。家が貧しかったので、テレビゲームも買ってもらえず、友だちにも恵まれなかった。家の裏の林にやってくる小鳥と、心の中で会話をするうちに、いつしか野鳥と話ができるような気がしてきて、本格的な観察をするようになった。成績はいつも学校で一番だったが、それを妬まれていじめにも遭《あ》った。

苦学して北大を受験、奨学金を受けながら研究を続けてきた。しかし、いったんは高校を卒業して就職した妹が、自分もやはり大学に行きたいと言い出し、その学費を稼ぐために、東京へ出て企業に就職したのだという。その後、徳田所長に見出されて我が研究所の研究員となることができたが、給料のほとんどを実家に仕送りしているらしい。妹は、大学卒業後まもなく地元で結婚したが、夫が事業に失敗し、多額の借金を返済しなければならなくなった。それを伊藤さんが細々と援助していたのだが、今度は母親が難しい病気を患って、札幌《さっぽろ》の病院に入院したのだという。

自分の給料を送ったところで焼け石に水なのだ、と伊藤さんは力なく言った。そこまで話すと、ほとんど涙声になっていた。

「ここまで打ち明けちゃったんで、もう、思い切って言っちゃいます」

鼻の頭を赤くして、伊藤さんは消え入るような声で続けた。

「私、もうこれ以上、研究を続けることはできないかもしれません」

「えっ、ど、どうして？」私は、焦って問い質《ただ》した。

「だって、研究所のお給料じゃ、とても家族を助けられないし……もっとお金になる仕事をしなくちゃって」

「それは、いったい、どういう……」

伊藤さんは、潤《うる》んだ目を私に向けた。

「そんなこと……私に、言わせるんですか」

私の胸が、またもや、どきりと鳴った。今度は特大の音が、体中に響いた。

こんな状況で、こんな胸の高鳴り。いけない。でも、伊藤さんの大きな潤んだ瞳は、どうにも抗《あらが》えないほど、ぞくっとするような色っぽさだったのだ。

「相馬さん。私……わたし……」

泉のような瞳を私に向けたままで、伊藤さんは、私のほうへ、一歩、また一歩と近づいた。私は、メドゥーサに魔法をかけられた石の化身よろしく、その場にまったく固まってしまった。

いけない……いけないよ、この状況は……私は、私は……私は……わ、わ、わ……っ。

そのとき、上着の内ポケットでスマートフォンが震え始めた。

すわっとばかりに私はそれを取り出し、通話キーを押すと、「はいはい、はいっ。いま家を出るところですっ」と叫んですぐに切った。伊藤さんは、きょとんと目を見開いて、「……誰？」と訊いた。

「直進党の広報担当者だよ。私を送り迎えしてくれている……」

「ああ」伊藤さんは、急に声のトーンを落として言った。「あの女性ですか」

「とにかく、もう行こう。すぐにタクシーを呼ぶから」私は額ににじんだ汗を手の甲で拭《ぬぐ》って、そのままタクシー会社に電話をかけた。

万事休すであった。が、監視カメラで私と伊藤さんのやり取りの一部始終を見ていたかのような、絶妙のタイミングで富士宮さんの電話に救われた。

邸の前に到着したタクシーに、私と伊藤さんは乗りこんだ。バタン、とドアが閉まった瞬間、ふいに伊藤さんは、頭をこつんと私の肩にぶつけて囁いた。

「……ごめんなさい」

「いや……」と私は、小さく咳《せき》払いをして言った。

「……謝ることなんかじゃないよ」

彼女は、私の肩に頭を預けたままで、はらはらと涙をこぼした。せき止めていたものが、一気にあふれ出た、という感じで。私はというと、どうすることもできず、ただおろおろするばかりだった。

「お客さん、あのう……」と遠慮がちな声で、運転手がバックミラーの中で尋ねた。

「お取り込み中すいませんが……行き先は?」

私は、急いで行き先を告げた。ようやくタクシーは走り出した。その瞬間、窓の外を、どこかで見たことのある顔がちらとよぎった。よれよれのコートは、まるで大昔のドラマに出てくる刑事のようだった。

10

二〇××年十二月十五日　晴れ

十二月中旬、凜子が総理就任後初めて臨んだ臨時国会が終了した。

きたる一月に召集される通常国会で、来年度の予算決定、そしていよいよ消費税率引き上げ法案を可決させるのが、凜子の当面の最重要課題だ。

いまや国家破綻という最悪のシナリオも現実味を帯びて見えるほど、日本の財政状況は逼迫している。二十一世紀になってから、ヨーロッパ発の世界恐慌が起こった発端も、GとかPとかSとかの国々が破綻の危機に瀕《ひん》したからだ。日本もそのあおりを食った上に、同じ頃に大震災や原発事故なども起こり、復興予算を確保するための増税など、国民に重い負担が課せられる時期がしばらく続いた。その後、所得格差はますます広がり、勤労意欲はあっても働き口がみつからない人々、収入も少なく結婚できない若者、働くために子供を持たない夫婦などの存在が、もはや「定番」の社会問題と化している。悪循環とはこうして生まれるものなんだな、と小学生でもわかるレベルの負のスパイラルが、この国をすっかり疲弊《ひへい》させてしまった。

そんな状況下で、国民の期待を一身に背負って誕生した相馬内閣。まず着手すべきは抜本的な税制改革であると、凛子とかつての宿敵・原久郎は意思の一致をみた。されども、薄く広く（だからこそ取りっぱぐれなく）課税する消費税の税率再引き上げには、野党は大反対に転じたし、国民だとてそう簡単に首を縦に振るはずはない。そこで原氏は、凛子を前面に立てたのだ。

才色兼備とは、まさにこの人のためにある言葉。加えて、歯に衣着せぬ物言い、颯爽とした態度、そして何より「女性」。「私にないものを、あの人は全部持ってるからねえ」と原久郎がどっかの誰かに言ったとか、雑誌か何かで目にしたが、たぶん本音だろう。この国が直面する難局を乗り切るには、絶大な国民的人気を得た女性総理に「盾《たて》になってもらう」ほかはないのだと。

前与党だった民権党に対して造反した原氏は、連立政権発足後に総理大臣になるのではないかと目されていた人物だった。なるほど凛子にはあって彼にはないものは色々あるだろうが、彼にはあって凛子にはないものもある。政治手腕、政界財界のネットワーク、政治やマスコミの裏事情に通じていること――などだ。長らく続いた民権党政権下では、これら「凛子にはない」ものを持つ原氏的政治家が普通に跋扈《ばっこ》していた。これを凛子は嫌っていた。もちろん、原久郎のことだって、べつだん好きではなかっただろう。どっちかといえば嫌いだったかもしれない。けれど、凛子は、自分が理想とする政治を行うために、潔く原氏を利用したのだ。つまり、ベタだけど政治手腕のある原久郎に「後ろ盾になってもらう」のが得策だろうと。

相馬凛子と原久郎。一見相反する二人が手を組んだからこそ、連立政権はどうにか走り出した。そして、このさき、政局は、最大の山場を迎えようとしているのだ。

三日まえ、私は、研究所員の伊藤るいさんとともに、護国寺の自宅へ行った。所長の学会発表のために資料を準備していた伊藤さんから、私が自宅に所蔵している珍本をスキャンさせてほしい、との申し出があったからだ。当然、断ろうはずもない。かわいいタコウィンナー入り弁当まで作ってもらったのだし……いや、そうじゃなくて、所長の学会発表に役立つのなら、そんなことくらいお安い御用である。というわけで、私たちは、小一時間ほど自宅で過ごした。もちろん、やましいことは何もなかった。何もなかったが、なんとなく、誰にもこの一件を話さなかった。

富士宮さんに話せば、根掘り葉掘り訊かれてしまいそうだし、忙しい身の上の凛子には、わざわざ話すほどのことでもない。まあ別に誰にも「報告」しなくてもよかろうと思ったわけだ。そのくせ、どことなく「やましい」感じが自分の中にあるのも否定できなかった。

自宅を出る直前に、伊藤さんの身の上話を聞いてしまったことや、彼女がふと見せたぞくっとするほど色っぽい表情や、帰りのタクシーの中で、私の肩に頭をもたれさせてはらはらと涙をこぼしたこと――それら一連のことが、得体の知れない魔物のように、私を悶々と追い詰めた。

何があったわけでもない。それなのに、この気の晴れなさはどうだ。取り返しのつかないことをしてしまったような、この後ろめたさは……。

ところが、私の心理をかように追い詰めた張本人である伊藤さんは、あの日、タクシーで研究所へ帰りついてからは、まったくけろりとして、もと通りの明るいアラサー女子に戻ったのだった。「すみません、相馬さんと一緒に資料探しに出かけたんですけど、手間取っちゃって」と、にこにこと所員の先輩たちに言い訳している。

「どこ行ってたの？　外出ボードにも、行き先書いてなかったけど……」

同僚の幡ヶ谷さんに尋ねられて、「ええ、ちょっと」と彼女は言葉を濁した。そして、ちらりと私に目配せした。言わないでくださいね、と牽制《けんせい》するようなまなざしだった。

あれから三日。まったく何事もなかったように、伊藤さんは振る舞っていた。私のほうは、「職場を辞めなくちゃならないかも」とのひと言と、そのあと彼女が落とした涙のわけが気になって、悶々としているというのに。

そんな調子だから、廊下ですれ違ってもヘンに緊張してしまうし、会議中に偶然視線が合ったりすると、あわてて目を逸らしてしまう。これじゃまるでクラスのマドンナに憧れる中学生じゃないか、と情けなく思っていたら、ランチタイムに伊藤さんのほうから声をかけてきた。

「あのう……相馬さん。今度の土曜日って、何か予定ありますか？」

またもや不意打ちを食らって、私は必要以上にあわてた。

「え？　そりゃ、まあ、その……たぶん、何かあるけど」

「何かあるって……どんなこと？　そ～りんとお出かけですか？」

「うん、まあ。たぶん……」

伊藤さんは、思わせぶりに、小さくため息をついた。

「そうですか。年末ですものね。やっぱり、ご夫婦でお出かけかあ」

お出かけといっても、おそらく、デパートにお歳暮の注文をしにいくとか、そういうレベルじゃないんだが。

「あの……予定がなかったら、どうだったの？」

そう訊いてほしそうな様子だったので――いや、実際、気になったので、訊いてみた。

伊藤さんは、肩をすくめて、

「このまえ、ちょっと言いかけた話。もしよかったら、相談に乗っていただけないかな、なんて思ったんです」

家庭の事情で研究所を辞めざるをえないかもしれない、というあの話。自分の今後について、「相馬さん以外に相談できる人がいなくて……」ということだった。

その言葉に私の心はぐらりと大きく傾いた。

やはり伊藤さんの苦悩は本物らしかった。何しろ涙を流すくらいなのだ、きっとよっぽど追い詰められているに違いない。

「そういうことなら、なんとかしましょう」と私は、うかつにも、ぐらりと傾いてしまった気持ちのままに言ってしまった。

「スケジュールをよく確認してからじゃないと、ちゃんと決められないけど……」

「ほんとですか」伊藤さんは、私に飛びつきそうになりながら、勢い込んで言った。

「うれしい。相馬さんに相談できたらって、ずっと思ってたんです。ありがとうございます」

「いや、あの……まだ、わかんないんだけど……」

「私、待ってます。お会いできるまで、ずっと待ってますから。時間は何時くらい？　一時とか？　場所はどこがいいですか？　ご自宅がいいなら、私、行きますんで。門の前で待ってたらいいですか？」

「いやいや、あの、それはちょっと、こま……」

「わかりました。そうします。じゃあ、ご自宅に着いたらメールしますね。一時ですね。了解、了解。じゃあ、ランチ行ってきま〜す」

伊藤さんは手を振って、元気いっぱいにランチへ出かけてしまった。

いつものように富士宮さんに付き添われ、研究所から公邸へと車で戻る。

移動の車中は、私の明日以降のスケジュール確認タイムでもある。その日も、私は、富士宮さんから詳細にスケジュールを言い渡されていた。

普段なら私の日常は実に淡々としたもので、基本的には研究所と公邸の往復だ。それ以外に、「公務」と呼ばれる仕事がある。総理である凛子に同伴して、国賓の歓迎会や、友好国への公式訪問、主要な国際会議の開かれる国への訪問などを行うのだ。当初、富士宮さんは、私ができる限り凛子に同伴するようにしたかったようだが、私もいちおう勤め人なので、すべてに同行するわけにもいかない。そのため、凛子と内閣府、総務省や外務省と富士宮さんとでよく話し合って、私が同伴する・しないを決めることとなった。行きたいとか行けないとか、私の意向はほとんど活《い》かされることなく、一方的にすべては決定された。

週末は基本的には休みだったが、凛子のほうはそうはいかない。土日を使って国際会議に出向かなければならないこともあるし、政界財界の要人との会食や、政府や党の関係者が公邸に出入りし、打ち合わせが続く。彼女の毎日を見ていると、総理大臣というのは、よほどタフでワーカホリックな人間でなければ務まらないと思う。一瞬でも怠《なま》け心が生じるような人間は、絶対に向いていない。ああ休みたいなあ、などと悠長に考える間も、おそらくない。凛子はもともとワーカホリック気味だったし、これと決めたことは筋を通してやり抜く人間だ。いまは、自分の時間のほぼすべてを職務をまっとうするために費やしている。それでいて、ちっとも疲れた様子を見せない。むしろ「波に乗ってきた」という感じだ。

そんなわけで、週末は公務以外で私たちが揃って出かけることなどまったくない。今週末は私が同行する公務があるとは聞いていなかったので、ひょっとして伊藤さんの相談に乗ってあげることもできるかもしれないと、私はいちおうそのつもりになっていた。

ところが、である。

「今週の土曜日ですが」と手の中でスマートフォンを操りながら、富士宮さんが言った。「急きょ、公務が入りました。総理が年末の街中の様子を視察するということで、日和さんにもご同行いただきます。場所は亀有《かめあり》駅前商店街、川崎駅前スーパーマーケット『ニチジョウ』、横浜の居酒屋『よってけ』です。同行者は小川経産大臣、大山秘書官、島崎秘書官……」

「ちょっ、ちょちょ、ちょっと待ってください」私はあわてて富士宮さんを止めた。

「土曜日ですか？　今度の？」

「ええ、そうですよ。今度の土曜日です」富士宮さんは、いつにもまして冷徹な声色で質した。「何か、ご用事でも？」

「用事というか、その……ちょっとした職場の付き合いがありまして」嘘ではない、と心を強くして、私は言った。「その視察、私も行かなくちゃいけないんでしょうか」

「当然です」つまらんことを訊くな、といわんばかりに富士宮さんが断言した。

「凛子さんが総理になってから初めて市井に出向くんですよ。とんでもない数の報道が来るはずです。凛子ジェンヌも大挙して押し寄せるでしょう。当然、ひよラーも来ます。相馬総理大臣夫妻、年末の街中に揃って登場。月曜のワイドショーはこれ一色、決まりです」

最近、巷《ちまた》に蔓延している景気低迷のニュースを払拭する目的もある。年末のにぎわいのある街中に総理が出ていき、買い物をしたり、お酒を飲んで若者と交流したりして、活気ある雰囲気を演出する。来年の通常国会をまえに、総理がどれほど人気があるのかを国民にしっかり刷り込んでおく――というのが狙いだと、富士宮さんはまくしたてた。

「それに、もし総理おひとりだったら、あれ、週末のお出かけなのにダンナはどうしたの？ってことになっちゃうでしょ？　でもって、不仲説だとか、かかあ天下だとか、余計な推測が飛び交っちゃうんですよ」

かかあ天下って……。ときどき富士宮さんは思いも寄らない言葉を使う。私が彼女にどうしたって言い勝てないのは、そういうこともあってなのだが。

「職場のお付き合いも大切でしょうけど、いまは『非常事態』ということで、ご承知ください」

そう言って、富士宮さんはこの話を締めくくった。

妻が総理大臣である、というのは、確かに我が人生の非常事態だ。そして、非情にも、この事態は当分のあいだは続くのだ。

さていかにして伊藤さんに断りを入れるか、さぞやがっかりすることだろう。ひょっとするとまた泣き出してしまうかもしれない……と公邸に帰りついた私は気が気ではなくなった。しかし公務とあらばいたしかたない、きっと伊藤さんもわかってくれるだろう、と思いながら、公邸付きの家政婦さん作り置きの夕食を、ダイニングでひとり、もそもそと食べる。

味気ないにもほどがあるこの夕食スタイルは、このさきも、凛子が総理である限り続くのだ。それはいったいどれくらいの期間になるのだろうか。

ひょっとして、来年の通常国会で消費税率再引き上げ法案が可決されるまえに、野党の反発が強まったり相馬内閣の支持率が急落したりしたら、国民に是非を問うために解散総選挙ということはないだろうか。いや、それはじゅうぶんあり得る事態だ。

そうなった場合、国民が消費税率アップと美人総理を天秤にかけ、やはりいくら美人総理でも消費税を上げられるのはいやだと判断したら、相馬内閣はそれで終わりになる。

しからば、凛子は晴れてもと通り直進党党首、一国会議員となり、私とともに週に一度くらいは食事をしたり、プライベートで外出したりすることもかなうだろう。

しかし、私はそれで満足を得るとして――この国は、日本は、どうなるのだ。

総選挙に敗《ま》けて凛子が総理でなくなったあと、いまや当然のように消費税率据え置きを唱えている民権党に政権は戻るだろう。声高には言わないけれど、彼らは原発の存続を密かに推進しているから、現政権が脱原発路線に舵を切ってきたエネルギー政策も、再び「原発村」議員たち主導となって、もとの木阿弥《もくあみ》になりかねない。タイムマシンに乗ったみたいに、この夏以前の状態に戻るわけだ。そうなったら、日本はどうなるのだ。

そりゃあ、あと数年はどうにか持つかもしれない。しかし、もはやどうすることもできない財政難を抱えた難破船となって、遅かれ早かれ、この国は沈没するだろう。

「いや。それは断じて困る」

私は箸を握ったまま、思わずひとりごちた。いくら妻とともに心静かに食卓を囲みたいからって、日本に沈没されたらおしまいじゃないか。

と、そのとき、テーブルの隅に置いていたスマートフォンが震え始めた。見知らぬ番号が出ている。不審に思いつつも、「はい、もしもし」と応対した。

『相馬日和さんでしょうか』

聞き覚えのある、シブい声。「そうですが?」と応えると、

『突然すみません。原です。原久郎です』

驚きのあまり、電話を落としそうになった。私のリアクションを見ているかのように、電話の向こうで原氏が低い声で笑った。

『驚かせてすみません。ちょっとご相談がありましてね。いまから、近くのホテルのバーでお会いできませんか。……ええ、公邸の隣りにある、あのホテルです。いえ、お時間は取らせません。しかし、至急のことでしてね。……ともかく、お待ちしていますよ。詳しくは、そのときに』

まさかの原久郎からの呼び出し。

言っちゃなんだが、私は幼稚園から大学に至るまで、先生の言うことだけはよく聞く生徒で、ただの一度も呼び出しを食らったことなどない。まさか、この年になって呼び出しを——しかも政界の黒幕から——食らうとは。

凛子が帰ってくるまではまだ一、二時間はあろう。公邸に送られてのちのプライベートな時間帯にGPS追跡はしないという約束になっているから、富士宮さんから連絡が

入ることもない。誰にも干渉されないぽっかりと空いた時間を狙いすましたかのように、私を誘い出した原久郎――。

詰め番のセキュリティスタッフに「友人と隣りのホテルで会ってきます」と伝え、徒歩で公邸を出た。帽子を被り、メガネをかけ、マフラーに顔をうずめて、猫背気味の姿勢で現れた私をみつけて、原氏は「これは、これは」と笑った。

「相馬の御曹司らしからぬ、なかなかこなれた変装ですね。感心しましたよ」

「周囲に注意しろと、富士宮さんに――直進党の広報の女性ですが、うるさく言われているものでして」

曇ったメガネを外して、私も苦笑した。原氏は、秘書も伴わず、ホテルのバーの奥まった個室で、ひとり、私の到着を待っていた。

「無理もない。いまや国民的な人気を博している総理の夫君ですからね。そして、ソウマグローバルの取締役でもあり、主要株主のおひとりでもあられる……」

意味深な言葉を吐いて、琥珀《こはく》色のグラスをからん、と鳴らす。「ウィスキーですか？」と訊くと、「ウーロン茶です」と言う。そうだった、この人意外にも下戸《げこ》なんだよな……と、以前会食したときに見せられた牛乳瓶の底のようなメガネ顔を急に思い出し、うかつにも笑いを取られそうになったが、

「ご相談というのは、いったい、どういったことでしょうか」

どうにか真顔を維持して、単刀直入に訊いた。凛子が帰ってくるまでには、公邸に戻らなければならない。悠長に笑っている時間はないのだ。

原氏はウーロン茶のグラスをゆらゆらと手の中で揺らしていたが、もう片方の手で、写真がプリントアウトされた紙を取り出し、黙《だま》ってテーブルの上に置いた。それを見て、私は息をのんだ。

タクシーの中、顔を寄せ合う男女の写真。男は軽く咳払いをしているように、片手を口に当てている。女は、男の肩に頭を預けて、はらはらと涙を……。

「……っこれはっ⁉」

思わず叫んで、写真を両手につかんだ。上から見ても下から見ても表から見ても裏から見ても、どこからどう見ても、それは「あの日」の私と伊藤るいだった。

「せ……鮮明過ぎませんかこれ⁈　いやあの、これ、CGじゃないんですか⁈」

「まあ最近のデジカメは性能がいいですからなあ」

焦りまくる私とは対照的に、原氏は落ち着き払っている。

「周囲に注意しろとは、こういうことなんじゃないですかね？」

私は、がっくりと肩を落とした。ほんとうに、その通りだった。

「この女性は誰ですか？」警官が職務質問でもするように、事務的な声で原氏が尋ねる。

「あなたのご自宅から出てきたあと、タクシーに乗ったところのようですが……」

「職場の同僚です」観念して、私は正直に答えた。

「私が自宅に所蔵している鳥類図鑑の一ページをスキャンさせてほしいと言って……所長が学会発表するために必要な資料で、急いでいたんです。一時間ほど私の書斎で作業をして、それから研究所に帰りました。それだけです」

「それだけ？」原氏は、ぴくりと目の下の皮膚を動かした。「資料をスキャンしたあとに、なぜ泣いているんですか？」

返す言葉がみつからなかった。そりゃそうだ。ヘンだろ、どう考えても。アホウドリのページをスキャンして、なんで泣かなくちゃならないんだ。

「まあいい。あなたも男だ、浮気のひとつくらいするでしょう。問題なのは、あなたが普通の人ではない――『総理の夫』である、ということだ」

総理の夫である、ということ。

「浮気」と断言されたこと以上に、そのひと言が私にのしかかってきた。私は、すぐにでも反論したい気持ちをどうにか抑え、恐る恐る訊いた。

「つまり、この写真を公表して、凛子を陥《おとし》れようとした何者かがいる――ということですか？」

「そういうことです」端的に、原氏は答えた。

あいつだ、と私の脳裡に浮かんだ人物がいた。天然パーマ、ひげの剃り跡が濃い顎、よれたコート……。

「……コロンボですね」と言うと、

「いや、阿部という日本人です」原氏が落ち着いて答えた。

阿部久志《ひさし》。かつて、時の首相の政治献金問題を暴いて、退陣に追い込むきっかけを作ったとも言われる、やり手のフリージャーナリストだそうだ。売れそうなネタはしつこく追い回す。富士宮さんが言っていた通り、凛子と原久郎の連立政権を誰よりも早くすっぱ抜いたのも彼だったという。

「彼のことは昔からよく知ってるんですよ。政治家とジャーナリストというのは、にらみ合っててちゃお互い仕事にならんからね。いいように利用し合ってるんです。私も沈めたい政敵がいれば、彼に頼むこともある……」

私は、ごくりとのどを鳴らした。何やら、話がぶっそうになってきた。

「今回は、誰の依頼でもなく、独自に総理やあなたの周辺を張っていたところ、偶然この写真を撮ったらしいんですよ。それで、どこへ売り込もうかと考えた。週刊誌にでも売ればそりゃあ喜ぶだろうけど、総理本人の浮気現場じゃないし、たいした金にもならんだろう。売るなら相手を選ばなくちゃな、ということでね」

私は、もう一度つばをのみ込んだ。

「それでは、原先生が、彼にお金を……？」

「まさか」原氏は、ため息をついて苦笑した。

「さすがに私もそこまでお人好《ひとよ》しじゃありません。払うのはあなたですよ、相馬さん」

阿部久志が、原久郎経由で私に要求してきた金額。一千万円、と聞いて、私は、目を点にして原氏の顔をみつめた。

「身から出た錆《さび》、ってやつですかな」苦笑いを浮かべたまま、原氏は言った。

「きれいに磨いておいたほうがいいですよ。さもなければ、あなたの細君は、このさき追い詰められる。それは、私としても困るんだ。せめて、消費税率引き上げ法案が可決されるまでは、どうにか持ちこたえてもらわんとね」

ちらりと本音をのぞかせて、黒幕は、ウーロン茶のグラスを勢いよくあおった。

11

二〇××年十二月十六日　朝から雨

総理大臣公邸の堅牢《けんろう》な窓の外では、夜明けとともに雨が降り出したようだ。

さきほどまで私は、ベッドの中で横を向き、一メートルほど離れた隣りのベッドで寝息を立てる妻の寝顔を眺めていた。覚醒《かくせい》しているときの凛子は、闘う女将軍のごとき勇ましさなのだが、眠っている無防備な顔は、硬い皮の中からつるんと果肉をのぞかせたライチーのごときみずみずしさだ。思わず手を伸ばして撫《な》でたくもなるのだが、彼女の貴重な休息を妨げたくはない。

ナポレオンの睡眠時間は三時間だとか、エジソンは四時間だとか、エラい人はとかく睡眠時間が少ないのだと子供の頃に祖父に教えられたものだが、凛子もおそらく平均すると一日三、四時間しか寝ていまい。私は長年の癖《くせ》で夜は十一時には就寝、朝は五時に起きるのだが、最低六時間は寝ないと体がもたない。凛子は公邸に帰ってきてからも延々と仕事が続くので、私は邪魔をしてはいけないからと自室で研究書などを眺めて過ごし、十一時には寝室に入る。凜子が隣りのベッドに横になる時間、私はノンレム睡眠真っ最中でそれがいったい何時なのかは分からないが、朝五時に目覚めると隣りのベッドですやすやと眠っている彼女をみつける。彼女の枕の周辺にはスマートフォンが二台、ノートパソコン、母親である国際政治学者・真砥部夕の著作が一冊、必ず置いてある。それらはまるで凜子という城を守る騎士たちのように、私の目には映る。

昨夜、私は珍しくなかなか寝つかれずに、凜子がベッドに横になるとき、まだ起きていた。おそらく、午前三時頃だったのではないか。寝たふりをしつつ、薄目を開けて彼女の様子を見てみると、せわしなくスマートフォンの上に指を滑らせている。やがてパサリとそれを枕元に落とし、代わりに真砥部夕著『政治は人を幸せにできるのか――リーダー無きグローバル社会の変革』を取り上げ、しばし、胸に抱いた。そのまま目を閉じると、すぐに寝息が聞こえてきた。

ベッドサイドテーブルの上に灯《とも》るスタンドの明かりの中、私は、妻の寝顔に見入った。清らかな寝顔。女将軍の勇猛さはかけらもない。眠り姫そのものだ。

半開きの唇。あの花びらのようにやわらかな唇に、もうどれくらいのあいだ触れていないだろうか。唇どころか、公邸に移ってからというもの、手すらも握っていない。ベッドをふたつに分けられて同衾《どうきん》のチャンスも奪われてしまった上に、公邸内はあっちにもこっちにも監視カメラだらけだ。セキュリティスタッフや秘書も夜通し詰めている。この邸にいる限り、凛子は私の妻である以前に一国の総理大臣。安易に近寄ることさえ憚《はばか》られる状態だ。

いったい、歴代の総理大臣夫妻は、どんなふうにこの堅苦しい邸内で身体的接触を図ったのだろうか——と真剣に考える。いままでは総理といえばずっと男性だったから、奥さんが当然のように身の回りの面倒をみていたのかもしれない。肩を揉んだり、靴下をはかせたり……いや、そんな奥さんはとっくに絶滅したか。にしても、総理が奥さんと一緒に寝室に入ったところで、べつだん普通というか、ヤらしい感じはしない。

ところが、うちの場合はどうだ。そりゃあ一緒に(というか私が先に)寝室に入るには入るのだが、なんというか、邸中に、えっやっぱり同じ寝室に入るんですか的な、やっぱり一緒に寝るんですか的な、好奇のまなざしが監視カメラ越しに、またはスタッフが詰めている部屋のドア越しに、そこはかとなく漂《ただよ》っている気がするのだ。凛子さんに手出しするな、ヘンなことしたら許さないぞ、一緒の寝室に入るだけでセクハラだわ——というような文句脅迫罵詈《ばり》雑言《ぞうごん》が、どこかでこだまする。だから私は、同じタイミングで凛子とともに寝室に入るようなことは、絶対にしない。なんだか呪い殺されそうなんだもの。

それでも、ときとして、夫婦ふたりっきりで、じっくり話したいこともある。

昨夜、私は意を決して、帰宅した凛子とふたりっきりで話す機会を窺《うかが》った。どうしても、折り入って話がしたかった。いま、私の身に降り掛かった火の粉について。私は、これをひとりで振り払う勇気がなかったのだ。

突然私を呼び出した原久郎に聞かされた、「コロンボ」阿部からの要求――。

写真のデータをどこぞの週刊誌に売り渡さないのと引き換えに、一千万円、お支払いいただきましょう。そりゃあ総理自身のスキャンダル写真じゃないから、これでもって政権転覆、なんてことにはならないでしょう。でもまあ、清廉潔白な総理のイメージに汚点がつくのは間違いない。仕事に熱中するあまり、家庭をお留守にし過ぎた結果が、ダンナの浮気とは。ダンナの舵取りもできないようじゃ、政権運営もどうなることやら。やっぱり女性に総理大臣なんぞ任せられんなあ、と国民は嘆《なげ》くことでしょう。

いかがですか？　「なんにもなかった」ということにして、一千万円。あなたにとっては大した金額ではないはずでしょう？

いや別に、阿部氏と直接そういうやり取りがあったわけではない。けれど、原氏を通しての周到な要求には、政界の裏に通じている自信と、金を取らずには後に引かないあざとさが表れていた。

指定の口座に満額を振り込んでいただきたい。明日から数えて七日以内に入金を確認できなかったら、八日目には某有力週刊誌にデータを売り渡す。振込が確認できたら、データを消去していかなる媒体にもネットにも流出させない。ジャーナリストの名誉にかけて、と阿部氏は言ったそうだ。ゆすりを仕掛けておいて、名誉も何もあったもんじゃない。が、わざわざ原久郎を経由して話を持ち込んだところに真実味がある。第三者（しかも政界の大物）を介在させることによって、「武士に二言はない」と強調したかったのだろう。

「とにかく、阿部の言う通りにしてください」と原氏は、私に是非すらも問わず、一方的に命じたのだった。

全身に鉛《なまり》を詰め込まれたかのごとく、重過ぎる足取りで、私は公邸へと帰った。頭の中では、繁殖《はんしょく》期のウミネコが飛び交うかのように、言う通りにしてください、との原氏の最後のひと言が、大音響でリフレインしていた。

さあ困った。困った困った。困ったぞこれは。

困ったときにはどうしたらいいんだ。困ったときに、私はいままでどうしていたんだ？

私が困ったとき。子供の頃は、頼れる祖父に。結婚まえは、ともかく母に相談していた。そして、結婚してからは、いかなる些細なことであれ、妻に相談していたのだ。

元来、私は隠しごとができない性質《たち》だった。友人たちとババ抜きをしても、日和クンはババのカードを抜きそうになると鼻がぷくっと膨らむ、などと言われてからかわれたものだ。

凛子と結婚すると決まったときも、あなたは浮気することもあるのかな？　と冗談半分に問われて、馬鹿正直に答えたものだ。いや、絶対にありません。僕は隠しごとができない性質だから。浮気であれなんであれ、嘘をついてあなたを悲しませるようなことは、僕には絶対にできません。そう聞いて、凛子は笑っていた。笑いながら、そっと私の手を握った。そして、言った。日和クンの、そういうところが、いいんだよね。

そうだ。やはり、ここはひとつ、妻に相談しようではないか。当然、そうするべきだろう。

ねえ凛子さん、ちょっと聞いてくれるかな？　実はね、とあるジャーナリストからの依頼で、彼の口座に七日以内に一千万円、振り込まなくちゃならなくなったんだ。どうしてかって？　それはね、つまり、彼が、偶然、決定的な写真を撮って、それを公表しない代わりに一千万円くださいって言われたからなんだ。

決定的な写真ってどういうものかって？　ええっと、それはね、それは、僕と、僕の同僚の伊藤るいさんが、タクシーの中で、こう、顔を寄せ合って……。

「……ってんなこと言えるわきゃないだろ！」

思わず虚空に向かって叫んでしまった。叫んでしまってから、あわてて周りを見回した。あと数メートルで公邸の出入り口、というところだった。周辺には誰もいなかったが、コロンボ阿部がどこかに潜んでいないとはいえない。急に早足になって、私は公邸に入っていった。凛子がスタッフとともに帰ってきたのは、そのわずか五分後のことだった。

凛子は秘書官の島崎君と山内さん、小石川官房副長官、直進党のスタッフ数名とともに、公邸内の会議室に立てこもった。財務筋の山内さんと小石川さんが一緒となると、やはり消費税増税法案についての検討だろう。秘書たちがあわただしく夕食を会議室に運び込む。これが自分の家だったら、私だってお茶のひとつも淹れたいところなのだが、ここではまったく手出しができない。キッチンにでもいようものなら、邪魔だからそこどいてくださいい的なビームが秘書たちから放たれる。この邸の中には、私の居場所などないのだ。

仕方なく私は自室に入って、デスクの前に座り、悶々と自問自答を繰り返した。

凛子に言うべきか否か？　隠しごとはしないというのが私のポリシーなのだから、やはり言うべきだろう。伊藤さんとの一件についても、包み隠さず話せばいい。別に、やましいことは何ひとつないのだ。しかし、伊藤さんと自宅に行った日から、うっかり三日が経過してしまった。彼女とやましいことがなかったのなら、なぜその日に教えてくれなかったの？　と追及されたらどう答えるのだ？　包み隠さず話すのか？　やましいことは神に誓ってなかったが、うしろめたい気持ちがあったからだと？

だいいち、一千万なんてお金、ないぞ。ないない。いや、あるか。私の個人預金口座にあるにはあるだろうけど、そんな大金を自分でどこかに振り込んだことなんてない。だってあれでしょ、ATMからの一回の振込金額って上限があるんでしょ？　てことは窓口から振り込むの？　面割れてないか私？　あれこの人総理の夫の相馬日和さんじゃないの？　とかって窓口の人に気付かれないか？　通報されないか？　ってなんで通報されるんだ？

延々、悶々とし続け、結局答えは出せなかった。

そうこうするうちに、十一時になった。凛子はまだ島崎君と会議室に詰めているようだった。私は仕方なく、いつものようにさきに寝室に入った。が、当然、寝られたものじゃない。

午前三時頃、凛子がベッドに横たわった。その寝顔をみつめるうちに、明け方近くになった。細々とした雨音が、この要塞の中にも忍び入ってくる。時計の針は四時半を指していた。私は起き上がるとガウンを羽織って、キッチンへと行き、ホットミルクを作った。

ついに一睡もできなかった。一晩で、私はすっかり憔悴《しょうすい》してしまった。

「今日はずいぶん早いのね」

背後から声をかけられて、ぎょっとした。振り向くと、ガウンを羽織った凛子がドアの近くに立っている。「あ、ごめん。起こしちゃったかな」と、私は弱々しく笑い返した。

「何飲んでるの？」

「ホットミルクだけど。ハチミツ入りの」

「あら、いいわね。私ももらおうかな」そう言って、凛子はテーブルの前の椅子に座った。

マグカップに牛乳を注いで、電子レンジに入れる。なんとなく凛子と目を合わせられない。凛子は頬杖《ほおづえ》をついて私の所作をみつめているようだったが、唐突に言った。

「寝てなかったでしょ、ゆうべ。私がベッドに入ったとき」

言い当てられて、ぎくりとした。こんなときでも、私の背中は嘘がつけないのだ。

「何かあったの」凛子が率直に訊いた。「いつもと様子が違うけど」

「そ……そうかな？」私は、ぎくしゃくした声で応えた。

「別に、大したことじゃないけど。色々、気になっちゃって」

「色々気になるって、何が？」

「いや、だから、その……やっぱり消費税は上がるのかなあ、とかさ」

場を和ませようと、冗談っぽく言ってみた。すると、一拍置いて、

「何それ？　嫌味？」

凛子の鋭い声が飛んできた。私は、驚いて振り向いた。

「そんな……違うよ。別に、嫌味なんかじゃ……」

バン、と凛子が平手でテーブルの上を軽く叩いた。それだけで、私は黙り込んでしまった。この部屋もまた、監視カメラでセキュリティ的には丸見えなのだ。不審な行動をするな。凛子が無言でテーブルを叩いたのには、そういう意味があった。

「私が毎日、どれほど心血を注いで、消費税率引き上げ法案について検討してるか……わかってくれてるよね？」

体温を奪いさるほど冷たい声で、凛子が言った。

「この国の行く末を少しでもまともにしたい。私には、その思いしかないの。そのためには、どうしても財源を確保しなくちゃならない。このままだと、この国は債務超過で、そう遠くない未来につぶれる運命なのよ」

監視カメラを意識しているからか、表情は変えずに、凛子は次々に呪いの言葉を吐いた。

「だけど、消費税率アップに反対している野党議員の連中は、目先のことしか考えてないのよ。この国の行く末のことなんか、どうだっていいのよ、彼らには」

もう一度与党に返り咲きたい。そのためには、何でもいいから相馬凛子に反対しておくのが得策だ。どうにかして相馬の足を引っ張ってやる。どんな小さなほころびでもいいから、見つけ出して、暴いてやる。財源確保だと？　脱原発だと？　ふざけるな。いい気になるなよ。しょせん、女のくせに。

総理づらしていばってられるのは、せいぜいいまのうちだ。

「まるで薄い氷の上を歩いているみたいよ」怖いほど静かな声で、凛子が言った。「そのうちに、足下から割れてしまうかもしれない……」

それは、凛子という人を知り得てから初めて聞いた、弱音だった。いや、本音だった。ぎりぎりのところで、彼女は、ひとり、闘っている。

それなのに、私は——私は。

私は、彼女のために、何かしてあげただろうか？——いや、何も。

私は、何もしていない。何も、できないのだ。

日本初の女性総理大臣。美しく、聡明で、人心をつかむ術を持つ、女神のような私の妻。

私は、浮かれていなかっただろうか？　凛子が国民にもてはやされていることに。国際舞台にあっては、各国の首脳と堂々とわたり合っていることに。果ては自分にも追っかけが登場して、注目を集めていることに。

自分が、総理の夫であることに。

凛子は、うつむいて、マグカップを両手で包み込んだ。小さなカップの中の熱を、確かめるかのように。

私は、彼女の肩をみつめた。この細い肩に、日本の運命が預けられているのだ。その重さ、過酷さを、一瞬、自分の肩に感じて、私はその場に沈み込みそうになった。

すぐにでも、彼女に寄り添って、細い肩を抱きしめたかった。けれど、できなかった。防犯カメラを気にしたからじゃない。いま、そうしたら、私は、私の身に起こった災難を、包み隠さず話してしまいそうだったから。

それは、小さなほころびに過ぎないことかもしれない。けれど、薄氷を踏む思いの凛子にとっては、氷にひびを入れる石のつぶてになるものかもしれない。

そうなっては、断じてならないのだ。

「ごめん……」私は、小さく詫びた。

「いつも、謝るのね」うつむいたままで、凛子がつぶやいた。

「安易なごめんは言ってほしくないって、いつか言ったのに」

わかってる。でも……。

それでも、ごめん、のひと言以外、ふさわしい言葉は思いつかなかった。


いつの時代の、どんな日に、どんな状況の中、あなたは、この日記を読んでいるのだろうか。

いま、私は、この日記をしたためながら、思う。あなたがこれを読んでいる時代が、どうかいまよりもいい時代でありますよう。日本という国に、明るい展望が開けていますように。

そして、できれば、我が妻、相馬凜子の政策が功を奏して、暮らしやすく、人々が幸福を感じられる世の中でありますように。すべては後の世のため、日本の未来のためにとがむしゃらに突き進んだ、彼女の努力が実を結んでいますように。

そう祈ることくらいしか、私にはできない。この日記をしたためているいま現在の私は、泣きたいほど無策で、無力だ。総理の夫となってしまった我が身を、くやしく、じれったく思うばかりで。

現実逃避であると重々承知なのだが、ひとつ、あなたに読んでいただきたい物語がある。凜子と私の、出会いの物語だ。

この日記を書き始めた当初は、凜子も私も天国へいってしまった後の世に、政治史家か大学教授か、はたまた政治家をめざして近代政治史を学んでいる学生か、それとも筋違いだけれど鳥類学者か、とにかく誰かが偶然これを発見して、相馬凜子と相馬日和にはこんなことがあったのか、相馬内閣にはこんな秘話があったのかと、研究に役立ててくれればよいと思っていた。しからば、凜子が総理になってからの日々に起こった事実を、包み隠さず記しておこうと思っていた。

しかし、想像以上に、総理大臣である妻を見守り続けるのは過酷なことだ。例のコロンボ事件も片付いていないためか、色んなことが自分の中に鬱積《うっせき》して、爆発寸前になっている。

私がこんな調子では、凜子のストレスはさぞや、と思う。彼女の力になってやりたいと切実に願ってはいるのだが、どうしたらいいかわからない。

そこで、私は考えた。いま、私にできることをするしかないと。

いま、私にできることは、とりあえず、みっつある。

ひとつめ。コロンボ事件に関しては、凜子には教えない。絶対に彼女にはわからないように、どうにか自分で処理する。それは、黒幕・原久郎も望んでいることだった。彼女の懸念を増やすようなことは、とにかく彼女の耳に入れてはならない。

ふたつめ。どんなに一緒に過ごす時間が少なくても、なんとしても話をする機会を作る。彼女がうっぷんを晴らす相手になる。きっと、ほかの誰にもそうできずにいるのだ。彼女の悩み、苦しみを受け止めるのは、夫である私の義務だ。

みっつめ。自分のストレスは、この日記にぶつける。事実を書き記すことには変更はないが、凜子との出会いとか、結婚するまでのプロセスとか、過去に関しても書き記す。いかに私が彼女に惹かれたか。彼女に恋をして、彼女と夫婦になるに至ったか……とここまで書いただけで赤面してしまったが、彼女との過去を洗いざらいこの日記にぶちまけることで、私の彼女への変わらぬ思いを再確認したい。そうすることで、きっと私は、ずいぶん救われるはずだ。

まあ、他人の恋物語なんぞ、読まされるあなたにしてみれば、笑止千万であること間違いないのだが。

それでも、読んでほしい。知ってほしいのだ。私の運命の女性《ファム・ファタール》、凛子との出会いの物語を。

12

二〇××年四月十日　朝から快晴（←凛子と出会った年月日）

あの日の朝のこと、何から何まで、微に入り細に入り、はっきり覚えている。

もっとも、あの頃から、私の生活習慣はほぼ完成されていたので、朝の目覚めから外出までの行動はいつも通りだった。

目覚ましなしで五時起床。服を着、顔を洗い、自分でコーヒーを淹れて、カップ片手に自室のベランダへ出る。実家周辺をこんもりと取り巻く森を訪れる野鳥たちの姿を双眼鏡で追いかけ、種別を確認、右手に握りしめたカウンターですばやく個体数を数える。デスクの片隅に置かれた「野鳥観察ノート」に観察結果を書き込む。それから、冷めたコーヒーの残りを、おもむろに啜る。一日のうちで、いちばん充実した時間だ。

その日は、ことさらにうららかで、春爛漫《らんまん》の三文字を景色にしたかのごとき朝の訪れだった。日の出の頃はまだ分厚いカーディガンを羽織っても寒いくらいだったが、少しずつ輝きを増す日差しには春らしい力強さがあった。風はなく、実家の庭のあちこちで絢爛《けんらん》と花を咲かせている桜が、はらはらと音もなく花びらを散らし、池の上に白い帯を作っていた。亡き父自慢の我が家の日本庭園は、この季節がもっとも美しかった。

六時少しまえ、住み込みの料理人、武村さんが朝食の支度をキッチンで始める気配。六時少し過ぎ、母が自室から出て来る気配。やがて味噌汁のいい香りが漂い始める。私の胃袋は絶好調で、起きてから一時間も経っていることもあり、すぐにでもダイニングへ駆け下りて、母とテーブルで向かい合い、ほかほかご飯がよそわれた茶碗《ちゃわん》を手にしたいところだ。

が、その朝はそうしてはならなかった。なぜなら、ソウマグローバルが主宰している有識者を招いての朝食会「二十二世紀朝の研鍊会」の出席リストに、私も名を連ねていたからだ。

この会のすごいところは二点。ひとつは、政界・財界・アカデミズムの大御所ばかり、幅広い有識者をゲストスピーカーに招いて放談してもらうこと。もうひとつは、会の名前に「二十二世紀」と銘打っていること。つまり、とっくに次の世紀が視野に入っているということだ。ちなみに会の主宰者は兄、相馬多和。そして顧問は東大名誉教授で国際経済学の国内屈指の権威、五所川原豊彦《ごしょがわらとよひこ》先生。超未来志向の会の命名は五所川原先生によるものだった。

ソウマグローバルの取締役として名を連ねているからには、あなたも勉強会のひとつくらい顔を出しておきなさい、という母の厳命もあって、この通称「二十二世紀会」に私も出席していた。経済同朋会の会員である一流企業の社長や役員がずらりと列席し、さしずめ経済界の縮図を眺めるようだった。私にはどうもこの手の経済界の「勉強会」的なものの成り立ちがよくわからないのだが、まあ一種の異業種交流会のようなものだろう。ただし、出席している御仁たちは気安く声をかけられるようなレベルの人々ではないのだが。

会は二ヶ月に一回開催され、下世話な話ではあるが、朝食会の年会費は一社三十万円、参加費は一名一回につき一万円ということだった。ゲストスピーカーの先生方には、いかほどの報酬をお支払いしているのかは不明だったが、いつもなかなか面白い人選ではあった。この人選は顧問である五所川原先生にお任せしているようで、五所川原先生の見識とネットワークが物を言う。なかなかお目にかかれない学者や伝説の経済人、首相経験者などは先生の直接の知人であり、ソウマグローバルや参加企業がぜひともコネを作っておきたい類いのありがたい人たちばかりだった。

ソウマグローバルのみならず、大手企業が主宰するこの手の会は多数存在し、支持政党の政治家を囲む定例会のようなものまで含めると、兄が入会している勉強会は月十数回もあるようだった。むろんそのすべてに出席しているわけではなく、名代として私が行かされることもあった。私はこの手の付き合いがまったく苦手で、兄の名代で出向くときは、いつもしぶしぶという感じだった。

その朝は春らしいうららかな日差しと、散り始めた桜が池に浮かぶ様子が美しかったのとで、私はいつもより五割増しくらいに気分がよかった。しかしダイニングに下りていった時点で二十二世紀会があることを思い出し、大好きな菜の花のおひたしが母の食膳に上っているのをみつけて、少々オチた。食卓の支度をするのは家政婦長である奥林さんの仕事だが、私が朝食会に出席することを心得ているので、当然私の食膳の準備はない。私はテーブルに着いたばかりの母に向かって、「おはようございます。今日は、僕、もうまもなく出かけます」と声をかけた。

「わかってるわよ」母は緑茶に少し口をつけると、言った。「ちょっとここへお座りなさい」

黙って言う通りにすると、母は私を正面に見据えていきなり言った。

「そろそろ、あちらへお返事しないといけませんよ。で、あなたどうなの？　『トヨツ』のお嬢さん、気に入ったの？」

その頃、母は、次から次へと間断なく縁談を私に運び続けていた。まるで巣作り（結婚）のために小枝やら苔《こけ》やらキノコやらをせっせと集めるカンムリニワシドリのようだった。揃いに揃った上質の小枝のごとき超一流企業の社長令嬢や、由緒正しき名家のお嬢さんばかりを選《よ》りすぐって持ってくる。どのお嬢さんも、基本「乗り気」という状態にしてから持ってくるようで、あとは「あなた次第よ」ということになっている。

私のほうは、自分の研究が面白くてたまらない時期でもあり、善田鳥類研究所に勤務し始めてようやく一年経ったところだったので、結婚などにはまったく興味がなかった。だから、お会いしてしまってからお断りするのも申し訳ないと、できる限り母の押し売りを受け付けないように心がけていた。大概は母の言うことを黙って聞く私ではあったが、こればかりは相手のお嬢さんを傷つけてはいけないと思い、容易に首を縦に振らずに踏ん張っていた。

その朝も、母は、自動車産業の世界最大手『トヨツ自動車』の創業者一族の令嬢との見合い話を前進させようと、朝食抜きの私を取っ捕まえたのだった。

「気に入るも何も」そらきたとばかりに、私は身構えて答えた。「お会いしていないんですから、わかりません」

「だったらお会いすればいいじゃないの」たちまち、母は不機嫌そうな声を出した。

「とにかく一度お会いして、それからお断りするんだっていいでしょう？　それをなあに、あなたったら、お目にかかりもしないでお断りばかりで……。ちょっとはわたくしの立場にもなってちょうだいな。お断りを入れるたびに、恥をかかされているんですからね」

と言いつつ、縁談の断りを入れるのは、母付きの秘書の役目だった。母はソウマグローバルの筆頭株主なので、会社に自分の役員室も持っているし、秘書もちゃんとついている。すべての縁談は、この秘書経由で出たり入ったりしているのだった。そして実のところ、母は、私の縁談をどうにか前進させたい反面、私がとことん拒否するのを、心のどこかで快く感じているようでもあった。いい年をした息子と二人暮らしは世間体が悪いと言いつつ、あなたが結婚してここを出ていったら寂しいわ、やっぱりここに同居してくれるお嫁さんがいいわね、などと言う。それから、やっぱり同居はいやだわ、なんだか悔しいもの、などとも。そして、まあいい人がみつかるまではこのままでいるしかないわね、早くみつけなくちゃね、と結論する。とどのつまり、息子のために縁談の骨折りをする母親を演じたいだけなのだな、と私の目には映っていた。だから私は、いつもきっぱりと断ることができたのだ。

しかし、その朝は様子が違った。母は、本気で不機嫌だったのだ。

「いいですか日和。今回ばかりは、お会いしないわけにはいきませんよ。お相手はトヨツの創業者一族のご令嬢なのよ。トヨツの副社長を務めていらっしゃるお父さまは次期社長と目されている方だし、ソウマも何かとあちらの会社にはお世話になっているんだから……先方のご両親には是非にもとおっしゃっていただいているのに、いいえ結構です、はいサヨナラってわけにはいかないでしょう?」

そして、食卓の上に、トヨツの令嬢、豊津みちるさんの写真を広げた。確か一週間まえに、同じ写真を同じように広げられたのだが、私はいつものようにチラ見しただけで、わかりました、またあとでゆっくり拝見します、と答えたのだった。

私はお相手がどんな名一族の令嬢であろうと、分け隔《へだ》てなく興味がないのだが、さすがに豊津家の令嬢登場となって、母はここで決めなければどうする、という気持ちになっていたようだ。

「トヨツさんからお話をいただいて、わたくし、ああこのためにいままで日和はずうっと縁談を断り続けていたのね、なんて賢い子……って、ようやく納得したわ。そうでしょ日和？　あなた、待ち続けていたんでしょ？　『運命の女性《ひと》』の登場を」

何やら母の中では、すっかりみちるさんと私が結びつく運命になっているようだ。しかし、母とてみちるさんに会ったことがあるわけじゃない。あくまでも、あのトヨツの創業者一族、次期社長の娘というバックボーンに、母自身が「運命」を感じているだけなのだ。

これは無下に断るとえらいことになるぞ、と天敵を察知したヒヨドリのように、私はとにかくその場から身を隠すことに決めた。

「さてと、そろそろ出かけなくちゃ。『二十二世紀』に乗り遅れると兄さんが怒りますからね。今日はお天気もいいから、お母さんはお茶のお稽古仲間とお花見にでもいかれてはいかがですか。ではでは、では。いってきます、っと」

母が追いかけるように何ごとかわあわあ言うのを振り切って、私はダイニングを飛び出した。出発時間には十五分早かったが、優秀な我が家の運転手、岡崎さんは、すでに黒塗りのメルセデスを車寄せにつけてくれていた。

「おはようございます。ご出発予定時間まで、まだ十五分ありますが？」

岡崎さんが尋ねたが、「いいんです。すぐ出してください」と大急ぎで答える。天敵の襲来からどうにか逃げ切って、ようやく安堵《あんど》のため息をついた。

その一時間後。私は、出会ってしまったのだった。くしくも母の予言通りに、私の「運命の女性《ファム・ファタール》」に。

ソウマグローバル本社ビル、最上階四十八階にある「ソウマグローバルラウンジ」が、二十二世紀会の会場となっていた。ここは、ソウマ関係者が客人をもてなす接待フロアであり、会員制クラブにもなっている。パリの三ツ星レストランの内装を手掛けたナントカ・ド・ナントカとかいうフランス人デザイナーがインテリアを担当、シックなラウンジやライブラリー、ＶＩＰ専用の個室も複数ある。ソウマの総帥たる兄専用の個室は、都心が一望できる特別なコーナーに設けてあった。キッチンには一流のシェフが揃っていて、フレンチでも寿司《すし》でも鉄板焼きでも、一通り食べられる。ワインセラーもチーズ専用の冷蔵庫もある。食事の値段はわからない。私は、このフロアで一度たりとも自分の財布を開けたことなどないのだから。

　私は開会の三十分まえに到着し、会場に入っていった。当然いちばん乗りだと思っていたのだが、会場内に配置してある白いクロスがかかった丸テーブルのひとつに、兄が陣取っていた。私の顔を見るなり、「いい加減にしろ」と文句を言った。

「お母さんから電話があったぞ。お前が見合い話から逃げ回っていて困るって。しかも、今回のお相手は豊津家の令嬢だろう。まさかお前、こんなあり得ない良縁を断るつもりじゃないだろうな」

　兄の目つきがいつもと違う。子供の頃にカードゲームで負けたときに私を見据えた、あの目つきだった。しかし、ここでひるんではいけない。

「兄さん。僕は別に、結婚しないと宣言しているわけじゃありません。自分の奥さんになる人くらい、自分でみつけたいんです。それなのに、次から次へと、お母さんがお見合いの相手をばんばんぶつけてきて……ドッジボールじゃないんですからね、まったく。これじゃ、自分で奥さん候補をみつける間もありませんよ」

「つべこべ言うなよ。お前は、口を開けば屁理屈《へりくつ》ばっかりだ」

　兄が心底いらいらした調子で言った。

「自分でヨメさんをみつける気もないくせに。トリにばっかりうつつを抜かしやがって。そんなにトリが好きなら、いっそ焼き鳥屋の娘とでも結婚すりゃあいいじゃないか」

「いえ、それは違います」私はきっぱりと返した。

「私はトリは好きですが鶏肉はどちらかというと苦手です。従って、焼き鳥屋に行ったことはありません。よって、焼き鳥屋の娘さんと巡り合うチャンスはない……」

「ああ、やかましいッ！」兄の大声が私の言葉をさえぎった。

「ったく、なんなんだお前は。俺は同情するよ、トヨツのお嬢さんだろうが焼き鳥屋の娘だろうが、お前のヨメさんになる人に。ことあるごとにこんなつまらん御託《ごたく》ばっかり並べられたんじゃかなわんだろうからな」

　私はにっこりと笑った。

「ええ。だから、きっといまはまだ、お嫁さんをもらわないほうが、お互いのためなんです」

　そうこうしているうちに、五所川原先生が現れた。先生は、いかにも申し訳なさそうな表情を作り、兄に向かって言った。

「いやあ、申し訳ないですね相馬さん。朝いちばんにお電話差し上げた通り、今日のゲストスピーカーが急病で救急病院に担《かつ》ぎ込まれてしまったようで……。しかし、彼、健《けな》気《げ》にもピンチヒッターを立ててくれましたよ。学会でも最近頭角を現して、私も注目していた研究者なんです。若いとはいえ、まあ本会にふさわしいんじゃないかと思いますが。ここはひとつ、目をつぶってくださいよ」

ピンチヒッターだって？　そんな話は聞いていなかったけど……確か、今日のゲストスピーカーは、東大大学院教授、安岐史雅《あきふみまさ》先生。専門は国際政治学。今日のテーマは「国際社会での日本の役割―これからの十年を勝ち抜く論理」。安岐先生は、民権党政権、現首相の最重要ブレーンだとも聞いている。その先生が担ぎ込まれたとなると、これは大変なことなんじゃないか。

「安岐先生、重篤な病気なんですか」私はひそひそ声で兄に尋ねた。

「ヘルニアらしい。命に別状はないんだが、あれはとにかく痛いんだ。俺も体験済みだが」

兄は自分が担ぎ込まれたときの痛みが蘇ったのか、顔を歪ませた。

開会時間が迫り、次々と参会者が到着し始めた。いつものように、お互いに挨拶をし合い、雑談に興じている。各人のテーブルに今日のピンチヒッターの略歴のペーパーが配られたのを機に、私はテーブルに着いた。と、私のところへ、兄がひとりの紳士を導いてきた。

「日和。ちょっといいかな。ご紹介したい方がいるんだが」

私は立ち上がると、紳士に向かって会釈をした。そして、すぐに気がついた。

――うわ……トヨツの豊津副社長だ……。

「あ、は、はじめまして。相馬日和です。このたびは、あの……」

笑顔をむりやり作ったが、あとが続かない。豊津副社長は、心なしか、余裕の笑顔で、

「豊津です。いやあ、こんなところでお目にかかれるとは。いままで、この会には、うちの専務に代理で来てもらっていたんですよ。毎回、すばらしいゲストの得難いお話が聞けると報告されていたので、一度参加してみたいものだと、今回はスケジュールをどうにかやり繰りして参加させていただいたんですがね……」

そこで一拍おいてから、

「このたびは、娘の件でお世話になります。まあ世間知らずで困ったものだが、恥ずかしながら、文字通りの『箱入り』でしてね。あんなやつでも相馬家の方であれば、安心してお任せできるかと、うちのワイフも、それは喜んでいまして……」

「いやいやいやいや、いや、あの。あのですね。私は、その、まだ……」

とっさのことに泡《あわ》を吹きそうになっていると、すかさず兄が割って入って、

「弟はなにぶん無作法者でして、なかなかお返事を差し上げずに失礼いたしました。今日明日じゅうには、あらためてご連絡申し上げますので……なあ、そうだよな？」

私はうなずかなかった。代わりに、副社長のほうがうなずいた。

「そうですか。それではお待ちしています。ひとつ、よろしく頼みますよ、日和さん」

獲物に向かって急降下を開始する直前のハヤブサのように、きらりと目を光らせて、豊津副社長は身を翻《ひるがえ》して行ってしまった。兄は、私の肩を小突くと、いい加減にしろよ、と耳もとで文句を言ってから、会場の前方にある自分のテーブルへと歩み去った。

まもなく、全員着席したのを見計らって、五所川原先生がマイクを握った。

「皆さん、おはようございます。今日は、まず、お詫びをしなければなりません。本日登壇予定だった安岐史雅君が、急病のため、やむを得ず来会キャンセルとなりました。彼の愛弟子《まなでし》が、責任感の強い彼のこと、ちゃんとピンチヒッターを立ててくれました。彼の愛弟子であり、目下、国際政治学の分野ではめきめき頭角を現している頼もしい方であります……」

私は、手元のペーパーに視線を落とした。

真砥部凛子。——あれっ、と私は即座に反応した。

……女性なんだ。

この会が始まってから二十回以上を数えるが、女性スピーカーは初めてのことだった。各界の重鎮をお招きするので、自然と男性になってしまうのだろう。逆にいえば、日本は女性が元気だとか女性のほうが優秀だとかいうものの、政界であれ財界であれ、「重鎮」のポストはまだまだ男性が独占しているということだ。

二〇××年　東京生まれ、とここでまた私は反応した。私の四つ上、ということは、いま三十歳か。

国際政治学研究者。政治経済社会構造研究所上席研究員。東京大学法学部卒、同大在籍中にハーバード大学に留学、ノーベル経済学賞受賞者のハロルド・バーミリオン博士に師事。東京大学大学院法学政治学研究科で博士課程修了。——なお、父（故人）は史上最年少で開田川賞を受賞した作家・真砥部惇氏。母（故人）は国際政治学者、真砥部夕氏。

うわあ。これは、すごい。あり得ないほどきらびやかな学歴だ。しかも、あの真砥部惇と真砥部夕の娘？

真砥部惇の作品は、いくつか読んだ。絶筆『手術台の上のみかんとジャンプ傘のたまさかの出会い』は、衝撃だった。大学時代、あればっかりは、何度も繰り返し読んだっけ。あれ、タイトル違う？『解剖台の上のミシンとこうもり傘の偶然の出会い』だったかな？　はて、どっちだっただろうか。

真砥部夕といえば、伝説の国際政治学者だ。この分野で世界に通用する数少ない日本人学者、しかも女性ということもあって、彼女の名は一般にも広く知られている。東大に在籍中だった私も、大学構内を歩く真砥部先生の颯爽とした姿を何度か目にしたことがある。すらりと背が高く、前をまっすぐ向いて歩く姿は、たとえてみれば、宝塚の男役という感じだった。文壇の天才にして変人でも名高かった真砥部惇を、唯一御せる夫人ということでも知られていた。専門外だったから、先生の講義を拝聴することは最後までなかったけど……。確か、私が大学の研究室に入った年に、ご病気で亡くなった。

ということは、つまり……この真砥部凜子氏は、東大で博士課程に籍をおいているあいだに、母上をなくされた、ということか。

などと書き連ねれば長くなるのだが、これらの思いが私の胸をかすめたのは、真砥部凜子の略歴を流し見した一瞬のことだった。「へえ、真砥部夕の娘か……」と、同じテーブルの誰かがつぶやいた。親の七光りだな、というニュアンスが、その語尾に微《かす》かに浮かんでいた。

急な依頼ということもあってか、真砥部凜子の到着は遅れていた。各テーブルにサンドウィッチとオレンジジュース、コーヒーが運ばれてきた。参会者たちはサンドウィッチをつまみ、コーヒーを啜って、誰からともなく談笑し始めた。が、開会二十分を過ぎても、スピーカーは現れない。やがて席を立って五所川原先生と兄に挨拶し、場を辞する人も出始めた。いずれ劣らぬ大企業の社長や役員ばかりなのだ、誰もが多忙を極めている。政府に顔の利く安岐先生を待つのならまだしも、無名のピンチヒッターの到着など待ってはいられない、というのが本音かもしれなかった。

十名ほどが退席したのち、豊津副社長も席を立って、私のところへやってきた。

「ちょっと次がありまして……これで失礼します。もしよろしかったら、この週末にでも、娘も含めてお目にかかれればと思いますが、いかがですか」

私も立ち上がると、「最初から中座なさるご予定だったのですか?」と訊いた。

「この会は、もともと七時半から八時半の予定で、参会者にはそう伝えられているはずです。いま、七時五十五分です。ゲストのお話を聞く時間は、まだあります。ゲストが到着されるまえにお帰りになるのでは、わざわざスケジュールをやり繰りして来られた意味がないのではないかと思いますが……」

豊津副社長は、神妙な顔を作った。なんだこの若造は、おれに指図するのか、という顔だった。

「しかし、私は、もともと安岐先生のお話を聞きに参上したんです。残念ながら、真砥部さんという方は存じ上げませんし、正直、若い方のお話には、あまり興味もありませんな。国際政治学がご専門の、お堅い女性の話など……」

瞬発的に、むっとした。豊津副社長の言葉は、私が、兄や一族の人間に常々言われている言葉によく似ていたのだ。

鳥類の研究だなんて、軟弱過ぎる。浮世離れしている。鳥を追いかけてばっかりで、ちっとも家業にかかわろうとしない。——男のくせに。

「堅いとか女性だとかは、関係ないのではありませんか。要は、本人が、どれだけ本気でそれに打ち込んでいるか。そっちのほうが、よっぽど大事なのでは?」

豊津副社長の目が、一瞬、気色ばんだ。――と、そのとき。

「大変お待たせしました。ゲストスピーカーが到着されました。皆様、拍手でお迎えください」

本会の司会進行役である、ソウマグローバル秘書室副室長の若本《わかもと》さんの声が、マイク越しに響いた。豊津副社長と私は、はっとして、同時にドアのほうを見た。

係の者がさっとドアを開ける。そして――その瞬間、私は、光を見た気がした。

コツコツとヒールの音を響かせて、ほっそりしたくるぶしが、前へ前へと彼女を進める。演壇にすっくと立ったその人は、軽く会釈をすると、会場を埋めているネズミ色の背広を着込んだ聴衆を、静かに見渡した。そして、さわやかな風のようによく通る声で言ったのだった。

「遅れまして、失礼いたしました。真砥部凛子です。お忙しい時間を削って、いままでお待ちくださいました皆様方に、心から感謝申し上げます。そして、誓います。これからの三十分間は、いままでの三十分間お待ちいただきましたことを、決して後悔させません」

彼女は微笑んだ。何ものかに、勝利したかのように。

豊津副社長は、惚《ほう》けたように口をうっすらと開けた。兄も、そうだった。さてそろそろ帰るかと腰を浮かせかけていたネズミ色のおじさんたちは、皆、すとんともと通りに腰を下ろしてしまった。――そして、私は。

ごごごごゴッ、と地響きを立てつつ天の岩戸が開いた。その向こうから、光を身にまとった女神、天照大神《あまてらすおおみかみ》が現れた。それを呆然《ぼうぜん》とみつめる有象無象《うぞうむぞう》のひとり。それが、私だった。

こうして、私は、みつけてしまった。私の運命の女性《ファム・ファタール》を。

13

二〇××年五月十日　朝から快晴（←凜子と出会った頃の年月日）

鳥類の求愛行動は、実にさまざまである。

よく知られているのは、クジャクが立派な尾羽を広げて、細かく振動させ、メスの気を引く行為。それから、モズ。お気に入りのメスに気づかれようと、ウグイスやヒバリ、ホオジロ、メジロなどの物まねをして、美しい声でさえずる。ゴクラクチョウは、羽や尻尾《しっぽ》や頭の飾り毛をあらん限りに振って、激しいダンスを繰り広げる。スズメでさえ、恋の季節には、普段とはまったく違うやさしく甘いさえずりで、メスを口説こうとやっきになる。

そう。彼らは、本能のままに、メスを振り向かせようと必死になる。どんなにイケてない個体でも、そこは本能なのだ、メスを口説かずには、彼らは生きてゆけない。

「……鳥だったらなあ」

音羽の家のダイニングで、いつものように母と向かい合って朝食をとっていた私は、ごく無意識に、そんなことをつぶやいてしまった。母がじっとりとこちらにまなざしを注いでいることにはたと気づいて、「ごちそうさま」と箸を置く。そわそわと立ち上がると、取って付けたように、母に向かって言った。

「じゃあ、いってきます。今日は、職場の皆さんと飲み会があるので、ちょっと遅くなるかもしれません。夕食は、いりませんので……」

「お待ちなさい」私の言葉を、母がぴしゃりとさえぎった。

「今日は土曜日ですよ。休日出勤するおつもり？」

私は、あちゃあ、と首を引っ込めた。母をごまかすにも、カレンダーで曜日を確認する気持ちの余裕すら、その頃の私にはなかったのだ。

「そうでしたね。土曜日でした。てっきり、金曜日かと思ってしまって」

言い訳しながら、私はもと通り、ダイニングチェアに座り直した。

「日和。あなた、最近ちょっとおかしいんじゃないの？」

母は、私に意見するときにはいつもそうするのだが、両手を卓上にきちんと揃えると、正面に私を見据えた。

「曜日を間違えたり、出かける時間を間違えたり、しょっちゅうじゃないの。お茶ばかり飲んで食事も喉《のど》を通らないようだし。この前なんて、あなた、スリッパをはいたまま出勤しようとしたじゃないの。いったい、どうしたの？」

　スリッパをはいたまま出勤しようとした記憶はなかったが、そんなことをしたのであれば、かなりの重症だ。母がいぶかるのも、そりゃあ無理もない。

「いえ、どうもしません。ただ、ここのところ仕事が忙しくて……小笠原《おがさわら》諸島の聟島《むこじま》で、いま、試みているアホウドリの繁殖が、計画通りの数値を出すかどうかの瀬戸際でして、気が気じゃなくて、ですね……」

「嘘をおっしゃい」再び、ぴしゃりとさえぎられた。

「あなた、どなたか心にかかる人でもできたの？」

　あっさりと言い当てられて、私は少なからず動揺した。が、なんとか取り繕《つくろ》って、しどろもどろに返す。

「やだなあ、何を急に言い出すんですか。別に、そんなわけじゃ……」

「いいえ、きっとそうよ。そうでなかったら、あんなに頑固に豊津のお嬢さんとの縁談を拒否する理由がほかにないじゃないの。いったい、どこのどなた？　ねえ日和、お母さまにだけは教えてくれるわよね？」

　母に詰め寄られ、私は返答に窮してしまった。母親の勘と女の勘の両方を発動させて、母は私に思い人があるらしいことを、鋭く突き止めたのだった。

「いえあの、やっぱり、出勤します。アホウドリの件、どうしても気になりますんで。

とにかく、いってきます。詳しくは、また」

たまらずに、私は外へ飛び出した。スリッパのままで、ではなく、いちおう靴《くつ》にはきかえて。

あてもなく、神田川《かんだがわ》沿いの散策路を歩く。散策路の並木、桜の木々の若葉が目にもまぶしい。

季節は春、光あふれる週末の朝。こんなにも気持ちのいい日なのに、私の心は、なんだか得体のしれないもので、もう、いっぱいいっぱいになっている。

ああ、まったく。こんな気持ち、初めてだ。

この気持ちは、あの日、あの瞬間から始まった。ソウマグローバルが主宰する朝食会に、颯爽と現われたあの人——真砥部凛子に出会ったときから。

ところで、いま、これを読んでいるあなたは、「この日記の筆者はとんでもなくウブで女性経験もないお坊ちゃまだろうから、意中の女性の口説き方もわからんのだろう」とお思いではないだろうか。先に書き記しておきたいのだが、前者はノー、後者はイエス、である。

いちおういまのところは誰にも見られない日記だし、いずれ誰かに（つまりあなたに）これを見られているときは、私はこの世にいない前提だから、この際、はっきりと書いておこう。私は、こう見えて、案外、早熟な男子だった。初恋は小学一年のとき、隣りの席のまほちゃんだった。ファーストキスは、小学校三年のとき、同じクラスの清香《きよか》ちゃん。初めてのデートは中一のとき、隣りのクラスのはるかちゃん。そして、初めての女性体験は、高二のとき、東大生だった家庭教師の先生（四歳年上）だった。その全部が、私が望んだというよりは、相手からの熱心なお誘いがあって、気がついたらそうなっていたという感じではあるが。

こんなことを自分で書くのは憚られるが、まあいいや、どうせもうこの世にいない身として書かせてもらえば、私はけっこうモテる男子だった。いや、私も自分でよくわかってはいる。女子たちは、私そのものに魅力を感じていたというよりは、やはり私のバックグラウンドに興味を持っていたに違いない。

兄などは、「持って生まれた身の上なんだから、この際、利用しなくちゃ損だ」とばかりに、十代、二十代の頃は、とっかえひっかえ女の子と付き合っていたものだ。それでいて、誰とも真剣に付き合ってはいなかった。僕の彼女です、と実家に連れてきて正式に母に紹介した人はひとりもいない。美人でスタイルがいいというだけでは、当然母が納得するはずもないからだ。相馬家の長男として、兄は、結婚相手は両親が決めるということで、真剣に女性と付き合う気持ちは、十代の頃から持ち合わせていなかったようだ。

私はといえば、そりゃあ女性に興味がなかったわけではないが、気がつくといつも誰かに熱視線を送られ、女子にちやほやされて、自分から告白したことなど一度もないのに、いつもデートさせられたり関係を迫られたりして、「女性というのはなんとも積極的な生き物だ」と習得するに至った。いいなあとほんのり思いを寄せた女性も何人かいたが、そういう人は決まって学校の先生だったり研究室の先輩（既婚）だったりして、自発的に思いを寄せるのは「年上の人」で「もう誰かのもの」というのが、どうやら私の恋の定番であった。

だから、その朝、つらつらと思ったりしたのだ。鳥になりたい、などと。もしも鳥だったら、本能の赴《おもむ》くままに、すなおにこの気持ちを表現できる。着飾って唄って踊って、がむしゃらに意中の女性を誘うこともできる。ってそんなことされたら相手はドン引きだと思うけど。

いや、それ以前に、もしも鳥だったら、いますぐ飛んでいけるのに。あの人の暮らす窓辺に舞い降りて、テラスにそっと留まり、部屋の中をのぞき見できるのに。ってそれじゃストーカーじゃないか。

どんなに望んでも鳥になどなれるはずもない。それなのに私は、陽光きらめく神田川の水面《みなも》を眺めながら、自分が鳥になる妄想をせずにはいられなかった。正確には、羽の生えた自分が、あの人のもとへと飛んでいく妄想を。

あの日、ソウマグローバルの朝食会に、ピンチヒッターの講師として現れた真砥部凛子は、わずか三十分間のレクチャーで、私の心をわしづかみにし、奪い去った。いや、正確に言えばものの十秒だったかもしれない。私は、彼女の姿をひと目見、声をひと言聞いただけで、すっかり「持っていかれて」しまったのだった。

鳥類のメスは、オスに交尾に誘われたとき、自分の子孫を残す相手はこのオスがいい、と瞬時にして選ぶのだという。まったく、本能的に。私はオスであってメスではないが、あの瞬間ばかりは、メス的な本能で「この人だ」と決めたのだと思う。なんといっても、あの瞬間、体を貫通した電流のような感覚は、本能という名の神から私への落雷に他ならなかった。

真砥部凛子のレクチャーは、おそらくすばらしいものだった。「おそらく」という憶測なのは、つまり、神の落雷を受けた私の頭には、まったくもってレクチャーの内容が伝達されるに至らなかったのだ。あの三十分間、おそらく私は惚けたように彼女の姿を眺め、声を聴いていたに違いない。そしておそらく彼女の視界には、ネズミ色のスーツを着た幾多の惚けたおじさんたちの中のひとりとしてしか、私は入っていなかったに違いない。

レクチャー終了後、質疑応答となった。大企業のお歴々のおじさんたちは、そわそわするばかりで、誰も挙手しない。珍しいことだった。いつもなら、講師の先生とパイプを作りたいおじさんたちが、半分自己紹介を兼ねた質問をするために挙手するのがならわしのようになっているのだが、どうやら凛子を手強《てごわ》い相手と見たのか、それとも意表を突いて魅力的な女性だったからか、そわそわ、もじもじしている。

当然、私もそうだった。というか、レクチャーの内容が何も頭に残っていないのだから、質問できるはずもない。しかし、「誰も挙手しないときにはお前がサクラになれ」というのが、この会の主宰者たる兄の厳命だった。質問がひとつも出ないようでは講師の先生に申し訳がないのと、会を盛り上げるためにも必ずひとつくらいは質問せよ、ということだ。

が、その日ばかりは、私の腕は脇にぴったりと張りついて微動だにしなかった。内心焦りつつ兄のテーブルを盗み見ると、なんと兄自身が挙手しているではないか。

「どうやら、本会会員の皆さまがたは、あまりにもお美しく聡明な講師であられるので、すっかり萎縮しておられるようです……僭越《せんえつ》ながら、この会の代表者として、質問に立たせていただきます」

会場から笑い声が起こって、ぱらぱらと拍手が湧いた。私は、ひやりとした。凛子が少しも笑わずに、兄に向かって冷ややかな視線を投げていたからだ。

「率直にお伺いいたします。名刺は何枚、お持ちですか？　私をはじめ、ここにお集まりの諸氏は、残らず全員、真砥部さんの名刺を狙っているはずでして……」

どっと笑い声が上がり、拍手喝采。私は、今度こそ、ぞっとした。凛子の瞳に、冷たい嫌悪の炎が燃え立つのが見えたからだ。それに気づいた瞬間、私は手を挙げていた。そして、兄を差し置いて、立ち上がったのだった。

「本会参与の、相馬日和と申します……あの、質問、といいますか、その……」

凛子の目がこちらを向いた。彼女と私の視線が、一直線に結ばれた。少し茶色がかった、深い瞳。まっすぐなまなざし。私は、たちまち吸い込まれそうになる自分をどうにか引き止め、ほとんど酔っぱらいのようなろれつの回らなさで、言った。

「あ、あなあな、あなあなたがおっしゃるところのげげ現実的グローバリズムとは、つ、つまり、あめあめアメリカ至上主義ではなく、また、世にいうちちち地球市民的主義の定義からも外れるもので、かっ、カント的国際主義に根ざした、えーと、その、真に民主主義的な、個人主義の、へへっ平和主義に基づく……」

マイク越しに、ぷっと噴き出す音が聞こえた。演説台《ポディウム》を前にした凛子が、思わず噴き出したのだった。彼女は、「……失礼」と小さく咳払いしてから、私の質問が途中であるにもかかわらず、答えた。

「そうです。私たちひとりひとりが、自己と他者を比較することなく、個々のレベルで幸せになることを強く意識する。そうすれば、真の意味での民主主義的グローバリズムが確立されると、私は信じています」

そして——ああそして、なんと彼女は——私に向かって、にっこりと笑いかけたのだった。

私は、その瞬間に、春の女神《プリマヴェーラ》に微笑を投げかけられて発芽する植物の種よろしく、自分の中で明るく目覚めるものがあるのを、ふっと感じた。

散会後、凛子はたちまちネズミ色の軍団に囲まれてしまい、私はまったく蚊帳《かや》の外になってしまった。兄も、トヨツ自動車の副社長まで、色めき立って彼女を取り囲んでいる。これは私の分の名刺は一枚も残らないだろうと観念した。

しかし、しかし。どうにかして、連絡先を獲得したい。どうすればいいのだろうか。おじさんたちに囲まれる凛子を遠巻きに眺めて、私は思案した。耳から煙が出るかというくらいに全力で思案して、そうか、あとでこっそり本会の進行役であるソウマグローバル秘書室副室長、若本さんに連絡先を訊けばいいんだ、と思いついた。

けれどそんなことをしたら、若本さんから兄に「日和さん、真砥部さんの連絡先を訊いてきましたよ」とこっそり報告されてしまうかもしれない。そうなると面倒だ。兄から母に告げ口されるかもしれないし、それ以前に、兄のほうが先に真砥部さんに連絡するかもしれない。だって彼女は、どんぴしゃで兄好みではないか。女性に目のない兄のことだ、こっそり連絡して、食事に誘い出して、それでもって……。

などとさらに思案を加速しているうちに、うっかり鼻でコーヒーを飲んでしまうありさまだった。ぐほッとむせた私は膝の上にコーヒーを派手にこぼしてしまった。うわっいけない、こんなどんくさいところを彼女に見られてはならじと、あわてて立ち上がると化粧室へ小走りに向かった。

まったく、どうかしてるぞ、私は。

化粧室の手洗いの前で、ハンカチでごしごし前をこすりながら、特大のため息が出た。

さっき部屋を出るときにちらりと彼女のほうを見たのだが、おじさんたちの名刺交換攻撃にさらされて「残念ですが、今日は名刺を持ち合わせておりませんので……」と言っているのが聞こえた。普通ならどうにかコネを作りたいと願うはずの大企業の重役たちも、ひとりやふたりならともかく、束《たば》になって押し寄せられると、さすがに逃げたくなるのかもしれない。

そこで、私は想像を巡らせた。窮地に立つ彼女を救う、ちょっとヒーローっぽい立ち居振る舞いをしてみてはどうか。

皆さん、お待ちください。どうか冷静に。いくら天下の大企業のエグゼクティブのかたがたとはいえ、こんなふうに「重役バブル」にさらされて、真砥部さんはすっかり驚かれているではありませんか。

ここはひとつ、私にお任せいただけませんか。——代表で、私が、彼女の名刺をお預かりいたしますので。

「……そうか。その手があったか！」

鏡の中の自分に向かってつぶやいてから、股間《こかん》を見る。見事に褐色《かっしょく》に染まっている。褐色の股間で、彼女の前にすかさず登場……って、秒速でお断りだろうな。

はああ、ともうひとつ、特大のため息をついて、化粧室を出た。前を見たとたんに、心臓が止まりそうになった。

廊下の角に、真砥部凛子が立っていたのだ。こちらを向いて。まるで、私を待ち構えていたかのように。

再び落雷にあったかのごとく、私はその場に立ち尽くした。と、凛子がこちらをじっと見据えて近寄ってきた。そして、私のすぐ目の前で足を止めると、言った。

「さきほどは、ご質問をありがとうございました。お礼を申し上げたかったんですけど、あの通り、取り囲まれてしまって……」

喜びと緊張で絶句する私に向かって、凛子は、すっと名刺を差し出した。

「今日、うっかり名刺入れを忘れてしまって。一枚だけ、上着のポケットに入っていました。ちょっとよれよれなんですけど」

しんなりと歪んだ名刺を、私は震える手で受け取った。それから、大あわてで自分の名刺入れを探したが、どうやらこちらも忘れてきてしまったようだ。上着のポケットに、一枚だけ入っていたのを引っ張り出すと、やはりしんなりと歪んでいた。

「すみません、私も、これ一枚だけで……」

赤面しながら差し出すと、「あら、ほんとだ。よれよれだわ」と名刺を眺めた。そして、

「私たち、なんだか、ちょっと似てますね」

そう言って、笑った。

その笑顔に、私の中の芽生《めば》えが、いちだんと明るい光を得たかのごとく、ぐんとまっすぐに伸びるのを感じた。

「じゃあ、これで失礼します。今日は、お招きありがとうございました」

さわやかに挨拶をすると、彼女は踵《きびす》を返して、エレベーターホールへと足早に去った。

私はといえば、耳もとには祝福の鐘が鳴り響き、頭の周りには天使が舞い飛ぶまぼろしを覚えつつ、褐色の股間のまま立ち尽くして、彼女の後ろ姿をみつめていた。

そうなのだ。私は、どうやら――いや、どうやらではない、カンペキに――真砥部凛子に恋をしてしまったのだった。

五月上旬の土曜日の朝、あてどもなく神田川沿いの桜並木の遊歩道を歩きながら、私は凛子のことばかりを考えていた。

あの日、彼女にもらった名刺。持ち歩いて、ときに、ポケットの中で握《にぎ》りしめて、いっそうよれよれになってしまった。けれど、よれよれになった小さな四角い紙の中心で、彼女の名前は、日に日に輝きを増して私に迫ってくるようだった。

あれから、一度だけ、思い切ってメールを送った。先日はありがとうございました。ご講義すばらしかったです。またご講演いただけましたら幸いです。今後ともよろしくお願い申し上げます——という、ごく通りいっぺんの、社交メールを。ほんとうは、思い切って、「追伸——好きです」と添えようかとも真剣に考えたが、そりゃあどう考えても気持ち悪いぞ、と自分を戒《いまし》め、思いとどまった。

彼女からは、仕事ができる人らしく、すぐに返信がきた。こちらこそありがとうございました。いい機会を持たせていただき感謝申し上げます。今後ともよろしくお願い申し上げます——という、まったく当たり障りのないメールが。見方によっては、「もう返事はいりません」というふうにも取れた。せっかくメールでつながりはしたが、私の軟弱な心は、次の一歩が踏み出せない膠着《こうちゃく》状態に陥ってしまった。

ストーカーまがいのことだけはすまいと思っていたが、気になって仕方がないので、ネットで「真砥部凛子」を検索してみると、一万件以上ヒットした。画像も動画も、相当な数がある。私が知らなかっただけで、真砥部惇と真砥部夕の娘ということもあり、また当代きっての才色兼備のキャリアウーマンということで、すでに真砥部凛子の名は広く知られているようだった。

しかし、これほどのルックスであるからにはマスコミが放っておかないだろうに、画像や動画は一般の投稿ばかりで、当の本人は進んでメディアに登場してはいないらしい。なんとなく、彼女の気持ちがわかるような気がした。

実は私も、あちこちのメディアから何くれとなく声をかけられる。その多くが「貴婦人画報」とか「マドモワゼル」だとか「レディ公論」だとかいう、いわゆる高級女性雑誌やライフスタイルマガジンだった。言いたくはないが、相馬一族の次男坊で、東大卒で、鳥類の研究をしている未婚男性——ということで、世の女性たちの興味を引く対象なのだろう（と自分で書いて赤面するが）。しかし私はべつだんメディアに露出して顔を売りたいわけでもなし、自分の研究以外のことを世間さまに披露したいという欲もないので、メディアからの申し入れはいっさいお断りしていた。なんであれ、できるだけ顔を売りたい兄は、せっせとメディア露出に勤《いそ》しんでいたが。

私たち、なんだか、ちょっと似てますね。

あの日、彼女が何気なくつぶやいたひと言。それが、不思議な力を宿して、私に迫ってくるようだった。

彼女にとっては、偶然、口にした言葉だったことだろう。深い意味など、いっさいもたずに。

それでも、私にとっては、魔法のようなひと言だった。ずっとずっと深いところで、私たちがつながっているような、ほのかな希望をたたえたひと言だった。

聡明で、颯爽としていて、自らの意志を貫く強さをもった、孤高の人。そう、まるでジャンヌ・ダルクのような。

そう思えば、真砥部凛子は、私とは似ても似つかぬ人だ。

私は、母に文句を言われればおとなしく従い、兄に意見されればとりあえず受け止める。家業にはあまりかかわらずに好きな鳥類の研究をしているという点では、自らの意志を貫いているといえなくもないが、両親からも兄からもソウマに入社すべしという強い勧めはもともとなかった。浮世離れした次男坊、ということで、最初から戦力としてカウントされていなかったのだと思う。そういう意味では、一族の中では浮きまくり、「孤高」というよりは「孤独」な存在だったかもしれない。

いやしかし、ご両親が他界されて天涯孤独な身の上の彼女に比べれば、私の孤独など、センチメンタルで気分的なものに過ぎない。

だから、私たちは、似ても似つかぬ同士。それなのに、私は、ふと感じたのだ。

私たち、なんだか、ちょっと似ているんだ——と。

遊歩道にあるベンチに腰かける。青空に若葉の枝を放つ桜の木を見上げていると、すぐ近くの小枝にメジロがとまった。かわいらしい姿を、目を細めてみつめる。

メジロは警戒心が強いので、人間の近くにはめったに寄ってこない。しかし、珍しく、その一羽は、私の正面の枝にとまって動かない。花の蜜《みつ》を吸うわけでもなく、じっと小枝にとまる小鳥。私は、細心の注意をもって、ポケットからスマートフォンを取り出した。カメラのレンズを、そうっと向ける。

パシャ。

シャッターの音に驚いて、さすがにメジロは飛び立った。画面を確認すると、青葉の枝で、気持ちよさそうに羽を休める美しい緑色の小鳥が見事に写っていた。

野鳥を間近に写真に収めるのは、実は至難の業だ。藪の中に望遠カメラを備え付けて、野鳥が近くに寄って来るのを辛抱強く待ってようやく撮れる。もう二十年以上も毎日野鳥観察をしている私ですら、メジロの姿をここまで鮮明に撮ったのは初めてだった。それで、私はちょっと有頂天になった。

この写真を、あの人に送ろう。

とっさに、そう思いついた。研究所の所長でもなく、先輩でも同僚でもなく、私は、この可憐《かれん》な小鳥のベストショットを、凛子に見てもらいたかった。

落ち着いてよく考えれば、かなりヘンな写メールだったと思う。休日の朝八時に、

『神田川沿いで撮りました。あなたのもとへ飛ばします』などというヘンテコな文面に、メジロの写真を貼付したメール。それで、よく確認もせずに、有頂天の気分のままで、すぐに送ってしまったのだ。ヘンなやつだと思われたら、それまでだろう。それなのに、私は、そうしてしまったのだった。

鳥になりたい。鳥になれたら。すぐにでも、あなたのところへ飛んでいけるのに。

あのときの私は、まったくティーンエイジャーのように、気恥ずかしい、恋する少年だった。あの人に会いたい思いばかりが、胸を甘く疼《うず》かせていた。そこに現れた一羽の小鳥。私の心は、その小鳥に、すっかり乗り移ってしまったようだった。

送信キーを押してから、はたと我に返った。あわてて「送信済み」ファイルをチェックする。自分の送った写メールを見て、どっと冷や汗が噴き出した。

ちょ……なんだこれ？　こんな恥ずかしいメール、いま、送っちゃったのか？　あなたのもとへ飛ばします……って、どうしよう。レベル低過ぎないか、これ？

と、そのとき。

ヴヴヴ、ヴヴヴとスマートフォンが震え出した。驚きのあまり、私はそれを落としかけた。画面を見ると、メールが一通、届いている。

——まさか。

そのまさかだった。真砥部凛子からのメール。

小鳥、飛んできました。なんという鳥？　教えていただけますか。
今度、お目にかかったときにでも。

14

二〇××年五月十七日　朝から快晴（↑凛子と出会った頃の年月日）

凛子の携帯にメジロの写真を飛ばしてから一週間後。私の心も鳥になって、いまにも飛び立たんとしていた。

あの一週間、はたから見て、私はさぞや挙動不審な人物だったに違いない。何をするにもハイテンション。ほとんどスキップしそうに軽やか過ぎる足取りで通勤し、職場では倍速で仕事をこなし、自分の範疇外の作業まで嬉々《きき》として引き受けた。同僚とランチに出かければ大盤振る舞いで「特上昼定食千五百円」をごちそうし、飲み会では下戸なのに大ジョッキの生ビールを注文、店の座敷で寝込んでしまって、先輩にタクシーで自宅まで送り届けてもらう始末……。

所長も先輩も同僚もいぶかしがり、「いったい相馬君はどうしちゃったんだろう」「逆五月病かな」「宝くじでも当てたのか」などと、ひそひそ話す声が伝わってきたが、そんなこともまったくおかまいなしだった。

そう。ついに、その週末の午後、私は真砥部凛子とサシで会うことになったのだ。……いや、サシなんていうと対決みたいだな。ツーショットで。ってそれじゃ記念写真か。なんていったらいいのかな。とにかく、ふたりで会うのだ。ふたりっきりで。つまり、それって、いわゆるデート？　その通り、デートするのだ。

ハイテンションになるなと言われても、無理な話だ。足が地面にくっついていない感じだった。女性とデートするのに、こんなに気分が高揚するのは初めてのことだった。

メジロの写メールへの、凛子からの返信。「なんという鳥？　教えていただけますか。今度、お目にかかったときにでも」。その一文に勇気を得て、思い切って誘ってみた。

よろしかったら、ご一緒に、野鳥観察に行きませんか？

胸を高鳴らせながら送ったメールの文面をあとから読み返してみると、我ながらどうかと思う。意中の人を初めてのデートに誘うのに、野鳥観察って……。しかも、相手は知性の濃縮パッケージのごとき才女。野鳥につられて出てくるような人なんかじゃないのに。

が、すっかり有頂天になってしまった私には、ほかにうまい誘い文句が思いつけなかったのだ。

はたして、凛子から、あまり間をおかずに返事がきた。喜んで、とひと言だけ。そのたったひと言に、私が躍り上がったのはいうまでもない。

かくして迎えた土曜日。

なんとも都合のいいことに、母は、その前夜から兄の家族とともに山中湖《やまなかこ》にある別荘へと出かけていった。気候のいい五月、十月には、毎週末、家族で別荘へ出かけていくのが相馬家の慣わしだった。生前の父と兄はもっぱらゴルフで、ときどきは母もそれに付き合っていた。私はもちろん野鳥観察。が、研究所に勤めるようになってからは、残務を自宅でやらなければならないと理由をつけて、あまり一緒に行かなくなった。私のフィールドワークに母がくっついてきて、のべつまくなしに縁談の話ばかりするので、集中できないというのがその理由だった。

まあとにかく、凜子との初デートの朝、母に勘ぐられなくて済むのはありがたかった。その一週間、私の足が地面に着いていないことを、母はとっくにお見通しのようだったが、とにかくしばらくは様子を見ようじゃないの、という構えだった。おそらく、いつもとは違うレベルのそわそわぶりに、ただならぬものを察知していたのかもしれない。

「あら、日和さん、休日出勤ですか?」

出かけてきます、と声をかけると、家政婦長の奥林さんが、玄関先まで見送りに出てきて、言った。ぱりっとスーツに着替えて、ぴかぴかに磨いた革靴をはき、大口径望遠鏡の入ったキャリーケースと三脚ケースを両手に提げた私のいでたちを目にして、やはりただならぬものを感じたらしかった。

「ええ、まあ、そうです」私は、歯切れの悪い返事をした。「いい天気ですし、絶好の観察日和なので……では、行ってきます」

そして、あたふたと、逃げるように家を後にした。

絵に描いたような五月《さつき》晴れの、さわやかな日だった。まさしく絶好の観察日和、デート日和。口笛吹いて跳躍のひとつもしたいところだったが、飛び跳ねるには両手の荷物が重過ぎた。

凛子との待ち合わせ場所は、明治神宮《めいじじんぐう》の入り口。つまり、表参道からつながっている南の詰所の鳥居の下だった。――あとになって、凛子につくづく言われたものだ。「初めてのデートの待ち合わせ場所が、明治神宮の鳥居の下って言われたときには、ほんとうにびっくりした」と。

よく考えてみると、確かに、初デートにはふさわしくない待ち合わせ場所だったかもしれない。しかし、あのときは、そんなことを考える余裕はなかった。私が熟知している野鳥観察場所で、都心で、アクセスのいいところ。その三つを満たしていたのが、明治神宮だった。さらに、あちこちにあるスタバや混雑する駅の改札口などで待ち合わせるよりは、ここなら迷いようもなかろうということで、鳥居の下での待ち合わせとなった次第である。

胸を反《そ》らせ、私は、明治神宮前駅から鳥居を目指した。うっそうと繁《しげ》る緑の木々の中に、色あせた鳥居が悠然と立っている。そのたもとに、彼女が佇んでいた。約束の時間の五分まえだったが、余裕をもって来てくれていた様子に、すでに感動を覚える。

「こんにちは」私の姿を認めると、凛子はさわやかに挨拶をした。

「こんにちは。今日は、わざわざ、ご足労おかけしまして……」

息を切らしながら返すと、凛子が、思わず、という感じで、くすくすと笑った。

「すごい荷物ですね。登山でもするみたい」

私は、自分の顔が赤くなるのを意識しながら、凛子に合わせて笑った。

「大荷物で、お恥ずかしいんですが……これ、望遠鏡なんです。これで野鳥を見ると、迫力が違うので。真砥部さん、野鳥観察は初めてでいらっしゃいますよね？」

「ええ、初めてです」

「だったら、なおのこと、この望遠鏡で見ていただきたいです。なんであれ、初めて体験することが感動的だと、その体験したことが、きっと好きになるはずですから」

極度に緊張し興奮していた私は、普段よりもずっと滑舌がよかった。それで、初めからおかしなことを色々と口走った。けれど凛子は、私の言葉をすんなりと受け止めて、微笑んだ。

私たちは、玉砂利《たまじゃり》が敷き詰めてある参道を並んで歩いていった。ざくざくという音が私たちのあとをどこまでもついてくる。意中の人と並んで歩く、陶酔にも似た心地よさの中で、私はその音をうっとりと耳にしながら、あれこれ凛子に話しかけた。明治神宮の杜《もり》のこと、そこに集まる野鳥の豊かさ、こんな都心でも、緑がたくさんある場所を、ちゃんと野鳥たちが知っていること。都心には、意外にも、野鳥が集まる場所があちこちにあること、等々。

十分ほども歩いただろうか。突然、凛子が足を止めた。

「ひとつ、質問があります。いいですか？」

大学の授業中に挙手する女子大生よろしく、まっすぐな響きでそう訊いた。私は、嬉々として、「はい。どうぞ」とそれを受けた。

「どうしてそんなに野鳥にお詳しいの？」

そこでようやく、私は、自分の身の上について何ひとつ凛子に話していなかったことに気がついた。

遅まきながら、今度は私自身について、あたふたと語ることになった。凛子とは東大の同窓生であること、大学院では鳥類の生態学を研究していたことや、いま博士論文に挑戦中であること、鳥類研究所に勤務していること——そして最後に、自宅の庭に集まる野鳥の観察を小学生の頃から続けていること、等々。

「そうだったんですね」凛子は、ようやく得心したという表情で言った。

「メールで小鳥を飛ばしてきたり、野鳥観察にお誘いくださったりしたから……どうしてかなあ、と思ったの。ちょっと不思議だったんです」

どうやら、私と違って彼女のほうは、私の素性をネットで調べたりはしなかったようだ。それだけ興味の度合いが低かったのか……と一瞬、がっくりしかけたが、いやいや、きっと忙しくてそれどころではなかったのだ、あるいは奥ゆかしい彼女はそんな下世話なことをする性分《たち》ではないのだ、と自分を励まして、私は返した。

「失礼しました。野鳥に関しては、熱中するあまり、自分が知っていることは、前置きなしで誰にでも伝えたくなってしまって……」

言いながら、私は、自分の非礼を恥じた。それでも、凛子は、奇妙な誘いの理由も訊かずに、ここまでやって来てくれたのだ。

「ご不審に思われたのに、来てくださったんですね」

そう言うと、凛子の顔に、そよ風のような微笑が広がった。

「不審じゃありません。不思議です。不思議に思ったことは、自分で確かめてみたいでしょ？」

そよ風の微笑につられて、私も微笑んだ。

私たちは、日本一大きい木製鳥居である大鳥居をくぐり、御苑《ぎょえん》北門の道に入った。そこから少し行くと、茶室である隔雲亭《かくうんてい》が見えてくる。そのあたりは、木々が気持ちよく繁り、絶好の野鳥観察ポイントになっていた。

「このあたりにしましょうか」

木漏《こも》れ日が落ちる平らな地面を選んで、望遠鏡を設置する。両手に提げていたケースから、大口径の望遠鏡と三脚が現れて、凛子は、わあ、と声を上げた。気取りのない、素で驚いている声だった。

まずは小鳥がとまりそうな枝を目視し、そこに向かってレンズを構える。フォーカスを調整し、待つこと数分。その間、私はいつものことで、無言になる。凛子も無言だった。何か、神聖な儀式に立ち会うような表情で、静かに私を見守ってくれていた。

「ちょっと、のぞいてみてください」

しばらくして、私は凛子に勧めた。凛子は、そっと目をファインダーに当てた。とたんに、「わあ、きれい」とため息混じりに囁いた。

レンズの向こうには、ルリビタキがいた。気まぐれな野鳥のことだ、普通ならひとつの枝に長く留《とど》まってはくれない。けれど、そのルリビタキは、どういうわけだか、ひと枝にじっと留まっていた。まるで、この思いを凛子に伝えてくれるためにやって来た青い鳥かのように、私には思われた。

美しい青い鳥に、凛子は夢中になった。やがて、「あ。違う鳥が来た！」と声を上げた。今度は、さっきより大きな声で。

「なんですか、あの鳥?」振り向いて問われたので、「ちょっと見せてください」と、彼女の横からのぞき込む。

「カワラヒワのメスですね。あ、オスが来た。ほら」

「え、ほんと?　どこどこ?」

「ああ、行ってしまった。……でも、今度はキビタキが来ましたよ。つがいで」

私たちは、いつしか、頰を寄せ合って、代わる代わるファインダーをのぞいていた。そのあいだじゅう、私の胸は高鳴っていた。そして、胸の高鳴りは、やがてあたたかくて気持ちのいい、不思議な感情に変わっていった。

私は、この人と、一緒にいたい。

ずっと一緒にいたい。

甘くやわらかな感情が、私の胸の中をいっぱいに満たしていた。そんな気持ちを味わったのは、生まれて初めてのことだった。

ひとしきり観察をしたあと、私は凜子をとっておきのスポットへと誘った。

西参道から宝物殿へ向かう途中、急に視界が開ける場所がある。周囲を森に囲まれた広々とした芝生《しばふ》の広場で、向こう側には新宿の高層ビルが建ち並んでいるのが見える。

わあ、とまた、凜子は声を上げた。もうどこにも遠慮のない声だった。

「気持ちいい。こんなところが、こんな都心にあったんですね」

私は、ジャケットを脱ぐと、芝生の上に広げた。そして「どうぞ。よかったら、この上に」と勧めた。凜子は、一瞬、驚いた顔をして私をみつめたが、すぐに笑って言った。

「やだ。いいですよ、そんな」

「いえ、いえ。ご遠慮なく。真砥部さんに座っていただければ、このジャケットも本望でしょうから」

ところが、凜子は、「芝生、気持ちよさそう」と、いきなり地面に寝転がった。そして、

「ああ、気持ちいいッ。いつ以来かな、こんなふうに寝っ転がるの」

うーん、と大きく伸びをして、目をつぶった。ならば、と私も隣りに寝転がった。そして、目を閉じた。

そよ吹く風が、私たちの頰を、体を撫でて通り過ぎていく。遠くでさえずるキビタキ、シジュウカラ。私たちの上には、ただ青空だけがあった。

「東京にも、こんな空があったんだなあ。何にもない空を見たのなんて、ひさしぶりな気がする」

ひとりごとじみて、けれど私の耳にも届くような声で、凜子がつぶやいた。そのひと言には、彼女がいかに毎日をいっぱいいっぱいに生きているかを感じさせる、切実な響きがあった。

「日和さんは、野鳥観察をするのに、毎日空を見てるんですか？」

日和さん、とさりげなく呼びかけられたことがうれしく、弾んだ声で、「はい。毎日、かかさずに」と私は答えた。

「野鳥を観察するために、僕の視線は、気がつくと、いつも上を向いている気がします。いつも、上を向いて歩いている……みたいな感じです」

ふふっと笑う声がした。

「それ、いいなあ。いつも、上を向いて歩いている。すてきですね」

彼女の言葉が、私の胸をやわらかくくすぐった。私は、目の前に大きく開けた空をみつめながら、彼女と私、ふたりで、どこまでも、歩いている姿を思い浮かべた。

ふたりで見上げる空は、青空でもあり、雨雲に覆われていることもある。美しい星空も。いかなる空の下でも、彼女とともに歩めば、どんなに遠い道でも歩んでいける。

――彼女がさきに、そして、私がそのあとに。

彼女の背中を見守りながら、ときおり空を仰いで。

ふたり、どこまでも、一緒に歩いていけたなら――。

「なんだか、毎日忙しくて。私、ときどき、自分のやっていることがよくわからなくなってしまうんです。これでいいのかなあ、って」

声のトーンを少し落として、彼女が言った。私は、そっと彼女のほうに顔を向けた。

真上の空に視線を放ったままで、凜子は続けた。

「ご存じかと思いますが、私の所属しているシンクタンク、政策について提言する政府系の研究機関なんです。私の専門は国際政策なんだけど、なんというか……提言をまとめて政府に提出しても、いつも空振りしているような空《むな》しさがあるんです。つまり……例えば……」

具体的に何か話そうとして、凜子は口を閉ざした。私は、「例えば？」と、訊き返した。

「いえ、いいんです。……せっかく、こんなふうに気持ちいいのに、仕事の話なんかしたら、台無しになっちゃう」

そう言って、小さくため息をついた。「そうですか」と私は言った。

「じゃあ、いまは、面倒くさいことは、全部忘れましょう。そして、またあらためてお会いしたときに、面倒くさいことを、全部話していただけますか。その……僕が相手でよかったら」

凜子の顔がこちらを向いた。私たちの視線が、一直線に重なった。

どきりと胸が鳴った。彼女の顔が、思いがけず近くに感じられた。春の日差しを宿して、凜子の瞳はきらめいていた。そこに私が、私だけが映っているのが見えて、吸い込まれそうになった。

ああ……これは。なんという、磁力だ。

だめだ。引きつけられる。抗えない……。

思わず顔を近づけそうになった瞬間、凛子が、ぱっと顔を逸らして、もう一度空を見上げた。それで、私はどうにか我に返った。

あ……危なかった。すんでのところで、彼女の唇に触れてしまいそうだった。

私は、自分の顔に血が上るのを感じながら、あわてて言った。

「……っていっても、お忙しいですよね……り、凛子さんは。またお目にかかるなんて、難しいでしょうけれど……」

「難しくなんて、ないです」

きっぱりとした声が、返ってきた。

「今度会ったら、全部、聞いてくださいね。今日のところは、全部、忘れますから」

ふうっと大きな息を空中に放つと、再び静かに目をつぶった。私も、そっとまぶたを閉じた。

私たちふたりを包み込むようにして、太陽の光が降り注いでいた。私には、それが、まるで隣りの凛子から放たれる光のように感じられた。

私たちの体は、すんなりと大地に預けられ、彼女の手と、私の手とは、ほんの数センチの距離をおいて、みずみずしい草の上に静かに置かれてあった。

ふと、私の右手の小指が、彼女の左手の小指の先に触れた。私の発熱する小指と、彼女のひんやりとした小指。

気がつくと、私たちのはかない小指同士は、そっと絡まり合っていた。何かの約束をするように。

わずかな指先を通じて、彼女の鼓動が伝わってくる。私の鼓動も、彼女へと巡る。

ほんの数センチの接触。それなのに、その瞬間、私は、彼女のすべてを感じることができたのだ。

研究と仕事に追われ、息をつく間もない日々。

母の遺訓に従い、国際的な日本の立場を向上させようとの努力。

男女均等といえども、まだまだ男性主導の職場や社会での、孤独な闘い。

彼女の持つ深い悩みや苦しみ、そして個人の範疇を超えたこの国の未来への憂い。

それらを聞かされることになるのは、もっとずっとあとのことだった。

その日、そのとき、私たちは、どんな苦しみも孤独も超えて、ひとつにつながりあっていた。――小指ひとつで。

思えば、あれは、このさき、何があってもともに歩んでいこうという、私たちの最初の約束。そして、私の生涯を貫く決心の瞬間だった。

このさき、何があっても、どんな嵐の中を歩んでいこうとも。

僕は、君を支えよう。そして、君についていこう。
凛々しく、たくましく、美しい君に。
どこまでも。

15

二〇××年十二月十八日　晴れ

はああっ。と日記冒頭から、ため息を書き留めてしまった。

これを読んでいるあなたには、はなはだ申し訳ないのだが、ついでにもうひとつ、息をつかせていただきたい。今度はため息ではなく、深呼吸を……せえの。

ふううっ。ああ、すっきりした。いやいや、どうもすみません。なんでこんな前置きなのかというと、お読みいただいた通り、昨日、一晩かけて、私、とうとう書いてしまったのだ。絶対に誰にも打ち明けまいと思っていた、凛子と私の出会いについて、この日記に。

ひょっとして、あなた、「なんだ、ここでおしまい？」とか、ちょっとがっかりしてませんか？　もう少し先まで、つまり、初めての××……なんてとこまで、書いちゃうのか日和!?　とか、期待してませんでした？　いやあ、さすがにそこまでは……いくらなんでも、我が妻、第一一一代総理大臣相馬凛子の赤裸々なプライベートまで暴くわけにはいきません。いくらなんでもそれは無理。どんなにせがまれても無理ったら無理。

って何書いてるんだろうか私。ていうか、誰と会話してるんだ私？

と、ここでいったん現実に戻らせていただく。

とにかく、凛子と私のなれそめをこの日記に書き綴ったことで、私の胸中の嵐はどうにか去ってくれた。あらためて、私のいま置かれている現状を、冷静に顧みる。

私は、いま、一千万円を要求されている。フリーの政治ジャーナリストで刑事コロンボ似の阿部という人物が、私と、同僚の伊藤るいさんの、別に何にもしてないんだけどものすごく何かありそうなツーショット写真を盗撮した。そして、七日（もう二日経ってしまったので今日を入れて五日間）以内に一千万円を彼の口座に振り込まないと、その写真をしかるべき媒体に送りつけるというのだ。

これを私に知らせてきたのは、現連立政権の立て役者、原久郎である。どうやら阿部氏は、政界のウラに通じる男であるらしい。私と取り引きするために、原氏を介してコンタクトしてきた。なんという周到さなのだろうか。これで私は、知られたくない秘密を、阿部氏と原氏、ふたりに握られてしまったことになる。

ほんとは別に、「知られたくない秘密」でもなんでもないんだけどな。だって伊藤さんと私のあいだに何かが起こったわけじゃない。たまたま、「どうにでも解釈可能な場面」を盗撮されてしまっただけで……いや、だからそれがだめなんじゃないか。盗撮されてしまったこと自体、私の軽率さが招いてしまった深刻な事実なのだ。

私は、これを、凛子には打ち明けまいと、とにかく決めた。消費税率引き上げ法案の一件で、凛子は苦しい立場に追い込まれつつある。余計なことで彼女を煩わせるわけにはいかない。

そのためにお金が必要ならば、この際、仕方がないじゃないか。

そこで私は、銀行から阿部氏の口座に送金するシミュレーションを開始した。

私の口座の記録は相馬家の担当税理士がきっちり検分している。曲がりなりにもソウマグローバルの取締役だし、いまは総理の夫でもある。不明な送金については追及されてしまうだろう。

となれば、現金を引き出して、直接手渡すほうがいい。二百万ずつくらい、複数の口座から。それで、「銀座のクラブでドンペリ開けた」とか「賭けゴルフに使っちゃった」とか、税理士には言い訳したらどうだろう。いやだめだ、二秒で嘘だと看破されてしまう。そんなふうに派手な遊興費、使ったことなんか一度もないんだし。だいいち、そんなにたくさんの口座、持ってないし。

私はあれこれ考えを巡らせた。なんであれ、取り引きとか駆け引きとか綱引きとか、「引き」とつく言葉にめっぽう弱いのだ。沈思黙考すること数十分、私はようやく結論にたどり着いた。

コロンボ阿部に直接会って、交渉するしかない。

そうだ。それがいちばんいい。お金を払うにしても、どうにか足のつかない方法で払いたいと訴えるのだ。とにかく凛子を追い込むようなことは今後一切しないでほしいと頼むのだ。

面と向かっての陳情を受け入れるタイプの人間なのかどうかわからなかったが、とにかく、もはや彼と直接対決するほかにはいいアイデアが浮かばなかった。フルネームも事務所名も、何もわからなかったが、とにかくネットで調べてみることにした。

『阿部』『フリー』『政治ジャーナリスト』『政界』『黒幕』『精通』と、思いつくままにキーワードを入力して、検索する。

……出た。一発で。『阿部久志　フリーの政治ジャーナリスト。政界の黒幕に精通して……』ってキーワード全部入ってるじゃないか。

早速『政治ジャーナリスト　阿部久志　公式ホームページ』にアクセスしてみる。

やっほう☆政治の裏話ならなんでもお任せ☆あべぴょんのホームページだよっっっ。テヘペロ♡つか、まじ相馬凛子やべぇ！　パねえ！　そ～りん美女すぎぃ♡、消費税率引き上げ法案、このままブッチ↓で来年の国会で可決じゃね？　やべやべ、ヤベぇ！

ってかおれはアベ！　ワラ

……と、ここまで読んで、私は椅子から転げ落ちそうになった。

な……なんだこのホームページは？　これがほんとにコロンボ阿部の文章なのか⁉

ホームページ全体を眺めてみると、相馬政権のポリシー、政治とカネの問題、消費税率引き上げ法案についてなど、旬な話題があれこれ書いてあるものの、全文が「あべぴょん」スタイルなのだった。うーむ、と私は、しばしパソコンの画面をにらんで絶句した。

あべぴょん。ただ者ではないぞこりゃ……。

ホームページ内には、メールアドレスも掲示されてあった。ひょっとすると阿部久志のパロディページかもしれない。メールを送って悪用されても困るが……。悩んでいる猶予は、もはやない。

ままよとばかりに、キーを打つ。「ご依頼案件」という件名で。

あべぴょんさま　こちらひよりんで～す。今日のお昼休みに、ゴコクジの森で会いたいのですが。「写メ」の件です。現地にて待ってま～す！　ワラ最後の「ワラ」は、意味はわからないものの、あべぴょんの真似《まね》をして付けてみた。ワラをもつかむ思いだったので。

その日、私は、十二時になるやいなや、研究所を出てタクシーに飛び乗った。もちろん、護国寺の家に出向くためだ。

あんなふざけたメールを読んで、阿部氏ははたして現れるだろうか。メールへの返信はなかったが、もとより期待していない。とにかく、護国寺の家へ行くだけ行って、待とうと決めていた。富士宮さんには「昼休みに護国寺に資料取りに行きます」とだけ言っておいた。

門前に到着したのは十二時十五分だった。周囲に人の気配はなかった。私は家の中へ入り、じりじりと待った。

十二時四十五分に出なければ、昼休みが終わる一時に研究所に到着できない。いつも一時ぴったりに自分の席に戻っているのが私の習慣なのだ。少しでも遅れると怪しまれてしまう。

十二時二十五分、インターフォンの呼び出し音が鳴った。驚くべきことに、阿部久志がやってきたのだ。私は、思わず小躍りしそうになりながら、（いやいや、躍ってる場合じゃないぞ。これからシビアな交渉をするんだから）と自分を戒め、あべぴょんを、いや、阿部氏を家の中に招き入れた。

「いたずらかと思いましたよ。まさか、相馬日和さんご本人からのメールだったとは……」

リビングのソファに腰を落ち着けると、阿部氏が感慨深げに言った。

「こちらこそ。あのホームページ自体、壮大な冗談なのではないかと思いましたが……」

私は、緊張気味に彼の向かい側に座った。いったいどういう顔をして向かい合ったらいいのかわからない。しかし、なんとしてもこの話、十五分以内に決着をつけなければならない。

阿部氏は、ふっと笑い声を立てて、

「あのホームページ、うちの高校生の娘が書いてるんですよ」

意外な事実をいきなり聞かされ、私はまたもやソファから転げ落ちそうになった。

「……ま、マジで？」

虚を衝《つ》かれた私は、思わず声をひっくり返してしまった。

「マジです」

一方の阿部氏は、謎解きをする刑事コロンボのごとく淡々としている。そして、成り行きからか、娘さんの話を始めた。

「こんな仕事をしていると、なかなか家にも帰れず、家族とどこかへ出かける約束もできないでしょう。小学生、中学生と娘がかわいい盛りにも一緒にいられなくてね。こんな父親、嫌われて当然だろうなあと思っていたんですが……」

阿部氏の娘さんは、今年、高校生になった。父親が何やらうさんくさい仕事をしているのをいやがっているかと思いきや、政治に興味がある、政治について教えてほしい、などと最近になって言い出した。面と向かって政治の話をするのを照れくさがったのは、むしろ阿部氏のほうだった。それで、思わず娘さんに提案したのだという。

そんなに興味があるなら、俺のホームページを運営してみろ。どんなことを書いてもいい。ただし、ふたつのことを守ってくれ。ひとつは、人の真似をせず、自分自身の言葉で書くこと。もうひとつは、新聞でもテレビでもいい、自分なりに徹底取材をして、嘘を書かないこと。

「で、その結果が、あのホームページってわけです」

お手上げだ、という感じで、阿部氏は両手を肩の高さに持ち上げて肩をすくめた。その様子は、やり手の政治ジャーナリストというよりも、「うちのカミさんがね……」とぼやく刑事コロンボにそっくりだった——と古過ぎるたとえであなたには理解不能かもしれないが、私には、彼が本格的にコロンボっぽく見えてきてしまったのだった。

「あなたを知る人には、あのホームページは驚きだったんじゃないでしょうか」

さすがに笑いながら私が聞くと、

「ええ。しかし、むしろいい結果になりました。かつては私と同世代の男性が主な閲覧者だったのですが、いまは女子高生が面白がって読んでくれているらしい。アクセス数も飛躍的に伸びました」

阿部氏も、笑いながら答えた。そして、

「面白い仕事も入るようになったしね。……今回のような」

抜かりなく本題に移行した。私は、笑いがぴたりと口元に凍りつくのを感じた。

「写真の件で話がある、ということでしたね。どういったお話でしょうか」

私は、ちらりと腕時計を見た。十二時三十五分。あと十分しかない。これは相当すばやく畳み掛けなければならないぞ。

「率直に申し上げます。私があなたに要求している一千万円を、現金でいただけませんでしょうか」

……いやいやいやいや、じゃなくて。

「もとい。私があなたに要求されている一千万円を、現金で払わせていただけませんでしょうか」

阿部氏は、じいっと私の顔を見据えている。私は自分で自分の言ったことが正しかったのか、確信を持てないほど動揺していた。あまりにも阿部氏がみつめるので、私はいたたまれない気持ちになった。コロンボに追い詰められた容疑者も、こんな気分になるのだろうか。

「そんなことを言うために、あなたは私をわざわざご自宅へ呼び出したのですか？」

　エラそうなことすんな、と言っているように聞こえた。私は「はいっ。すみません」とあっさり詫びてしまった。ああやっぱり、私は絶対に罪を犯せない。刑事さんでも奥さんでも、誰かに追及されたらすぐに白状してしまいそうだ。という以前に、盗撮されてカネを要求されて謝ってる私っていったい……。

　気を取り直して、私は、阿部氏をまっすぐに見て言った。

「私は、あなたの写真の中に写っていた女性と、断じておかしな関係ではありません。しかし、写真にうっかりと写ってしまったことは私の責任です。だから、私は、本件を誰にも話すつもりはありませんし、自分だけでなんとか解決しようと決心しました。私は、このことで、妻を――相馬凜子を煩わせたくはないのです」

　私は無力な夫ですが、妻を、凜子を守りたいのです。

　消費税率引き上げについて、矢面に立ち、苦しみ抜いている凜子。脱原発政策に舵を切ったことで、経済界や原発族から激しく突き上げを食っている凜子。

　凜子をいま、支えているのは、世論。国民の支持だけなんです。しかし彼女は、国民主権のこの国で、国民の支持が得られる限りは、どんなつらい目にあっても、自分の打ち立てた政策をやり抜くのだと決意している。

けれど、野党のネガティブキャンペーンもあり、国民のあいだでも、消費税率を引き上げるのは、やはり、いまではないという声も聞かれ始めている。内閣発足から三ヶ月で、凛子は、初めて崖っぷちに立つ経験をしていると、私は思う。

私は、彼女が、決してそこから落ちぬよう、しっかりと手をつないでいたいのです。死んでもその手を離したくないのです。たとえ、すべての人が彼女から離れてしまったとしても、私だけは、彼女のそばにいて、彼女を支える、最後の人間になりたいのです。

だから……。

「……質問があります」

両腕を組んで私の話に聴き入っていた阿部氏は、突然、話の流れを止めた。

「あなたは、いま、内閣総理大臣、相馬凛子の夫として、話しているのですか？　それとも、相馬凛子という一個人を愛する男としてですか？」

謎掛けのような質問に、私は一瞬、ぐっと言葉を詰めた。が、すぐに答えた。

「私は、総理の夫です」

阿部氏の顔が、一瞬、引き締まった。しばらく息を詰めて、何事か考え込んでいたが、両手で膝をぽんと叩くと、「わかりました」と彼は言った。

「白状しましょう。私は、ある人物に雇われて、今回、動きました。その人物とは……原久郎です」

えっ。

三たび、私は転がり落ちそうになった。阿部氏は、私から視線を逸らすことなく、話を続けた。

原氏は、実は、次期総理大臣の座を狙っている。さきの総選挙のとき、野党各党に呼びかけて連立を仕掛けた彼は、連立政権を実現した際に総理大臣になってもよかったはずだ。しかし、周到な彼は、そうはしなかった。

ただでさえ運営が難しい連立政権。しかも消費税率引き上げをマニフェストに掲げている。消費税率引き上げに着手するとなると、野党どころか国民の反発をも受け、瞬《また》く間に政権の座を追われるかもしれない。「パンドラの箱」に手をつけるのは、自分ではないほうがいい。

そこで、彼は、凛子に白羽の矢を立てたのだ。そして、彼女を日本初の女性総理大臣に仕立て上げ、圧倒的な国民の人気を得て、どうにか消費増税法案を可決させる。その上で、なるべく早い時期に退陣させ、自分が頂点に立つ。そのためには、いまのうちに、多少揺さぶりをかけておいたほうがいい。

凛子本人のスキャンダルを引き出せれば、それがいちばん面白いのだが、どんなに探っても彼女には汚点がみつからない。金脈も人脈も巧みに整備されていて、カネの匂いもオトコの気配もない。そこで目をつけたのが、彼女のパートナー――この私だったのだ。

原氏は私の性質も見抜いていて、このようなスキャンダルを仕掛ければ、凛子に相談せずにはいられないはずだと考えた。そうすれば、潔癖な彼女は、そんなカネは払うなと断固反対するだろう。となれば、くだんの写真は有力週刊誌に暴かれ、世間の凛子を見る目も変わる。万一、私が本件を凛子に相談せずにカネを振り込んだとしても、写真はやはりマスコミに暴かれる段取りになっていた。どのみち、バラされる運命だったのだ。

そうやって凛子の立場を微妙に追い込みながら、来年の通常国会で、年度内に消費増税法案を無理矢理成立させる。衆参両院とも連立与党の頭数が揃っているので、法案は最終的には可決される。ただし、可決する過程において、総理大臣としての凛子の資質が問われることになる。議論を尽くし、すべての国民が納得の上で、この法案は可決されたのか？　無理に押し通したのではないか？　このまま相馬内閣の暴走を許してもいいのか？　そういう声が、必ず聞かれることになるはずだ。

そこで、原氏は、法案が可決するまでのあいだに、凛子に忠告をする。法案可決と引き換えに、内閣総辞職をせよ、と。そう約束して臨めば、野党の理解が得られる。国民も、そこまで言うならと納得するだろう。それが総理大臣としてのけじめである。たとえ短命の内閣であっても、あなたの名前は日本初の女性総理大臣として、永遠に人々の記憶に残るだろう――。

阿部氏の告白に、文字通り、私は絶句した。

まさか……あの原久郎が、そんな腹黒いことを……？

いや、彼ならやりかねない。政界のウラも表も知り尽くし、流転する政局の潮目を確実に読むことができる人物なのだから。自分が頂点に立つベスト・タイミングを、おそらくは民権党時代から、虎視眈々《こしたんたん》と狙っていたのだ。

「私は……私は、いったい、どうしたらいいんでしょうか」

凛子の背後に忍び寄る黒い影の存在を突如知らされてしまった私は、動揺を隠せなかった。

お金を払って解決するものなら、どうにかできると思っていた。しかし、ことの甚大さはそのレベルではない。

凛子は、傀儡《かいらい》にされていたのだ。――原久郎の捨て石だったのだ。

「身辺に気をつけてください、日和さん。相馬凛子の急所は、実はあなたなのだと原久郎は見越している。あの男、ハゲで下戸で一見お茶目なおっさんですが、実際、政界最強最悪の怪物ですよ。あなたの周囲に、色々とよからぬことを仕込んでいるはずですから」

阿部氏は、落ち着き払って言った。色々とよからぬこと、というひと言に、「まさか……」と私は声に出してつぶやいた。

「まさか、彼女……伊藤るいさんも？」

阿部氏は、うなずいた。

「原久郎が直接抱き込んでいるわけじゃないでしょうが……たぶん」

再び、私は絶句した。

そういえば、伊藤さんは、ここのところおかしかった。やたら私をランチに誘ったり、お弁当を作ってきたり、急にこの家に来たいと言ったり……。

この家に来たとき、実家の窮状を私に告白していた。嘘だとはとても思えなかったが、ひょっとして、原氏の一味にお金をもらって、決定的な場面を盗撮されるべく、私を誘い出したのか……？

私は、衝撃のあまり、瀕死《ひんし》の金魚のように、口をぱくぱくさせた。何か言いたかったのだが、とても言葉にならなかったのだ。

「あなたと私のあいだで、今日話し合われたことは、一切なかったことにしましょう」

私がぱくぱくするのをみつめながら、ごく冷静に阿部氏が言った。

「私は、あなたの秘密口座からカネを送金してもらったことにする。その上で、約束通り写真を公表しなかった。ということで、原さんには伝えておきます。じゃあ、私はこれで」

立ち上がって出て行こうとする阿部氏を、「ちょ……ちょっと待ってください！」とあわてて制した。

「そういうことであれば、私のほうも、きちんとお支払いします。今日は手持ちがありませんが、明日にでも、一千万円揃えて、現金でお持ちします」

阿部氏は、ふっと笑って答えた。

「それはできません。ほんとうにお金を受け取ってしまったら、あなたにすべてを話した意味がない」

私は、呆然と阿部氏をみつめた。そして、「……なぜ？」とつぶやいた。

「なぜ、こんな大切な話を……してくださったのですか？」

阿部氏は、一瞬、黙り込んだ。が、意を決したように、きっぱりと言った。

「相馬凛子を守り抜けるのは、あなたしかいないからです」

私は、阿部氏の目をみつめた。本心から語っている熱が、その目に浮かんでいた。

政治の世界を、裏に表に長らく追いかけて、面白いネタを、とっておきのスクープをと、血眼になって駆けずり回ってきた阿部氏。

政界に入り込めば入り込むほど、日本の未来を憂慮したくなる事実に突き当たる。

「政治屋」は誰もが私利私欲に走り、選挙に有利に働くことばかりを優先する。きのうまでは「先生」と呼ばれてちやほやされていた国会議員も、落選すれば、即、失業だからだ。与党の議員は、よりいっそう必死だ。野党に転落すれば、世の中を牛耳ることもできなくなる。保身のために、財界と癒着し、選挙のために地元の有力者となあなあの仲になる。

どいつもこいつも、腐《くさ》ったヤツばかりだ。ほとほと嫌気が差していたが、唯一、原久郎だけは気になる存在だった。

政界における身の処し方も、立ち回りもうまい。政策にはうなずけることも多い。何より、その容貌と相反する腹黒さが面白い。阿部氏は、あえて原氏の懐《ふところ》に入って、政界の動向を注意深く探っていた。

そんな中で、めきめきと頭角を現した、従来の「政治屋」たちとはひと味もふた味も違う人物がいた。それが、相馬凛子だった。清廉潔白、どこまでもまっすぐ。ジャンヌ・ダルクのごとき闘う女性政治家。これは面白いタマが出てきたぞ、と阿部氏は凛子を追跡した。ほどなく、原氏から、連立の計画を聞かされる。まずは相馬凛子を傀儡にし、自分が頂点を極めるのだと。阿部氏は、この計画に震撼《しんかん》した。とてつもなく面白いショーが、日本の政界を舞台におっぱじまるぞ。一も二もなく、阿部氏は、原氏の計画に乗った。

しかし、阿部氏の予想をはるかに超えて、凛子はすぐれた政治家だった。彼女の消費増税計画は、日本を破綻させず、社会保障を安定させるため、何より国民のためを思って練りに練られたものであると、阿部氏は悟った。この女は本気で日本の未来を憂慮している。日本を変えようとしている。国民はそれに気づいているからこそ、彼女を支持しているのだ。そして、増税の痛みを、ともに乗り越えようと決意している——。

しかし、すでに原氏の計画は着々と進んでいた。乗りかかった船に乗ってしまった阿部氏は、もはや後にも引けない。どうすればいいんだと思い悩んでいる真っ最中、つまりきのう、「ひよりん」からのメールが舞い込んだ——。

「こうなってしまったからには、私は、原久郎と決別する覚悟です」

落ち着き払った声で、阿部氏は言った。政治ジャーナリストを廃業するつもりだと。

「そんな……」私は、言葉を詰まらせた。「廃業だなんて……」

「いいんですよ」さばさばとして、阿部氏が返した。

「まっとうな仕事じゃないんですから、どのみち、潮時なんです。これからは、何ができるかわかりませんが、娘にも誇れるような仕事をしたい。そして、政治の話を、面と向かって娘としたいんです」

高校一年生の娘さんが政治に興味を持ち始めたきっかけ。それは、日本初の女性総理の誕生だった、と阿部氏は語った。

颯爽として、きれいで、カッコいい。憧れの総理大臣。

ねえお父さん、そ～りん、イケてるよね。すっごい、カッコいいよね。

あたしもいつか、政治の世界にかかわってみたいな。総理大臣はムリでも、そ～りんみたいに、カッコいい政治家とか。じゃなかったら、お父さんみたいに、政治ジャーナリストとか。

ダメダメになった、日本を救うの。ほんとうの、ほんものの、ヒーロー。じゃなくて、世紀のヒロイン！

「目をキラキラさせやがって……十六歳のくせに、ナマ言いやがって」

阿部氏は、そう言って、小鼻を掻《か》いた。生意気盛りの、夢いっぱいの女子高生の娘を持つ、父親の顔だった。

「私も、娘も、総理を応援しています。……原久郎に、してやられないように」

国民のために。日本の未来のために。

相馬凜子を、守り抜いてください。

それができるのは、日和さん、あなただけなんです。

総理の夫であるあなたのほかには、いないんですから。

16

二〇××年十二月二十一日　曇り

政治ジャーナリスト、コロンボ阿部と私とのあいだで「密談」が行われてから、氷のように冷たく緊張した三日間が過ぎた。

いや、私が緊張していたわけではない。私の周辺が緊張していたのだ。『総理の夫・相馬日和氏の浮気現場をスクープ！　相馬凛子首相、政界退場へのカウントダウンの始まりか』とかなんとか、思い切りあおった見出しで、絶大な売り上げと大衆への影響力を誇る某週刊誌に、私と同僚の伊藤るいさんのいわくありげな写真がいまにも掲載されるんじゃないかと――緊張して「その日」を待っていたのは、盗撮の餌食《えじき》になったはずの伊藤さん本人だった。

阿部氏いわく、彼女は原久郎の一派に抱き込まれて、わざと盗撮されるべく、私を巧みに誘ったのだと。週刊誌に掲載される「Xデー」が近付くにつれて、日増しに伊藤さんの私への態度がぎくしゃくするのが感じられた。目を合わさず、私を避けるようにしている。ランチにも誘わなければ、仕事が終わればそそくさと帰ってしまう。盗撮以前に異様に積極的だったのと、まったく打って変わってしまったその様子を見て、やっぱりそうだったのか、と物悲しい気分になった。

が、もちろん、彼女を責めることなどできるはずもない。何もなかったように、私のほうは、努めて平常の態度をとるようにした。

同僚がおかしな事態に巻き込まれたらしいことも心苦しかったが、それ以上に私を苦しく追い詰めたのは、政界の黒幕・原久郎が仕掛けた「傀儡政権」に、どうやら凛子が気づかぬうちに乗せられてしまっている——ということだ。

まさかそんな、と思ったけれど、よくよく考えてみれば、阿部氏の言っていたことはもっともだった。原久郎が、ハゲで下戸で一見お茶目なおっさん、というのは……いやいや、そっちじゃなくて、政界最強最悪の怪物というのは、その通りかもしれなかった。

危ない橋は渡らず、いまは野党に転落した民権党が長らく政権を牛耳っていたときも、常時、党三役のいずれかのポジションに納まりつつ、あえて大臣にはならずに、常に党全体を把握し、仕切っている感じがあった。そして、怖いほどに潮目をきっちりと読んでいたあの怪物は、凛子と内々に話をつけて、連立与党を打ち立てるため、民権党から離反し、政権を転落させるべく総選挙へと追い込んだのだ。

それもこれも、すべて、いずれ自分が総理大臣になるため。その道筋を、淡々と、着々と作っていたのだ。

もとより、凛子は、「いずれ総理大臣になる」ことを目的にして、政治家になったわけではない。

彼女には、まず、政治家としての理念があり、政策があった。その上で、「日本という国をよくする」「政治の力で日本人を幸せにする」という、至極単純明快な、けれどいままでのいかなる政治家も為し得なかったもっとも難しいことを実現するために、政治生命を懸《か》けているわけだ。

そんなのあたりまえだろ、とあなたは思うかもしれない。政治家としての理念と政策を持つなど当然のことだろうと。あるいは、あなたの時代では、それは当然のことなのかもしれない。むしろそうであってほしいと、私は望む。なぜなら、私たちの時代には、そうではないのだから。

総理大臣になる。——それは、政治の世界に身を置く者であれば、ちょっとくらいは妄想する、大いなる夢であろう。

見果てぬ夢であるうちは、まだいい。幸運にも、ある政治家が総理大臣の椅子に近いところに陣取ったとしたら、あとはその椅子を獲得することが目的になってしまうことがほとんどなのだ。

総理の椅子を狙っていた人物が、さらに幸運にもその椅子に座ってしまったとき——目的が達成されてしまって、そのあとどうするか、さっぱりわからない。そんな空っぽな新米総理を、霞が関の連中があっというまに包囲する。燃え尽きてしまった総理には、政策など端からなく、官僚たちの言う通りに動き、なあなあでやっていくほかはない。それが、何十年も政権を握り続けてきたかつての与党・民権党が生み出す総理大臣の姿だった。

従来型の空っぽな総理にくらべれば、凛子は明らかに違う。彼女は、総理になりたいなどと口にしたこともなければ、それを目的にしたことなど一度もない。——たぶん。

私は、つくづく思い出した。総理大臣の椅子が、思いがけなく凛子の視野に入ってからのことを。

彼女は、私にこう尋ねた。——ねえ日和クン、もしも私が総理大臣になったら、何かあなたに不都合はある？

思えば、あのとき、凛子の中で、自分こそが日本初の女性総理大臣になるのだ——という「目標めいた」ことがまったくなかった、とは言い切れない。

恐ろしいのは、原久郎だ。どこまでも清廉潔白、日本をよりよくする政治を目指して、理念に燃える凛子の心に、「女性総理大臣」の一矢を放った。一緒に日本を変えましょう。あなたならできる、いや、あなたにしかできない——と言って。

励ましに似た誘惑の毒が塗られた矢は、彼女の胸の真ん中を、結果的には射貫《いぬ》いたのだ。その毒が、凛子をじわじわと苦しめ、やがて退陣していく一部始終を、原久郎は特等席で高みの見物というわけだ。

まもなく総理の椅子を獲得し、そこにもっとも長いあいだ座り続けるのは、この私だ――。

ほくそ笑んで傾けるブランデーグラスの中には、それにしても、ウーロン茶が入ってるんだろうが……。

いよいよ今年も年末間近となって、来年の国会に向けて法案作りが加速している。

凛子は激務と多忙のさなかにあったが、私は、意を決して、とにかく彼女に、最近私の身辺で起こった出来事の一切合切と、「原久郎の腹の内」に関して知り得た情報を、包み隠さず打ち明けることにした。

明日は、例の週刊誌が発売される「Xデー」だ。原久郎は、「あの記事」が載るものと、手をこまねいて待っているに違いない。ひょっとすると、あちこちに「相馬凛子の行く手にまもなく黄信号が灯る」とかなんとか、黒幕めいたメッセージを流したりしているのかもしれなかった。

結局、彼女の窮地を救ってやれるのは自分しかいないのだと言わんばかりに、しらじらしい助け舟を出して、凛子に恩義を売り、消費税率引き上げ法案を可決したあとに、責任を取って退陣させる。しからばいよいよ「原総理大臣」の出番であると、満を持してスポットライトの下に登場する――それが、原氏の描いた「原総理、颯爽と登場」プランなのだ。

はたして、凛子は、この恐るべきプランに気がついているのだろうか。

勘のいい彼女のことだ、何かしら察知しているかもしれない。……いや、政治家としての経験値は、そして素知らぬ顔で腹黒い仕掛けを作るのは、原久郎のほうが凛子よりもはるかに上手だ。凛子には決して気付かれないように、周到に準備しているに違いない。

かくなるうえは、一刻も早く、彼女に忠告しなければ。

いつものように、私は、家政婦さんが作り置いてくれた夕食を、ダイニングでひとりで食べ、さっさと入浴を済ませ、ノートパソコンと研究書とを両脇に抱え、寝室にろう城した。今夜ばかりは凛子がここへ入ってくるのを眠らずに待ち構えていなければ。何がなんでも今夜、話してしまわなければ。阿部さんが言ってた通り、凛子を守れるのはこの私しかいないのだ。

……と気炎を上げつつ、あっさりと眠りに落ちていた。はたと気がついて、枕元の時計を見ると、午前二時。がばっと上半身を起こしたタイミングで、ドアが開いて凛子が入ってきたのだった。

「あれ……起こしちゃった？」

飛び起きた私と目が合って、凛子が言った。私は、水浴びした犬が体を振って水滴を落とすように、激しく頭を横に振った。

「いや、寝てないよ。寝てない寝てない。断じて寝てない」

不審そうな顔をして、凛子は私を眺めたが、ウォークインクローゼットの中へ入っていった。寝間着代わりのオフホワイトのスエットの上下に着替えて出てくると、「さてと」とつぶやいて、ベッドの上に座してからパソコンを開いた。

「まだ仕事する気？」

と訊くと、

「やってもやっても終わんないの」

そんなにいやそうでもなく答える。もともと凛子はワーカホリックではあったが、総理になってからは加速度的にその度合いを深めている。しかし、いやでいやでたまらないという様子は一度も見せたことはない。こんなに追い詰められた状況であっても、どこかしら軽やかさを失わないのが凛子のスタイルなのだ。

ほんとうに、まったく、こんな政治家、いままでにいなかったじゃないか。

だからこそ、この人は必要とされているんだ。

お先真っ暗の日本のために、政治に無関心になってしまった日本国民のために、率先して道筋をつけられる、真のリーダーとして。

相馬凛子には、まだまだやるべきことが山とあるのだ――。

「あのさ。……質問が、あるんだけど。仕事の邪魔になっちゃうかな」

恐る恐る、けれども再度意を決して、話しかけた。凛子は、ベッドの背もたれに背中をもたせかけながら、膝を立て、その上でバランスよくパソコンを押さえ、カチャカチャとキーを操作している。

「んー。そうね、いまはちょっと……」

私は、起き上がって、ベッドの端に腰かけた。そして、ベッドの上の凛子に向き合って言った。

「もし、いまどうしても話したい、って言ったら？」

凛子は、パソコンの画面に向けていた顔を、私のほうへ向けた。不思議な生き物でもみつけたように、無言でじいっとみつめている。恋愛真っ最中の女子高生みたいな発言をしてしまった私は、思わず顔を逸らしたくなった。が、ここは我慢だ。こっちの本気を伝えなくては。何があろうとも、いま、聞いてもらわなければ。

ぱたん、とパソコンのディスプレイを閉じると、凛子もベッドの端に腰かけて、私に向かい合った。

「いいよ。話、聞かせて」

私は、ほっと胸を撫で下ろした。

やはり、凛子は勘がいいのだ。私が「いま」話したい、というのには理由がある、と気づいたに違いなかった。そして、パソコンで作業をしながら聞き流したりせずに、相手が誰であれ、話を聞くときにはちゃんと聞く、という態度は、やはり彼女が貫いているスタイルなのだった。

私は、膝の上の拳《こぶし》をぐっと握ると、再三意を決して話し始めた。

「実は……その……なんていうか、大変なんだ。コロンボ阿部……刑事コロンボ似のカメラマンに、おかしな写真を撮られちゃって……」

凛子は、またもや、私の顔を穴が開くほどじいっとみつめている。思い切って話し始めたものの、あまりにもちんぷんかんぷんな導入部になってしまった。緊張して話をすると「てにをは」もおぼつかなくなるのが、私のスタイルなのだった。

「……ちゃんと説明してくれるかな」

こりゃあいよいよマジで聞かにゃあならんぞ、と動揺する私を見てかえって気持ちを固めたらしく、ちっとも動じずに凛子は言った。

私のほうは、いっそうあわあわとなってしまった。ことの経緯が複雑過ぎて、何から話していいのか見当がつかない。凜子は、まだほとんど何も話していないのに泡を吹きそうになっている私を、なおも静観していたが、

「そういうときはね。結論を先に言っちゃえばいいのよ」

落ち着いた口調で、そう言った。

「もし、あなたがいまから話そうとしていることが、どんなに説明を尽くしても、変わらないような結論であれば」

私は、胸の中を涼しい手ですっと撫でられたような気がして、凜子をみつめ返した。どうか全部正直に話してほしい。どんな話であれ、結論であれ、それがあなたのみつけ出したものならば、ちゃんと受け止めるから。

凜子のまっすぐなまなざしは、そんなふうに語っているようだった。ひとつ、小さく息をつくと、彼女のアドバイス通り、私は先に結論を述べた。

「……原久郎と決別すべきだと思う」

凜子の瞳に、驚きのさざ波が広がった。さすがに返す言葉をなくしたのか、口をきゅっと結んだままで、私をみつめている。刑事コロンボだとかおかしな写真とかいう導入部からは、おそらく想像もつかない結論だったに違いない。私が凜子だったら、夫がとうとうおかしくなったかと疑ってかかるだろう。

「それはまた……ずいぶん藪から棒ね」

さすが一国の総理大臣、伴侶がヘンになったとしても、とりあえずは冷静に受け止める姿勢で、凜子は応えた。

「原先生と決別するって、そんなこと、この時期にできるわけないでしょう。来月には通常国会が始まるんだし、そのための法案作りも大詰めを迎えてるのよ。ただでさえ意見のまとまりにくい連立が、ここまで一枚岩でいられるのは、私の力じゃない。原先生の存在あってこそなんだから。それくらいのこと、あなただってわかってると思ってたけど……」

私は、顔を上げて、きっぱりと返した。

「もちろん、わかってるよ」

僕は、君の……総理の夫なんだ。

だからこそ、君を助けたい。守りたいんだ。

その思いひとつを胸に、私は、この一週間ほどのあいだに起こった出来事を、誠意を尽くして、正直に打ち明けた。

職場の同僚、伊藤るいさんが、ここのところ不可思議な動きをしていたこと。護国寺の私の自宅に行きたいと言い張られ、論文の資料をコピーしたいからと押し切られて、ランチタイムに出かけたこと。

どういう流れからか、書斎で彼女の家庭の事情を打ち明けられ、妙にしんみりした雰囲気になってしまった。その流れのままに、帰りのタクシーの車中で、伊藤さんが突然泣き出し、私にもたれかかってきたこと。

その瞬間を、待ち受けていた政治ジャーナリスト、コロンボ阿部に盗撮されてしまったこと。

それを知らせてきたのは、なんと原久郎だったこと。原氏から、写真を公表されたくなければ阿部氏の口座に一千万円を振り込むように、と指示された。すべてはあなたの妻、いまはこの国の総理大臣となった、相馬凜子を助けるためだと言って——。

思い悩んだ末に、私が凜子にこの一件を相談せずに解決しようと決心したこと。

そして、驚くべき事実を、阿部氏から聞かされた。何もかもが、「ある人物」に仕掛けられた罠《わな》だったということを——。

ここまで話すうちに、凜子の顔が、みるみる青ざめていくのがわかった。これ以上話したら、彼女をひどく傷つけるだろう。ひょっとすると、完膚なきまでに打ちのめされるかもしれない。私たちの関係は、これで終わりになるかもしれない。

それでも——それでも、私は、持てる勇気のすべてを振り絞って言ったのだった。

「気を悪くするかもしれない。でも、はっきり言わせてほしいんだ。君は……君は、知らないあいだに、原久郎の『人形』にされていたんだ」

もっとも着手しづらい、しかしもはや避けては通れぬ増税と社会保障の問題。

政治家が、それに触れると政治生命を危うくすると忌《い》み嫌った「パンドラの箱」を、いったい誰に開けさせるのか。

原久郎は、密やかに、慎重に、狙っていた。自分の「人形」となるにふさわしい人物を。深海に潜むサメのように。

そうして導き出した結論は——。

相馬凛子をおいて、他にはいない。

相馬凛子を、ともかくいったん総理の椅子に座らせれば、当面はうまくいく。日本初の女性総理という物珍しさで話題を作り、若さと美貌で注目を集める。彼女は、連立与党のシンボルとなり、国民の絶大な支持を勝ち取るはずだ。

さらに都合のいいことに、彼女のバックにはソウマグローバルがついている。連立与党を運営していくための資金も、潤沢に得られるだろう。彼女の後見人として、私の懐にも相馬のカネが入ってくるはずだ。

私が操るのに、こんなに好都合な、きれいなお人形さんがほかにいるだろうか？

さて人形の手を使い、まんまと「パンドラの箱」を開けさせるのには成功した。この先は、いよいよ箱の中身「消費税率引き上げ」を取り出して、現実のものとするのだ。

しかし、この私にも読めなかったことがひとつだけある。

それは、こんなに危険な橋を渡っているのに、国民が、思った以上に相馬凛子を支持し続けていることだ。

国民のほとんどが、相馬総理と苦しみを分かち合い、苦難を共にすると覚悟を決め、あっさり増税を受け止めてしまったら、どうなるか。

相馬凛子は、絶大な人気を誇ったまま、このあとしばらく総理の座に君臨し続けるかもしれない。

そうなってしまっては困る。断じて困る。

私の出番がなくなるではないか。

消費税率引き上げ法案可決の際には、四：六の割合で、国民が反対しているのを無理矢理押し切ろうとする、という設定がいい。野党を黙らせるには解散か総辞職しかない。しかし解散総選挙となれば、国民がやはり消費税率アップを嫌って、消費税率引き上げ反対を唱える党に票を投じるだろう。連立与党に参加していた各党は惨敗、民権党が与党に返り咲いて、消費税の一件はなくなってしまう。そうなっては、元も子もない。

ここはひとつ、法案成立と引き換えに相馬内閣はケジメをつけて総辞職――そういうシナリオで進めたい。

そのためには、いまの段階で、多少いじめておくのがいい。

夫の相馬日和は妻の多忙をいいことに浮気している、ということにしよう。そうすれば、相馬凛子は自分の夫の管理もできないダメな女、ということになる。やはり総理大臣は女性ではだめだ、頼りがいのある男、政界で長いキャリアの持ち主がいい、できればいままで与党時代を長く体験してきた、デキる人物に任せよう。こういう流れになる。

おおそうだ、ひとりいるじゃないか。近眼でハゲで下戸で、お茶目なおじさん。だけどほんとうは、水面下で糸を引くのが誰よりも得意で、どんなツワモノとも丁々発止やり合える、あの人物が。

そうとも。相馬凛子が退陣したあと、盤石の政権を手にするのは——第一一二代総理大臣になるのは、この私。原久郎なのだ。

——と、そんなふうに言ったかどうかは知らないが、私はコロンボ阿部に聞かされた一部始終を、できるだけ詳細に、凛子に伝えた。

総理を守るのは、あなたしかいない。——そう言われたことは、口にはしなかったけれど。

「罠なんだ。何もかも、原久郎の仕掛けた罠なんだよ。君は、彼が総理になるための布石に過ぎない。あきらかに、これは『傀儡』なんだ。だから、君が自分の政策を貫いて、国民をほんとうに幸せにしたいと思っているなら——彼と決別するしかないと、僕は思う」

凛子は、固く口を結んだまま、微動だにせず、私の話を受け止めた。

強烈な一撃だったはずだ。原氏に対する凛子の信頼は、揺るぎないものだったはずだから。

打倒・民権党という志をともにし、連立与党で手を組む。破綻寸前の日本の経済を立て直して、国力を回復させるという政策を第一義に掲げた凛子の背後には、いつも原久郎の存在があった。

政界きってのやり手であるだけに、最初は凛子も警戒していなかったわけではないだろう。しかし、政権樹立から三ヶ月、新年早々の通常国会でいよいよ消費税闘争の大詰めを迎えようとしているこの時期に、まさか、そんな卑劣なやり方で、罠を仕掛けてこようとは。

そのとき、凛子は、どんな心持ちだっただろうか。

夫から、尊敬し頼りにもしていた「同胞」であるはずの人物の、真の姿を知らされた、そのとき。

凛子の心の中に逆巻くのは、いかなる嵐だっただろうか。

裏切られた、という無念。悲しみ。憎悪。——それは、ひょっとすると、原久郎にではなく、とんでもない事実をこんなタイミングで聞かせた、私への怒りにすり替わりはしなかったか。

妻の顔が青白く仄《ほの》めくのを、それ以上、みつめていられなかった。

小心者の私は、凛子の手元に視線を移した。膝の上で、ぎゅっと血がにじむほど握りしめられた両手。

左手の薬指には、プラチナの指輪がにぶい光を放っている。そっけないほどシンプルな、結婚指輪。

ダイヤモンドのエンゲージリングも、ブランドものの結婚指輪も、私には必要ないの――と凜子は言った。

光モノには縁がなかったし、興味もない。味気ない女かもね、私って。

だけど、このさき、ささやかな光が必要になることもあるでしょう。

私がこれからやろうとしていることは、想像もつかないくらい大変なこと。とてつもなく大きく、荒れ狂う海を、小さな船で越えていこうとしているの。

ときには波にさらわれそうなときもあるかもしれない。暗い夜の中で、航路を見失うことも。

そんなとき、灯台になってくれたらうれしいな。

どんなに小さな光でも、私には見える。

日和クン。あなたが放つ光ならば――。

「……ありがとう」

長い沈黙を破って、凜子が言葉を放った。囁くような声だった。

「話してくれて、ありがとう。大切なことを、私に言わずに胸に秘めておけるタイプじやないもんね、日和クンは」
私は、顔を上げて凛子を見た。そして、思いがけず、燃えるような瞳にぶつかった。
いまにもすらりと刀剣を抜く――戦《いくさ》が始まる寸前の闘士の眼をして、凛子は言った。
「やってくれるじゃん。原久郎」
彼女の口元に、挑戦的な笑みが浮かんだ。
さて、こっちの番よ。もっと大きな技を仕掛けるのは――。

17

二〇××年一月一日　晴れ

年が明けた。

去年までの相馬家の年初の行事、相馬家本家での新年挨拶と謹賀新年会に、今年は出かけたものかどうか、迷った。去年の新年と今年の新年とでは、凛子の立場は大きく異なっているからだ。去年は相馬家の嫁で直進党党首、今年は直進党党首で内閣総理大臣。母は気に食わなかっただろうが、凛子の「相馬家の嫁」という立場は、とにかく棚《たな》に上げられていた。

元日の午前中は、宮中で新年祝賀の儀。天皇皇后両陛下、皇族方へご挨拶のために、総理大臣たる凛子は、閣僚、衆参両院の議長、最高裁長官らとともに、皇居へ出向いた。黒のシルクのスーツに身を包み、颯爽と出かけていく凛子のなんとエレガントなことか。私もいちおう黒のウールのスーツで彼女を見送ったが、妻の美しさにみとれるあまり、さぞや惚けたような顔つきになっていたに違いない。

元日の午後は、国会議員や内閣関係者など、新年の挨拶のためにひっきりなしの来客だったし、四日に予定されている内閣総理大臣年頭記者会見の打ち合わせなどもあって、凜子には新春をしみじみ味わう余裕はなく、いつもに輪をかけて目の回るような忙しさだった。そんな彼女を自分の実家の新年会に連れていく、なんてことは、やはりすべきではない。

相馬家の元日の新年会は、午前・午後・夕方の三部制になっていて、いつもは午前の部に一族郎党身内の者が勢揃いするのだが、凜子が皇居へ出かける際の見送りと出迎えをしたので、私は参加できなかった。せめて夕方の部に行ってこようと支度をしていたら、富士宮さんからメールが入り、『総理も相馬家新年会へ行くとおっしゃっています』と知らされた。

同じ屋根の下に暮らしてはいても、私と凜子はスケジュールの擦り合わせすらもままならない。凜子は自分のスケジュールを秘書官に丸ごと任せているし、私のほうは、いまはもうとにかく気安く彼女を誘ったりするのは控えている。自然と富士宮さんを介してスケジュールの擦り合わせをするようになってしまっていた。

『午後四時ちょうどに、公邸車寄せで待機していてください』と、富士宮さんから指令がきた。時計を見ると、あと三分だった。

すわっとばかりにジャケットをはおり、大急ぎで車寄せへ飛んでいく。ちょうど、総理大臣公用車がすいっと入ってきたところだった。車内には、凜子と秘書官の島崎君が乗っていた。島崎君は助手席から下りて、「明けましておめでとうございます」と、私に向かって律儀に新年の挨拶をしてくれた。

後部座席に乗り込むと、凜子がこちらを向いて言った。

「お義母さんたち、お待たせしちゃって申し訳なかったかな」

「まさか。君が来るなんて夢にも思ってなかっただろうから、きっと喜ぶよ」

つい声を弾ませながら、私は返した。実際、私がひとりで行ったら、母の小言が始まるだろうと予想していた。凜子さんは総理になってしまったから来られないのはしょうがないけど、あなたまでこんな遅くに来るなんてどういうことなの、とかなんとか。

凜子はにっこりと笑いかけて——年末年始、不眠不休で働きづめだったにもかかわらず、うっとりするほど優雅な微笑だった——言った。

「今日ね。音羽のご実家あとに、行きたいところがあるんだけど……そこも、一緒に来てくれるかな」

ひさしぶりに凜子のお供を仰《おお》せつかった。行き先は、なんと、原久郎の自宅。新年の挨拶に出向くという。

「いつもお世話になっている原先生なんだから、新年の挨拶はこっちから出向かなくちゃ……それが礼儀でしょ？」

凛子の口調に、私の背筋がひやりと反応した。何かとてつもない仕掛けを仕込みにいく——そんなふうに、私には感じられた。

昨年末、凛子周辺にはどんな異変も起こらなかった。

凛子の足下を揺るがすスキャンダル。夫の相馬日和の浮気発覚、研究所の後輩との熱愛写真の暴露……のようなことは、どこにも掲載されることもなく、したがって、なんの噂も立たず、話題にもならずじまいだった。凛子は、ただひたすらに、一月に始まる通常国会に向けての法案作りに勤しみ、公務をこなす日々を送った。

大いに肩すかしをくらったのは、スキャンダルを仕掛けた原久郎であろう。通常国会をまえに、「美し過ぎるうえに支持率高過ぎる総理」に冷や水を浴びせようと、卑劣な手段を使って揺さぶりをかけてきた。しかし、待てど暮らせど、凛子周辺には何も起こらない。当の凛子は涼しい顔で仕事をこなし、消費税率引き上げと社会保障の改革整備に向けての法案作りに邁進《まいしん》していた。さて、原久郎は「作戦失敗」をどの時点で悟っただろうか。スキャンダル爆弾を仕掛ける実行犯となる予定だった政治ジャーナリスト阿部氏には、はたして連絡したのかしなかったのか。

しかし、さすがは原久郎、むやみにおかしな動きをするのは控えたようだ。特に私へも連絡はなく、ことの推移を静観しているようだった。政界の黒幕の名にふさわしく、じたばたするのは得策ではないと心得ているのだろう。

にしても、心中は歯ぎしりするほど悔しがっているはずだ。阿部氏いわく、原氏は政界のウラも表も知り尽くした男なのだ、仕掛けた爆弾がうまく炸裂《さくれつ》しなかったためしはない。

さて次の一手をどうするか。もうすでに動き始めているかもしれなかった。

ともあれ、凛子と私は、ひさしぶりに揃って相馬の本家へと到着した。

玄関ホールに、ソウマグローバルの秘書たち、そして家政婦さんたちが勢揃いして、私たちを出迎えてくれた。

「明けましておめでとうございます。ご多忙な中、ようこそお越しいただきました」

ソウマグローバルの秘書室副室長、若本さんが、うやうやしく挨拶をした。ソウマグローバル主宰の朝の勉強会に、ピンチヒッターの講師として凛子がやってきたとき、この人が司会をしていた。まさか彼女が私の妻になろうとは――いや、総理大臣になろうとは、想像もできなかったことだろう。

「明けましておめでとうございます。皆さん、しばらくでした。いつも大変ご苦労さまです」

凛子は、若本さんだけでなく、居並んだ六人の家政婦さんたちにもていねいに挨拶した。凛子はもともと家政婦さんたちのあいだで大変人気があった。総理になって戻ってきた凛子に、どう接したらいいか戸惑っていたようだったが、以前とまったく変わらず親しげに挨拶をされて、皆、ぱっと笑顔になった。家政婦長の奥林さんなどは、「やっぱり、凛子さんすてき。立派になって、うれしいわあ」と、我が子が出世したかのように喜んでいる。凛子はにっこりと「ありがとうございます」と返した。

母が待ち構えている和室の客間に入る直前に、後ろからついてきた奥林さんのほうを振り返ると、凛子は声を潜めて囁いた。

「新顔の家政婦さんがいましたね。……今から、応接には奥林さん以外は入らないようにしていただけますか」

その言葉に、私ははっとした。

凛子はさりげなく、しかし鋭く自らの身辺を警戒しているのだ。

――しっかりしろ。そのくらいのこと、お前が気がつかないでどうするんだ。

私は心の中で自分をなじった。もとはといえば、私が天然なのが（と自分でいうのもなさけないが）災いしているのだ。これからは、よほど気をつけなければいけない。

私は、自分の周囲に悪人はいないと、どうやら思い込んでいたのだ。もともと性善説に基づく対人観をもってはいた。どんな悪人にもいいところがあるだろう、というような。母にいつも「おめでたい人」呼ばわりされていたのは、そのあたりのところを見破られているがゆえなのである。

しかし、しかし。今回ばかりは肝に銘《めい》じた。世の中には、原久郎のような人間もいるということを。下戸でハゲでお茶目なおっさんを演じながらも、平気で腹黒い行為をする——しかも自分は決して表には出てこずに——やつが存在するということを。

客間では、母が、それから兄も、私たちの到着を待ちかねていた。

「明けましておめでとうございます、お義母さま。なかなかこちらへ伺えずに、すみませんでした」

さすがは凛子、まずはこの邸の主たる母に抜かりなく挨拶をした。母は思わず微笑みかけるのをどうにかこらえた様子で、少々すました口調で応対した。

「明けましておめでとうございます、凛子さ……いえ、総理、でしたわね。相馬総理」おほほ、と笑った。「相馬」の苗字と「総理」が合体したのが、よほどうれしいのだろう。

「わざわざいらっしゃらなくても、よろしかったのに……いまや分刻みでお忙しいんでしょ？　こんなむさくるしいところへおいでにならなくたって、私たちのほうから公邸へご挨拶にいこうかと……」

「気軽に訪ねられる場所じゃないですよ」

すかさず私が口を挟むと、

「あら。あなたも来てたのね」

ずいぶんそっけない。ははは、と兄が愛想笑いする。

「なんだいお母さん、いつもは日和日和ってうるさいくせに。凜ちゃんが来るなんて夢にも思ってなかったんだろう？」

わざとらしく親しげに「凜ちゃん」などと呼ぶ。凜子の背後で、島崎君が、

「凜ちゃんって、総理のことですか？」

さりげなく釘《くぎ》を刺した。兄がぎょっとして島崎君を見た。

「なんだ君は。ここは家族の場だぞ、勝手に入ってくるなんて失敬じゃないか」

「こちらは、内閣官房の秘書官の島崎さんです。直進党立ち上げ以来の私の腹心です。私が行く場には同席を基本としていますが、ご都合お悪いでしょうか？」

凜子に言われて、兄はぐっと言葉をのみ込んだ。ナイス島崎君の登場！　と私はぐっと拳を握った。

信用できる第三者を交えることによって、兄は凜子に対して「家族のおねだり」ができなくなる。「ねえねえ凜ちゃん、消費税のことだけどさあ、あれ無しにしようよ〜」などとは口が裂けても言えないわけだ。

私たち四人は、広々とした紫檀《したん》の座卓を挟んで、向かい合って座った。島崎君は、凜

子から一メートルほど離れた背後に、律儀に正座し、いつも持っている「秘書バッグ」からノートとペン、それにレコーダーまでも取り出した。それを見て、兄の顔がいっそう苦々しく歪む。

大きな松の盆栽と、真っ赤な日の出に鶴と亀を配したおめでたい掛け軸の掛かった床の間を背に、母が、やはりすました素振りで問いかけた。

「今日は、お夕食は上がっていかれるのかしら？」

「あ、残念ですが――」とすぐに島崎君が反応したが、凛子が振り向いて、まなざしでそれを制した。そして、

「残念ですが、すぐに失礼しなければなりません。今日は、ほんの一瞬でも、お義母さまのお顔を見たかったので」

「あら、ま」母は、まんざらでもなさそうに、今度は思わず微笑んだ。

「なんだ、すぐ帰っちゃうのか。ずいぶんそっけないんだなあ。話したいことが、あれこれたまってるのに……」

兄が、妙になれなれしく語りかけた。凛子が総理大臣になっていることなど忘れでもしたかのように、いや、総理大臣だからこそ、「おれたち仲良しだもんな～なんでも話せるもんな～」と、わざとらしくアピールするかのようだ。

さすがの私もむっときたので、何かひと言言ってやろうかと思ったが、私よりも早く

ぴしりとひと言かましたのは、母だった。

「多和。あなたは少し黙ってらっしゃい。畏《おそ》れ多くも時の総理大臣に対して、失礼がすぎますよ」

兄はまたしてもぐっと言葉をのみ込んだ。ナイスひと言お母さん！　と私はまたしても膝の上の拳をぐっと握りしめた。

母は、おもむろに凜子に向き合うと、微笑を口もとにたたえて、

「で、結局、消費税率は上がるのよね？」

そう言った。大事なことを、いかにもあっさりと口にしてしまうのが、私の母のすごいところなのである。

凜子は、にっこりと笑顔になると、

「ええ。そうできればと思っています。国民へじゅうぶんに説明を尽くした上で」

と答えた。率直な質問には、率直な答えを。単純だが、大切なこと。そして多くの政治家にはなかなかできないことを、こんな場面ですら、凜子はすらりとやってしまうのだった。

「いまは詳しくは申し上げられませんが、四日に予定されている新年の記者会見で、おおよその消費税率引き上げ法案の骨子については、国民に説明できると思っています」

「ほんとに？　ほんとにやる気なの、凛ちゃん？」

しつこく兄が詰め寄った。

「そりゃあ、日本が借金漬けで、もうにっちもさっちもいかない状況になってるのはわかるよ。しかし、我々経営者から見ると、増税よりも景気対策のほうが優先順位は高い。下手に増税すれば、市場の消費欲は減退するし、前回の消費税率が上がったときだって、結局焼け石に水だったんじゃないの？　それよりも、景気を刺激する政策をさきに発表したほうが、市場は好感を持つはずだろう。そうすれば、株も上がるし、消費欲も回復して……」

「日本の経済が失速したのは、前回の消費税率引き上げが引き金になったから、という見方には、私は同意できません」

凛子が、素早く応えた。

「リーマンショック、欧州の通貨危機、震災と原発事故――前回の消費税率引き上げから、日本は数え切れないほどの経済危機にさらされました。すぐにでも手を打たなければならない重篤な局面が何度もあったのに、前与党はそれを放置してきた。問題は消費税率を再度引き上げるかどうかということではなくて、破綻しかけたこの国の財源を、どこに見出し、いかにそれを安定的なものにするかということなんです。だから、私の政策は、税率を上げることだけに終始はしません。当然、景気対策もセットで提案します」

　まったく動じることのない凛子に、兄は三たび、ぐっと言葉をのんだ。ナイス反撃、凛子！　と、私も三たび拳を握り、今度は膝もちょっと叩いた。

「しかしなあ……うちがあなたの政治団体を、いろいろとサポートしていること、忘れていないよね？」

　意味深なことを言ってから、私のほうをちらりと見て、

「まあ、あなたのだんなはこの通りおめでたい人だから、おれが奥さんにやってあげてることなんか、知りもしないだろうけど……」

「政治資金パーティー券を買ってくださっている件ですか？」

　後ろから、島崎君がすばやく言った。

「確かにいつも買っていただいていますが……規正法で定められている上限の百五十万ではなく、御社のお名前を収支報告書に記載せずに済む十九万九千円ですね。ご支援、いつもありがとうございます」

　ちっ、と兄があからさまに舌打ちをした。私は、両手で膝をぽん、と叩くと、

「じゃあ、そろそろ行きましょうか。お母さん、お邪魔しました」

　さくっと立ち上がった。「おい、ちょっと待てよ日和！」と、兄が声を荒らげた。

「お前、自分の実家の家業にプラスになるように、もうちょっと自分の嫁さんに何か言

ってくれてもいいんじゃないか。いっつもぼーっと眺めてるだけで……お前みたいなやつのことを『日和見主義』っていうんだよ」

「それは違いますね、お義兄さん」

座ったままで、凛子が言った。涼しげな顔をして。

「『日和見主義』とは、自分に都合のいいほうにつこうと形勢を窺う態度をとることです。私の夫は、そんな人ではありません。たとえ世界中が敵になったとしても、私の側についてくれる人ですから」

私の夫は、何があろうと、私のそばから一歩も動きません。出会ったときから、いままで、ずっと。

凛子はそう言った。その言葉に、私は、魂《たましい》が震えるのを感じた。

おめでたくて、不器用で、単純で——妻の足手まといにならないようにと、いつも一生懸命縮こまっているばかりの私。

けれど、たとえ世界中が敵になったとしても、君の側につく。君を守る。君に、ついていく。

私の胸にしまっておいた言葉にできない気持ちを、見事に言い表してくれた。

私には、もうそれでじゅうぶんだった。

そんなわけで、年初の第一難関・実家訪問は、存外にいい気持ちになって突破することができた。

さて次は、難攻不落の関門なのだが――。

初めて訪ねる原久郎邸は、私たちの護国寺の家からそう遠くない、豊島区目白《めじろ》の閑静な住宅街にあった。

政界で不動の基盤を作り上げてきた大物の家だから、さぞや豪邸なのではと思い描いてやってきたが、拍子抜けするほど質素な家だった。それでも都心の一等地であり、さほど豪勢なお屋敷ではないにせよ、由緒正しき日本家屋である。玄関では、例の人のよさそうな夫人とともに、原氏自らが私たちを出迎えてくれた。

原氏夫妻が和装姿なのを見て、凛子が顔をほころばせた。

「あら、お着物。初めて見ました。よくお似合いですね」

「いや、いや」と原氏も機嫌よく笑った。

「総理ご夫妻をこんなむさ苦しいところへお迎えするのだから、せめて身なりくらいはきちんとしなければと……ほんとうは紋付袴《はかま》でお出迎えして差し上げたかったのですが、いくらなんでもそれは大げさだって、うちのやつに言われましてね。『それじゃ総理がポン引きですよ』って……」

「『ドン引き』ですね」思わず噴き出しそうになりながら私が言うと、

「あ。そうだった。ドン引き、ドン引き」

わはは、と気持ちよく声を上げて笑う。私も凜子も、原氏に合わせて笑った。

これだ。これが怖いところなのだ、原久郎。お茶目に笑わせる術《すべ》を心得ていて、相手を和《なご》ませる。難しい話を持ち出しにくくさせる。もしも難しい話を持ち出されても、うまくかわす出口を作っておく――。

さあどうぞどうぞ、と私たちは家の中へ案内された。客間に入るまえに、後ろからついてきた島崎君を振り返って、凜子は言った。

「別室で待機していただけますか。三十分以内に退出します」

島崎君はうなずいて、その旨《むね》、原氏の秘書に告げ、隣室に入っていった。

床の間を背にする上座を勧められて、凜子は固辞したが、原氏はきっぱりと言った。

「まあともかくお座りください。いまはあなたが総理大臣なのですから」

一瞬の間をおいて、凜子はおとなしく上座に座った。私も、仕方なくその隣りに座った。上座に無理矢理座らされて、居心地の悪い思いと、何やら悪い予感が胸のうちに湧き起こった。

お屠蘇《とそ》をお持ちしますので、と夫人が席を立った瞬間を狙ったかのように、凜子が口を開いた。

「四日の記者会見で、消費税率引き上げ法案の骨子、社会保障の整備案と景気対策について、国民に説明します。納得が得られる内容に仕上がったと思っています」

ふむ、と原氏が鼻をならした。そして、さっきの破顔一笑とは打って変わって、両腕を組んで袂《たもと》に入れ、考え込むような表情になった。そのまま、目を閉じてうつむいた。

部屋の中が、しんと静まり返った。凜子は、注意深く原氏の様子をさぐっているようだ。原氏はむっつりと考え込んだまま、沈黙している。いちばんそわそわと落ち着かないのは、私だった。

原久郎と相馬凜子、まごうかたなき日本のツートップがにらみ合う時間の長さ、重たさ、息苦しさ。

押しつぶされそうになって、私はひとり、喘《あえ》いだ。

く……苦しい。次の展開が、まったく見えない。

世界を敵に回しても、私は凜子の側につく。そばにいる。さっき、心の中でそう誓ったばかりなのに、原久郎ひとりを敵に回しただけで、私はじたばたもがいていた。

この怪物を相手に、凜子はどう闘うのだ。そして、私は、どう彼女を守るのだ。

いったい、どうしたら……。

「私も、この年末年始、いろいろ考えました。この国の、私の政治家人生の大局を見据えてね」

ようやく、原氏が口を開いた。ごく落ちついた声だった。そして、まっすぐに凛子を見据えて、言ったのだった。

「消費税率引き上げ……私は、反対に回ろうと思います」

18

二〇××年一月二十五日　晴れ

信を問う、って言葉を、私、生まれて初めて使おうと思うんだ。

昨晩、凛子が、ふいに言った。夜半過ぎ、寝室に私が入っていった直後のことだった。最近、私は、十一時就寝・五時起き、という習慣を変えた。十一時には寝室に入るものの、そのあとは凛子が部屋に入ってくるのを待って、研究書を読んだりネットを検索したりして起きている。凛子がやってくるのは、たいがい午前一時を回っているのだが、最近の私たちにとっては、それからのほんの小一時間が、夫婦のあいだでコミュニケーションをする唯一の時間なのだ。そしてこの時間は、私にとって、一日のうちでもっとも凝縮された大切な時間でもあった。

そんなわけで、子供の頃からの日課だった朝の野鳥観察は、しばらくのあいだはやるまいと決めた。二時に寝て五時に起きるのでは、さすがに体がもたない。二十年以上も続けてきた、いわば私のライフワークをあきらめるのは容易なことではなかったが、いまの私には、凛子とコミュニケーションすることのほうがはるかに重要なのだった。

その夜、私は、都心の野鳥分布調査の結果をまとめて年度内に発表するための準備で忙しかった。研究所の仕事を家庭内に持ち帰るのは主義ではないのだが、どうにも間に合わない気がしてきたので、公邸内の自分の書斎で熱中して作文しているうちに、午前一時になってしまった。

しまった、早く行かねばと、あわてて仕事を畳み、寝室に向かった。ドアを開けると、凛子が、ベッドに腰かけて、何事か考え込むように、ぼんやりと視線を宙に放っていた。

「あ、もう仕事済んだの？　お疲れさま。僕のほうは、調査結果のまとめが、なかなか終わらなくって……」

様子がいつもと違うぞと、すぐに気づいたが、普段通りを装って、私は部屋に入っていった。

凛子は、何やら、並々ならぬオーラを発していた。いつもオーラを発している人ではあるのだが、その夜のオーラは特別だった。大きな決意をしているのだと、彼女に近づくまえにわかってしまった。

「ねえ、日和クン。『信を問う』って、なんだかリアリティのない言葉だと思わない？」

クローゼットに向かおうとする私を呼び止めて、凛子が訊いた。え？　と私は振り向いた。

「『信を問う』……って、『国民に信を問う』、あれのこと？」

それは、去年の年末頃から、野党、民権党の議員たちが盛んに凛子に向かって発した言葉だった。増税するというのなら、まず国民に信を問うべきだ。つまりは、解散総選挙をして、国民に信を問うべきだと。

しかし、発足三ヶ月余りの相馬内閣にとって、解散総選挙は現実的ではない。せっかく高支持率を維持しているのだから、このまま国会で消費税率引き上げ法案と社会保障の改革案を通過させ切る。それが凛子の戦法だった。当然、裏で糸を引こうと目論《もくろ》んでいた原久郎も、そうさせるつもりだったはずだ。

増税を掲げて選挙をすると、その政権は敗れるかもしれない。それが、いままで日本の政権が経験してきたことだった。

いま解散総選挙などして国民に信を問うてしまったら、国民は増税と美人総理とを天秤にかけることになる。史上前例のない才色兼備の女性総理大臣であり、前例のないほど高支持率の凛子でも、この闘いに勝つという確証はどこにもない。

ぎりぎり水際の駆け引きめいた言葉、「信を問う」。その言葉にリアリティがないのではないかと、いきなり凛子に問われて、私は冷や汗が出る思いだった。

「どうしたの？　なんだか唐突な質問のような気がするけど……」

戸惑いを隠せずに返事をすると、凜子は小さくため息をついた。

「やっぱり、あなたにとってもリアリティがないか……」

それから、顔を上げて私を見ると、

「野党から言われ続けてたでしょ？『増税するなら国民に信を問うべきだ』って。口を開けばそればっかりで、国民の総意は増税反対に決まってるんだからって言わんばかり。薄っぺらいなあって思って。議員たちが保身する駆け引きのための引き合いに使われてしまう国民って、いったいなんなんだって思ってね」

「信を問う」。本来は、もっと重厚な言葉だし、簡単には使えない言葉のはずだと凜子は言った。自分にこの言葉をぶつける野党議員たちは、それが持つ重要性を感じずに、相馬凜子を選挙で潰《つぶ》すために、やたらに使い散らかしているに過ぎない。だからリアリティがないのだ、と凜子は言った。

「国民に信を問う、って、私を信用してくれますか？　って国民に本気で問いかけること。それって、人に言われてやることじゃないでしょ？」

思わず私はうなずいた。

確かに、人に言われてやることではない。けれど、それって、つまり……。

凜子の瞳は、静かに燃えていた。その瞳を、私は、いつか確かに見た。そうだ、総理大臣就任を引き受けると決めたとき。彼女は私に問うたのだ。あのときの目。

もしも私が総理大臣になったら、何かあなたに不都合はある？

その問いに、私がどう答えようと――いや、私の答えは、凛子にはもうわかっていたはずだ。それでも、あえて問いかけたのだ。

誰がなんといおうと、自分は総理大臣になる。このチャンスを生かしてみせる。そして、この国を変えてみせる。

そう決意していた、あのときの凛子の瞳は、やはり静かに燃えていたのだ。

「ねえ日和クン。ここだけの話だけど……いまはまだ、あなたと私のあいだだけの話なんだけどね」

そう前置きしてから、凛子はきっぱりと言った。

「信を問う、って言葉を、私、生まれて初めて使おうと思うんだ」

話を少しまえに戻してみる。

年初、凛子と私は、私の実家へ年始の挨拶に出かけたあと、原久郎邸を訪ねた。

そして、原夫人がお屠蘇とおせちの用意をするために席を外したあいだに、いきなり原氏に言われたのだった。――年頭の通常国会で議論される予定の消費税率引き上げ法案に関して、自分は反対に回るつもりだと。

凛子と私は、文字通り、絶句してしまった。それは、まったく想像もしないひと言だったから。

三日後に迫った新年の記者会見を利用して、国民に消費税率引き上げについて説明するつもりであった凛子は、まずは原氏に自分の考えをあらためて話して、納得してもらう必要があった。そのために、わざわざ原氏の私邸にまで出向いたのだった。

かつては全幅の信頼をおいていた、凛子にとっての「政権の司令塔」。しかしいまは、油断ならない「政敵」となった原久郎だったが、凛子としては、先手必勝で原氏の動きを封じ、物言わせない状況を作ろうと画策を始めたところだった。

「……ちょっと待ってください」

どうにか絞り出した、という感じのかすれた声で、凛子が言った。

「どういうことですか。消費税率引き上げは待ったなしだと、連立を組むまえには原先生もおっしゃっていたじゃありませんか」

ふむ、と鼻を鳴らすと、あくまでも落ち着き払った様子で、原氏は答えた。

「そうですねえ。まあ、そんなことを言うには言いましたが……しかし、我が党は、必ずしも消費税率引き上げを政権公約で謳《うた》ったわけではありません。あくまでも、連立で政権を運営していく上での合意は必要だろうと思ったので……あなたの、ご意見に同調したまでです」

増税論は持論ではなく、相馬凛子が主張していることなのだと、巧みにすり替えた。

凛子は、思わず声を荒らげた。

「この時期に方向転換というのは、いったいどういう了見なのですか。これから国会で法案を通過させなければならないという、こんな時期に……」

失礼します、と原夫人の声が襖《ふすま》の向こうで聞こえた。凛子は、続く言葉をぐっとのみ込んで、居住まいを正した。その横顔からは血の気が失《う》せていた。

原夫人と家政婦らしき女性が、お屠蘇の一式と重箱や取り皿などを卓上に並べているあいだ、私たちは全員、無言だった。夫人たちが部屋を出るタイミングで、島崎君が顔を出し、「日和さん、ちょっと……」と声をかけてきた。

私は、凛子と原氏をいっそふたりっきりにしたほうがいいのか、それとも一緒にいて見守るべきなのか、一瞬迷ったが、島崎君があせったように手招きをするので、「ちょっと失礼します」と断って、その場を辞した。

島崎君は、廊下の隅へと私を連れていってから、「何があったんですか」とひそひそ声で訊いた。

「さっきまで隣りの応接にいたんですが、成り行きが気になったんで、トイレをお借りするふりして、廊下で聞き耳立ててたんです。なんだか、総理の声のトーンが普通じゃない感じでしたが……」

直進党の立ち上げからずっと、凛子に影のように付き従ってきた島崎君は、ほんのちょっとの声の変化でも、彼女の身の上に何かが起こったと察知する。この人がいてくれなかったらいまの凛子はなかったのだと思いながら、私は、できるだけ小声で答えた。

「……原さんが、増税反対に転じました」

島崎君は、えっ、と思わず声を上げた。そして、それっきり固まってしまった。「あの一件」とそうなのだ。彼は、原久郎が私たちに罠を仕掛けたことを知らない。

原久郎の腹の裡《うち》を知っているのは、凛子と私だけなのだ。

相馬凛子はあくまでも原久郎の用意した人形に過ぎない。いずれ自分が総理の座に就くことを狙って、原氏が周到に準備を進めていたことには、凛子の側近たちはまだ気づかずにいるのだ。

「どういうことですか、それ。そもそも、消費税率を引き上げなきゃどうにもならない、ってことで、原さんと凛子さんは連立のタッグを組んだはずじゃないですか」

ようやく言葉を発した島崎君だったが、その声は震えていた。私は、続けてひそひそ声で言った。

「凛子も、さっき、そう言ってたんだけど……原氏としては、増税はあくまでも彼女のポリシーで、自分の持論じゃないと。連立を組むために、同調したに過ぎないって……」

「そんなの詭弁《きべん》じゃないですか。一致団結して増税法案を通そうって、あの人、凛子さんに……」

島崎君の声がいっそう色めき立ったので、私は、「しっ」と口に人差し指を当てた。

「密室の会話で議事録も何もないんだから、いまさらそんなこと言ったってだめだよ」

「そりゃそうですけど……これ、かなりやばいですよ、日和さん。原久郎にそっぽ向かれたら、今度の通常国会での法案通過は絶対ムリです」

島崎君の心配は、もっともなことだった。いかに凛子が練りに練って仕上げた法案であろうと、原氏にそっぽを向かれた瞬間、その法案は否決されるに違いないのだから。

連立を組む与党となる五つの政党――民心党、新党おおぞら、革新一歩党、新党かわる日本、そして直進党。この五つの政党で、衆議院では過半数となる二六〇議席を確保し、参議院でも同じく過半数の一三一議席を確保している。衆議院の議員定数は四八〇、参議院は二四二だから、両院とも、連立で「辛くも」過半数を確保しているといったほうがいい。そして、その中で、もっとも多数の議席を占めるのが、原氏が代表を務める民心党なのだ。

現在の衆議院における連立与党の議席数は、民心党八十、新党おおぞら七十、革新一歩党六十、新党かわる日本四十、そして直進党十。前回の選挙で、凛子率いる直進党は大躍進をしたわけなのだが、それでも単独で政権を取れる数にはほど遠い。

原氏が本気で増税法案の反対に回り、それでも凜子が国会での審議に重要法案を提出したら――当然、原氏率いる民心党の議員は全員反対票を投じることになる。言うまでもなく、野党は反対票を投じるのだから、半数以上が反対。よって法案は――。

「否決される、というわけか」

私はつぶやいた。真冬なのに、じっとりと額にいやな汗がにじむ。

「どういう経緯で、原さんは反対に回るなんてことになったんですか」

島崎君は、いたたまれない様子でそう尋ねた。

「政策においては、連立与党は一枚岩でなければならないってこと、誰よりも原さんがわかってるはずなのに……連立与党協議会の議長も務めてるくらいなのに」

それから、はっとしたように顔を上げて、私を見た。

「まさか、原さん……相馬内閣をつぶそうとしてるんじゃ……？」

私は、思わず目を逸らした。まさかも何も、どう考えたってそうじゃないか。

「凜子さんと原さんのあいだに何かあったんですか？　日和さん、何か知ってるんですか？　対処できることなら、早く手を打たないと。国会が始まるまえに……」

「遅いよ、もう。原さんに反対されたら、手の施しようがないよ」

自分でも信じられないくらい冷めた声で、言ってしまった。後悔が、恐ろしいほどの勢いで押し寄せてくる。

なんということだろう。まさか、こんなことになるなんて。

そもそも、私がぼんやりしていて盗撮なんぞをされてしまったことに、すべては端を発しているんだ。そして、勝手にジャーナリストのコロンボ阿部氏に接触してしまったから……。

こんなことになるなら、いっそ馬鹿な夫の浮気疑惑で騒ぎになったほうが、ずっとましだったんじゃないか。

そうすれば、原久郎の書いたシナリオ通り、法案通過までは、どうにかして原氏も付き合ったことだろう。

もともと、彼のシナリオでは、法案が通過したあとに、騒ぎになってしまった責任をとって相馬内閣は総辞職する。そしてその後に、満を持して総理大臣のポストに自分が納まる、と描かれていたのだから。

そうなった場合には、相馬内閣は、短命内閣に終わったことだろう。が、少なくとも、凛子が政治生命をかけてやり抜こうと決めていた消費税増税と社会保障の改革は、完成したはずだ。

誰も手をつけたがらなかった「パンドラの箱」を開け、末期症状に陥ったこの国の立て直しに立ち向かった、日本初の女性総理大臣として、相馬凛子の名前は、日本の政治史に燦然《さんぜん》と輝き、残ったことだろう。

そうだ。そうなったほうが、よっぽどましだった。ほとんどめまいがしそうだった……。

自分のあまりの浅はかさに、ほとんどめまいがしそうだった。

私がすっかり黙り込んでしまったのを見て、島崎君は、原氏と凜子のあいだに何があったのか、それ以上問い詰めるのをやめた。ただごとではない状況に陥ってしまったのは火を見るよりも明らかだと、彼もわかっているのだ。

「今後、原さんがどう出るか、状況がわからないだけになんとも、ですが……これは、ひょっとすると、原さんは、例の技を出すかもしれませんね」

私の耳もとに口を寄せて、ごく小さな囁き声で島崎君が言った。私は、え？　と目を上げた。

「それって、どういう……」

「だから、米沢政権の末期にやったのと同じことですよ。野党側に寝返って、内閣不信任決議案を提出する、ということです」

はっとした。

そうだ。原久郎は、そもそも、そういう男なのだ。

自分が政権をコントロールできないとなると、野党側に寝返って、内閣不信任決議案を提出できるように、巧みに議員たちを取りまとめる。「造反」こそが、彼の必殺技なのだ。

いまの情勢から考えると、もしも内閣不信任決議案が提出されたら、原氏サイドの議員と野党議員の頭数からして、可決される算段のほうがずっと高い。可決されれば、凛子のとるべき道はふたつにひとつ。

内閣総辞職か、解散総選挙だ。

これはもう、増税法案が否決か可決かという問題じゃない。責任とって内閣総辞職か、総選挙で「国民に信を問う」しか、凛子には道がないのだ。

これは、まさしく、チェスでいうならチェックメイト。将棋ならば、王手をかけられたようなものだ。

――やられた。

慚愧《ざんき》の念で、胸が引き裂かれる気がした。が、もう遅い。

原久郎は、ここまでの場面を思い描きながら、ゲームを進めていたに違いないのだ――。

ぱたぱたと廊下を小走りに近づいてくる音がして、島崎君と私は、はっとして顔を上げた。家政婦の女性が、「あの……」と遠慮がちに声をかけた。

「総理が、お帰りになるそうですが」

すらりと客間の襖が開いて、凛子が廊下に出てきた。急いで戻った私と島崎君をちらりと見ると、凛子の顔に微笑が浮かんだ。

「帰りましょう。予定の時間を大幅に過ぎちゃったわね。島崎さん、公邸に電話を入れてくださいますか？」

はいっと返事をして、島崎君は後ろも見ずに、一目散に玄関へすっ飛んでいった。

凛子のあとから、続いて原久郎が出てきた。私の顔を見ると、こちらもまた鷹揚《おうよう》な笑顔になった。

「日和さん、結局何も召し上がりませんでしたね。うちの古女房の手製のおせち、なかなかうまいんですが……」

私は、何か返そうとして、口をぱくぱくさせることしかできなかった。何を言っても挙げ足を取られそうで恐ろしくもあったのだが、実際、ひと言も出てこなかったのだ。到着したときとまったく同じように、原夫妻は玄関に並んで、私たちを見送った。

「それでは、あらためまして、相馬総理。今年もどうぞよろしくお願いいたします」

そう言って、原氏は、女王に仕える家臣のごとく、ていねいに頭を下げた。

「こちらこそ。よろしくお願いいたします」

凛子も、深々と頭を下げた。あわてて、私も彼女にならった。

寒風が吹く中、外ではいつものごとくＳＰが待機していた。屈強な彼らに囲まれながら、首相専用車に乗り込む。助手席では、島崎君が緊張した面持ちで待っていた。

車が発進してすぐ、「あの、総理……」と島崎君が、ためらいがちに声を出した。

「原先生とは……その……いったい、何が……？」

「何が？」涼しい横顔で、凛子が答えた。

「何もないわよ。新年のご挨拶をしただけ。それから、予定通り、新年の記者会見の内容について、ご説明申し上げただけ」

そう言って、こちらをふっと見た。途端に、どきりと私の胸が鳴った。

凛子の瞳には、凛々と決意がみなぎっていた。静かに燃えて、語りかけていた。

とうとう、このときがきたようね。闘いの火蓋《ひぶた》が切られるときが。

心配しないで。あなたは、いつものように、黙ってついてきてくれればいい。そして、そばにいてくれれば。

本気で、信を問う。国民に。

この私に、この国の未来を託してくれるかどうか。

そのために、私が切る最後のカード――。

「ねえ日和クン。ここだけの話だけど……いまはまだ、あなたと私のあいだだけの話なんだけどね」

通常国会が始まる前の夜、そう前置きしてから、凛子はきっぱりと私に言った。

「信を問う、って言葉を、私、生まれて初めて使おうと思うんだ」

内閣不信任決議案を提出されるまえに、総理の権限を使い、解散総選挙に打って出る。

それが、凜子が用意した最後のカードだった。

19

二〇××年一月二十七日　曇り時々雨

いよいよ、通常国会が始まった。

いや、国会と言うよりも、凛子にとっての人生最大の試練が始まった――と言ったほうがいいだろう。そして、沈没寸前のぽんこつ船で、荒海に向けて船出した――と言ったほうがいいかもしれない。


年初に行われた総理大臣の記者会見で、凛子は「再増税と社会保障の改革」「景気対策」「少子化対策と雇用の促進」のほぼ三点に絞って、不退転の決意を表明した。

その三日まえに、原久郎が「消費税率再引き上げに関しては反対に回る」と内々に意思表示したのだが、凛子は少しもひるむことなく、きっぱり、朗々と、「政治生命を賭して、やり切る決意です」と言い切った。

さきの総選挙のさいにマニフェストに掲げたこの三点に関して、総理となった凛子は、粛々と実行に向けて道筋を整えてきた。官僚に取り囲まれ、政策の綱引きに巻き込まれ、国会内で喧々囂々の議論になりつつも、翻意することも引っ込めることもなく、むしろますます凛子の意向は強まっている印象。総理の意志は不変、いよいよ消費税は引き上げられるのか、野党はどう出るのだと、マスコミが焚《た》きつけ始めた。

相馬内閣発足後は黒子に徹していた原久郎の動きが注目を集めるようになった。さあいかにして連立与党は国会での難局を乗り切るのか。美し過ぎる総理大臣と手練手管の連立与党協議会議長は、どうやって消費税率引き上げ法案を可決させるのか。世にも稀《まれ》な政治ショーの始まりだとばかりに、世論が盛り上がってきた。

それもじゅうぶん承知の上でのことだろう、年が改まってから、原氏は唐突に思わせぶりな発言をした。これには、マスコミも世間も驚きをかくせなかった。

民心党本部で、新年の挨拶に登場した原党首の発言がニュースで放映されたのは、凛子が年頭記者会見をした同日の夜のことである。

「年初に総理と話し合いをしましたが、政策に関して食い違いがあるように私には思われました」

このひと言に、会場に集まっていたマスコミ関係者はどよめいた。

「それは、どういうことでしょうか。連立与党を束ねるお立場で、総理と食い違いがあってはまずいのでは？」

「消費税率引き上げ法案に関して、原党首は同意しかねるということなんでしょうか？」

原氏が何か答えるまえに、民心党の広報担当者が「会見はこれにて終了します」と、一方的に打ち切った。不敵な笑みを浮かべたままで、原久郎は退出した。

この会見のせいで、直進党内は大騒ぎになった。直進党ばかりではない、連立与党に参加しているほかの党にも動揺が走ったようだった。

そりゃそうだ。発足後四ヶ月足らず、連立という名の一枚岩を頑強に束ねてきた張本人が、あまりにも不穏なことを口走ったのだ。原久郎が束ねる手を緩めたら、たちまちそれぞれが力のない少数政党に戻ってしまうのだから。

凛子と直進党の幹部は、通常国会が始まるまでの三週間ほど、密議を繰り返していた。そうこうしているあいだにも、凛子は近隣諸国からの要人を迎えたり、タウンミーティングに出向いたり、国際会議に出席したり、気の休まる間もない。私は、凛子の出張に同行するのを控えた。こんなときにのこのこ妻にくっついていって、マスコミの総攻撃を食らうのはごめんんだ。

逆に、私が出かけるときには、ＳＰのみならず常に富士宮さんがくっついてくるようになった。

日和さんがあらぬところであらぬ人物に呼び止められてあらぬ質問をされてあらぬ回答をされたらまずい、とばかりに、富士宮さんは、私への監視を三段階くらい引き上げたのだった。

直進党の幹部のあいだでは、すでに原久郎が消費税率引き上げ法案に反対する心づもりのようだということが、島崎君によって知らされ、風雲急を告げているようだった。富士宮さんもこれを知るところとなり、そんなこともあって、私がどこかでマスコミに引っかけられないように監視強化に乗り出したというわけだった。

――どうやら、原久郎が相馬凛子と対決する気配あり。

――まさか、まさかの消費税率引き上げ反対か？

――と、いうことは、消費税率引き上げ法案は、今度の国会で否決？

――相馬内閣は総辞職に追い込まれる？

――ひょっとして、内閣不信任決議案提出か？

――どっちにしても、相馬総理、退場？

――それは、国民にとってプラスなのか？　マイナスなのか？

釈然としない原久郎の態度やいたずらなコメントに、マスコミがざわめき始め、国民のあいだにも戸惑いが広がった。

私が勤める善田鳥類研究所でも、徳田所長以下同僚たちが気を揉んでいた。それぞれの理由で。

所長の場合は、総理が原久郎にそっぽを向かれる↓消費税率引き上げ法案は否決される↓相馬内閣は責任をとって総辞職↓研究所に多額の寄付をしてくれている相馬本家夫人（母）が不機嫌になる↓寄付額が減る……という図式を思い描いたようで、

「なんとか相馬総理に踏ん張ってもらいたいんだがなあ。なんとかならんのかなあ、ねえ相馬君？」

と、姪《めい》っ子の縁談が破談になるのを心配する叔父《おじ》さんのような調子だ。

先輩の窪塚さんと同僚の幡ヶ谷さんの場合は、案外はっきりしていて、「ひょっとすると潔く退陣したほうがいいんじゃないの？」という意見だった。

「いやあ、後輩の奥さんだから、あんまり言わなかったけどさ……正直、女性で総理大臣って、色々大変なんじゃないのかな。何をやっても色メガネで見られちゃうだろうしさ。相馬君だって、総理の夫っていうレッテル貼られて、研究者としてじゃなくて、そっちのほうで有名になっちゃっただろ。それって、どうなのかなあ、って思ってね」

窪塚さんは、毎度のことなのだが、気持ちいいほどぐさりと核心をついてくる。

「ぼくは、相馬総理の政治家としての手腕を認めています。ご自分ももともと研究者だったから、内閣発足後の大胆な予算再編でも、学術的研究補助費を削ろうとはなさらなかったし……そういうところでは、助かったと思いました」

幡ヶ谷さんは、そう前置きをしてから、

「でも、本音を言うと、消費税がこれ以上上がったら……ぼくらみたいな安月給の研究員は、けっこうきつい暮らしになるんじゃないかと。総理が退陣して、消費税の一件が白紙に戻ったら、ほっとする国民は多いんじゃないかな……」

それは、そうなのだ。その通りなのだ。その通りに違いないのだ。

けれど……。

意外だったのは、伊藤るいさんの意見だった。

彼女は、あの「盗撮事件」以来、すっかり鳴りを潜め、人が変わったように私に近づかなくなっていた。

原久郎の筋と金銭の授受があったのかなかったのか、わからない。彼女が仕掛けた（あるいは巻き込まれた）あの事件について、私が知るところとなったことに気づいているのかいないのかも。

しかし、彼女自身に深い企みがあってあの一件に乗ったのだとは、私には到底思えなかった。

彼女は自分の辛《つら》い過去や、家族が直面している金銭的な問題について、包み隠さず私に打ち明けてくれた。

私をだまそうとしたことは間違いないのだが、あの告白は嘘ではなかったんじゃないかと思っている。勇気を振り絞って話してくれたんだと。そしてお金に困っているからこそ、仕方なく原氏の企みに乗った……。

などと考えるのをもしも富士宮さんが知ったら、「だから日和さんはだまされるんですよ！」と言われてしまいそうだが、とにかく、そう信じたかった。

その伊藤さんが、珍しく、私たちの会話の輪に入ってきて、言ったのだった。私の目を見ずに。

「私、相馬総理には、絶対に総辞職してほしくありません」

そりゃあ、消費税は低いほうがいいに決まってます。それは、100パーセント、全国民がそう思ってるに違いないです。

だけど、長い目で見ると、このままじゃ、この国はだめになっちゃうんじゃないかなって……。

「国民は、バカじゃありませんから。このままじゃいけないことくらい、わかります。相馬総理が一緒に乗り越えようよ、って言ってくれるなら、私たち、乗り越えなくちゃって思えるはずです」

所長も窪塚さんも幡ヶ谷さんも、そして私も、目が点になった。

伊藤さんの言っていることは、正しい。

口にこそ出さなかったが、私たちは全員、彼女の主張をすんなりとのみ込めたのだった。

去年九月の相馬内閣発足以来、ここまでは、異例の速さで凜子は政治を断行してきた。こうだと決めたらやりぬく彼女の性質もあってのことだが、前与党・民権党時代のしがらみがいっさいないからだろう、行政改革のために、ばっさばっさと大鉈《おおなた》を振るった。歳出を徹底的に洗い出し、無駄な出費を削減すると決めた。官庁にはびこる既得権を迷わずに切り捨てるよう、各大臣に託した。情け容赦のない女将軍の出現に霞が関は震え上がっていると、当初、マスコミはさかんに書きたてたものだ。

彼女のポリシーでは、政治は政治家が司《つかさど》るもの。官僚主導などはもってのほかなのである。

しかし現場をいちばん知っているのは官僚であることは間違いない。ゆえに、凜子は、できる官僚とは敵対せずに、使える人材は徹底して使うという方針を打ち出した。前政権時代のなれあいを引きずる官僚のいうことはいっさい聞き入れず、一方で、一理ある官僚であれば若手であろうとその言に耳を傾ける。各省庁のひとりひとりの官僚の性質や動向を把握することは至難の業だったろうが、各大臣と連携し、凜子はそんな離れ業までやってのけた。

そして、マニフェストで謳っていた三つの大きな公約。「増税と社会保障の改革」、「景気対策」、「少子化対策と雇用の促進」。これは三点セットであり、ひとつも欠くことはできない。

日本という船は、船底のあちこちに穴が空いて、いましも沈みかけている。大至急なんとかしなければ、「日本国丸」の沈没は免れない。穴にコルクを詰めるレベルの話ではない。思い切った大改造をしなければ、もはやどうにもならなくなっているのだ。

ゆえに、仮に消費税だけを数パーセント上げたところで、焼け石に水的な処置になるだろうことは、凜子も重々承知している。

消費税を上げれば個人消費がにぶり、マイナスの経済成長の呼び水になってしまうという意見もある。短期的に見れば、確かにそうだろう。過去に数回消費税率が上がった際も、その直前に駆け込み消費があったこともあり、増税後はマイナスに転じた。

しかし、だからといって、このまま放置すれば、あとは「日本国丸」は沈むだけなのだ。

ここ数十年の日本の実質経済成長率は、なんとほぼゼロ。アジアの近隣諸国がめざましい発展を遂げているのに、人口が減り続けている日本の国力は、もはや失速するばかりなのだ。

人口減、収入減で、税収が減る一方なのに対して、超高齢社会を支える年金や医療費などの社会保障費の歳出は増える一方だ。社会が疲弊し、女性や若者が働きにくい世の中になれば、ますます子供を産み育てられない状況になり、日本はますます縮んでいく。まさしく、負のスパイラルに陥っているのだ。

それでも、どうにか今日まで、この国は奇跡的に生き延びてきた。だから、おそらく大丈夫だろうという奇妙な楽観が、政界にも国民にも蔓延してしまった。今日明日にどうにかなるわけじゃなし、再増税なんていう面倒な問題は、ちょっとのあいだ棚上げしたっていいだろう。——というのが、旧保守政権の考え方だった。

けれど、凛子はこれから、自らの公約を守り、公約通りに成し遂げようとしているのだ。いかなる政治家も、やり得なかったことを。——つまり、「日本国丸」の復活と、新たな船出を。

その船のキャプテンに、私の妻はなるのだ。

一月二十五日、通常国会初日。

この日、私は、徳田所長や同僚たちとともに、研究所のテレビの前に陣取った。仕事をいったん中断して国会中継を見よう、と提案してくれたのは所長だった。ほんとうに、気が気ではないらしい。やはり秘蔵の姪っ子の見合いの席に同席する叔父さん、という感じである。

窪塚さん、幡ヶ谷さんとともに、伊藤さんも私の隣りに席を並べた。心なしか、横顔に緊張の色が浮かんでいる。

「施政方針に関する演説。――内閣総理大臣、相馬凜子君」

場内に、衆議院議長の声が響いた。たちまち、嵐のような大拍手が湧き上がる。中央の演台に、凜子が歩み出た。

黒いシルクのスーツは、年初に皇居へ挨拶に出向いたときと同じものだ。ショートカットの小顔がいっそう引き締まって、いつにも増してつややかだ。ゆうべのパックが効いたのかな、と私は微笑した。

深く一礼してから、ひと呼吸置いて、手元の原稿に数秒間、視線を落とした。それから、まっすぐに前を向くと、「国民の皆さん」と語りかけて、凜子のスピーチが始まった。


新しい年を、どこで、どんなふうに迎えたのでしょうか。

家庭で、ふるさとで。職場で、旅先で。家族と、友人と、親しい誰かと、愛する人と、あるいはひとりで。国民の皆さん、ひとりひとりが、それぞれに、それぞれの新年を迎えたことでしょう。

あなたのところへやってきた年は、これから、どんな年になりそうですか。それが、誰にとっても心弾む、希望あふれる、平和な年であってほしい。幸せな年であってほしい。国政を預かる立場となったいま、私は、そればかりを願っています。

幸せな一年であるためには、幸せな毎日を重ねていくことが必要です。国民の皆さん、ひとりひとりが、あまねく幸せな毎日を重ねていくために、皆さんの一日一日を、私は、責任を持って支えていきたい。それこそが私に課せられた使命であると考えています。


「珍しい入り方だな、首相の施政方針演説としては」

窪塚さんがつぶやいた。それを受けて、幡ヶ谷さんが言った。

「目の前に居並ぶ議員を通り越して、国民に話しかけてますね。いい感じだなあ」

「うん、いいねえ、こういうの。なんかほんと、総理が自分だけに語りかけてくれてるみたいだ」

と、所長はすでにじんわりきているようだ。

伊藤さんは、口をきゅっと結んでテレビを凝視している。私も、食い入るように画面をみつめた。


国民の皆さんが幸せな日々を送るために、政府は何をするべきなのか。

個々人が幸せを実感するためには、精神的にも物理的にも充実した暮らしを送ることができる安定した社会を作り、それを維持していく。それが、政治に求められている課題であると、強く認識しています。

その課題を、現実のものにしていくために、どのような方法があるのか。ここに、大きく分けて三つの方針を打ち出したいと思います。

一、消費税率の再引き上げと社会保障改革。

二、大規模な景気対策。

三、少子化対策と雇用促進。

ほかにも、外交、防衛、エネルギー政策、教育、福祉等、重要な課題は多々ありますが、まず、この大きな三つの課題に対する方針について、説明いたします。

私たち所員が——いや、おそらくは大多数の国民が見守る中、凛子は、一度も下を向くことなく、まっすぐに前を向いたまま、熱を込めて語り尽くした。

現在、日本全体の債務残高はおよそ千五百兆円。これは、赤ちゃんからお年寄りまで、すべての国民がひとり当たり千五百万円の借金を背負っていることになる。

なぜ、こんなことになってしまったのか。

日本の経済状況は、危険水域に達してしまった。いま、まさに決壊寸前。私たちは、全員、流されそうな橋の上に立たされている。

もはや、一刻も猶予はない。私は、国民が流されそうな橋の上に立たされているのを黙って見過ごすことは絶対にできない。

日本の今後の出方を、世界が注視している。かつてヨーロッパの国々が財政危機に陥ったときの状況に酷似しているからだ。

現在まで、足りない財源は国債を発行することでまかなってきた。しかし、日本の財政難がこのさき好転する材料がもはやないと市場が判断したとき、どうなるか。日本の国債が一気に売られて、価値が暴落してしまうおそれがある。

ヨーロッパの国々の財政危機や、かつてのリーマンショックなどを考えれば、そんなことは絶対に起こりえないとは、もう誰にも言えない。むしろ、きっとそうなるだろうと市場関係者はにらんでいる。

増税は、市場から見れば好材料だ。財源が確保されるとなれば、国債が暴落することはない。

当然、増税は、個人的・短期的に見れば、誰だって受け入れたくはない。けれど、大局的・長期的に見れば、必ず巡り巡って、個人に、社会に還元される。そうなることを保証するのが、政府の役目でもある。

ゆえに、私は、この国の内閣総理大臣として、再び消費税率の引き上げを断行することを提言する――。

施政方針演説は、一時間に及んだ。不思議なことに、いつもは野次でごうごうとなる会場内は、水を打ったように静まり返っていた。

凜子の説は整然としてわかりやすく、その言葉のひとつひとつは、胸に響いた。

嘘ではない。内閣総理大臣、相馬凜子は、ほんとうに本気でこの国を救おうと決意しているのだ――と、聴くほどに納得が広がっていく。

この人に、ついていこう。どこまでも、ついていこう。そんな気持ちがこみ上げてくる。

私は、凜子のスピーチに聴き入るうちに、不覚にも涙がこみ上げてきた。

恥ずかしいから、一生懸命、堪《こら》えていた。と、ぐずっとはなをすする音がする。

こっそり周りを見ると、所長がしきりに目をこすっている。窪塚さんと幡ヶ谷さんは、熱いまなざしを画面に向けている。伊藤さんは、頰を伝う涙を拭おうともしない。

私は、小さく、ふっと息を放った。その拍子に、とうとう涙がこぼれてしまった。

国民の皆さん。私が、先頭に立ちます。

これから出航する海は、ひどく荒れています。けれど私は、皆さんを幸せな未来へ導くために、決してひるまず、この海に立ち向かいます。

ともに、荒波を乗り越えましょう。この新しい年を、私たちの、子供たちの未来を、幸せで彩り、輝かせましょう。

皆さんの生活を、私が守ります。大丈夫。あなたを、私が、必ず守ります。

いまこそ、船出のとき。暗い夜更けです。けれど、明けない夜はありません。

国民の皆さん。私は、あなたを、信じています。この難局をきっと乗り切ってくれると。

だから、私を、信じてください。政治生命を賭して、私は、あなたの未来をあきらめません。

私たちは、ひとつ。どこまでも、一緒です。

20

二〇××年七月三十日　晴れ

ふと気がつくと、半年以上ものあいだ、日記から遠ざかってしまっていた。

いや、別にサボっていたわけじゃない。あるいは、「書きたくないことが多過ぎた」というわけではない。未来のいつの日にか、この日記を手にしているあなたには知られたくないことばかりが起こってしまった、というわけでもない。

一切合切、包み隠さず、この日記にだけは記しておこうと決めた。我が妻・凜子が内閣総理大臣に就任したその日から。

が、しかし。新年からこのかた、六ヶ月間の凜子の周辺のあわただしさ、緊迫感は、尋常ではなかった。そばで見ているこちらのほうも、悠長に日記など書いてる場合じゃないという気がした。

さらには、こんな時期に日記など書いていることが凜子にバレたら「何やってんのよ⁉」とケンカの種になってしまうかもしれない。いや、ほんとに、それだけは避けたい。

ゆえに、物事を俯瞰《ふかん》して見据えられる状況になってから、ここしばらくの出来事を総括したほうがよかろうと判断し、この日記のページを開くことを控えたのである。

とまあ、ここまで書いてみると、やはり、どこからどう見ても言い訳にしか見えないが……。

とにかく。

今期の国会は荒れに荒れた。くしくも年初の施政方針演説で、凜子が予言した通り、それは「荒波の海」であった。

それをどうにか乗り越えて行こうと、吹きすさぶ暴風雨の中、帆を揚げて出航した相馬内閣ではあったが、逆巻く怒濤に必死の舵取りとなった。

ここ半年間ごぶさたしてしまったあなたにおしらせするために、凜子を取り巻く周辺の動きと、国会での動きをダイジェストで記しておこうと思う。

まず、あの感動的な施政方針演説後のこと。

かなり踏み込んで、凜子は自分の今後の方針について語った。いままでの総理の施政方針演説というのは、ヘンにばら色で、ゆえにどことなく抽象的で、説得力がなく、上滑りするような内容のものが多かった。

「そんなことできるんかい」「できっこないでしょ」と国民は端からあきらめて聞くか、そもそも聞きもしないか、そのどちらかだったと言っても過言ではなかろう。

だから、まず、国民にじっくり聴いてもらい、かつ、じっくり考えさせたという点で、凛子のスピーチは評価されてもよい。これは、凛子のブレーンである「伝説の」スピーチライター・久遠久美の、縁の下の力によるところも大きかっただろう。

スピーチには、消費税率引き上げをはじめ、さまざまな政策が盛り込まれた。なかでも、消費税率を引き上げるにあたっては、低所得者や高齢者など、社会的弱者に配慮した取り組みが注目に値した。

消費税は三年以内に十五％に引き上げる。ただし、「複数税率」を導入することによって、国民の生活を圧迫することを極力避ける。

複数税率とは、消費する品目によって税率を変えて課税するという方式だ。食品や日用品、医薬品、月十万円以下の賃貸住宅の家賃、教育費など、ふだんの生活で必ず消費する物品に関しては軽減税率を適用し、外食、家具、ブランド品、宝飾品、車、住宅などには十五％の税率で課税する。この方式は、イギリスなどの諸外国で導入されている。

消費税とセットで、所得税、相続税の課税率も変更する。所得税は年収一千万以上、五千万以上、一億円以上と三段階で税率を引き上げる。逆に年収一千万円未満の所得税は減税する。お金を持っている人にはしっかり課税し、標準的な年収の人々やそれ以下の人々には減税することで消費を刺激しようというものだ。

同様に、法人税の課税方法にもバリエーションを設ける。新規に立ち上げた法人は、三年以内は少なめに課税。会社としての体力をつけてもらうように支援する。

事業が軌道に乗り年商が五千万円以上になった法人には課税率を上げる。成長に伴って課税率を上げていく。

また、若者の正社員雇用促進、女性の産休期間の保証、保育所の併設などを率先して行う企業には減税措置をとる。若者と女性が働きやすく、また、子供を育てやすい社会環境を創り出すために、国の予算をつける。

このように、凜子の考え方は、徹底して社会的弱者や一般市民の目線に立ったものだった。

凜子のポリシーは「すべての国民が明日への希望を持てる社会」を作ることだった。それを実現させるためには、いかなる厳しい政治的判断であれ断行する、というのが彼女の信念であった。

施政方針演説からは、彼女のその気持ちと決意が凜々と伝わってきた。

まっすぐで、ごまかしの一切ない、熱く、潔いスピーチだった。そう、相馬凜子そのもののごとく。

国会中継をともに視聴した我が研究所の面々は、皆、目頭を熱くしていた。伊藤るいさんなどは、感動的な映画のラストシーンを観ているかのように、滂沱《ぼうだ》の涙を隠しもしなかった。

私はといえば、鼻をすすって、涙があふれてしょうがないのを、ジャケットの袖でしきりに拭うばかりだった。我ながら、情けなかった。

身内だから致し方ないとはいえ、ちょっと感動し過ぎだろ、と自分にツッコミを入れたくもなった。

そうなのだ。研究所のメンバーは、全員、一国の総理大臣をかくも身近な存在として感じているので、そこまで感動したのだろう。凛子の政策を、かなりひいき目に受け止めていることも間違いなかった。

しかしながら、ここまで身近に感じることのできる総理大臣が、かつて存在しただろうか。

いままでの総理といえば、なんとなく「うさんくさい」「どうせ何を言っても聞き入れてくれない」「この人に任せていたら日本はダメになる」と、ネガティブなイメージばかりがつきまとう。総理が「国民の皆さんのために」と言えば言うほど、国民は鼻白み、いっそう距離感を覚える。それが、日本における総理大臣のイメージだった。

いままで長らく与党を独占してきた民権党が、政権を握り続ける限り、総理の首を替えても、また同じ繰り返しになる——と、もはや国民はあきらめていた。

誰が総理になろうと、どうせ何も変わりはしない。

そんな閉塞感を破ったのが、「日本初の女性総理大臣」の登場だった。

国民は、色々な観点から、相馬凛子に興味を持った。女性であることしかり、四十代前半の若さしかり、美人であることしかり、そして相馬家のヨメであることしかり。女に何ができるものか、と斜めに見ていた国民も多かったことだろう。バックに相馬財閥がついてるんでしょ、しょせん庶民の感覚なんかない人だよね、といういじわるな見方もあった。

が、しかし。

凛子は強かった。私の想像をはるかに超えて、たくましかった。

「女性」「若い」「美人」「金持ち」などの「あまりにも恵まれた」要素を超えて、「信念の人である」というイメージが、就任後数ヶ月のあいだに、国民のあいだに浸透していった。

そして、いかなる逆風にも、ネガティブな感情にも、決して負けない強さこそが、凛子の真骨頂だったのだ。

思い切って凛子を総理にするため後押しした原久郎さえも、彼女の強さがここまで本物であるとは、おそらく予想もできなかったことだろう。

凜子の支持率は、施政方針演説を行った翌週、驚くべきことに、八十％を記録した。消費税導入を明言したので、一定の支持率落ち込みは覚悟していたのだが、これには凜子の側近たちや直進党のメンバーも驚愕し、また大喜びだった。

就任当初から、若干上下はしたものの、就任以来ずっと高い支持率を維持し続けている。

「こんな総理大臣がほかにいますか？　すごいですよ、凜子さんは！」

と富士宮さんも興奮気味だったし、

「まったく、凜子さんには驚かされるわねえ。日本国民は、なんだってそんなにあの人が好きなのかしら」

と、わが母も目を白黒させていた（そしてどことなくちょっとうれしそうだった）。

しかしながら、凜子当人は、高支持率にいい気になるわけでもなく、踊らされるわけでもない。

ただ、しみじみと「うれしいことよね」と言っていた。

だからこそ、国民を裏切るわけには絶対にいかない――と。

さて。ここまでこの日記を読んだあなたは、おそらく、

「ああなるほど。ってことは、相馬総理、高支持率のまま消費税再増税に踏み切ったわけね。それでうまくいっちゃって、いまの日本があるわけね。なるほど、なるほど」

と納得されたことかもしれない。というか、未来がそうあればよいとの希望的観測のもとに、このようなことを書いている私なのだが……。

凛子の方針を、確かに国民は受け止めたようだった。が、当然、反発する面々も多かった。

特に反発したのは、経済界の人々である。

車や住宅を販売するメーカーなどは、猛反対だった。「消費税はすべての消費品目に同等に課すべきではないのか」「これでは差別税だ」と、不満が噴出した。

各経済団体の会長は、揃って記者会見を開いて、総理の方針に反対の意をとなえた。

「このような『格差』消費税は、経済界としては受け入れられない」

「すべての消費品目に同率の課税をするか、もしくは消費税率引き上げそのものを取りやめるべきだ」

「いままで日本の経済発展に寄与してきた大手企業には大打撃だ。法人税の課税方法も、常軌を逸《いっ》している」

「法人税がこんなに高くなっては、企業は日本を捨てて税金の安い海外へ流出してしま

うだろう」

　等々、とにかく不評だった。凛子は、まるで、経済界のすべてを敵に回してしまったかのようだった。

　ソウマグローバル総裁たる我が兄も、怒り心頭で、私をCEO室に呼びつけた。

　人払いをした部屋で、兄は私の顔を見るなり、いきなり怒声を浴びせかけてきた。

「おれは、もともと消費税率の再引き上げには断固反対だったんだ。それをなんだ、税率引き上げどころか、複数税率の導入？　笑わせるな！」

　バン！　と勢いよくデスクを両手で叩くと、兄は立ち上がった。私は、ドアの付近に立ち尽くしたまま、兄をみつめるほかはなかった。

　兄は、いらいらとした様子で、デスクの周りを落ち着きなく動き回っていたが、

「お前と凛ちゃんは、ほんとに夫婦なのか？」

　奇妙な質問をぶつけてきた。私は、意味がわからずに、

「それ、どういうことですか？　当然、夫婦ですが……」

　と答えると、「信じられないよ」と首を振った。

「夫婦だったら、自分の家業に有利に動くように意見するのが夫ってもんだろう？　お前は、ぼけっとしてるだけで、ちっとも役に立ちゃあしないじゃないか。うちに有利になることを、ちょっとでも彼女に提案したのか？　どうなんだいったい？」

「有利になるって……」私は、少々呆れて返した。

「それは、公私混同ですよ。僕の妻は総理大臣です。公的な立場にある人です。そんな人に、うちの家業に有利になる政策をひとつ頼むよ、なんて言ったら、裏で口をきいたことになるじゃないですか。そんなことを、あの潔白な凛子が、受け付けるはずがないでしょう?」

「馬鹿だな、お前は。ほんとうに馬鹿だ」

兄は、心底がっかりした、というように、ため息をついた。

「凛ちゃんが総理になったとき、経済界は一応期待していたんだぞ。彼女なら、斬新なやり方で、日本の製品を国際市場に売り込んでくれるだろうし、関税についても日本の経済界に有利に動いてくれるだろうから……。確かに国際市場への売り込みは好感触だったし、輸出拡大にも見込みが出てきた。でも、せっかく市場が上向きになってきたところに、さっそく増税をされちゃ、冷や水をぶっかけられるようなもんじゃないか。こんな状況に追い込まれたら、経済界はこのさき相馬総理を推さなくなるのは確実だぞ」

それは結局、凛子の政治家としての立場を危うくする、と兄は言った。

彼女をできるだけ長く政権の座に就かせておこうと思うなら、経済界を敵に回すような政策をするなと助言してやるのが、総理の夫の務めではないか、と。

「女房のためを思うなら、そうやって助言してやることも必要だろ? いざというときに、気の利いた助言もしてやれないなんて……お前は馬鹿だ。総理の夫失格だよ」

私は、ぐっと唇を噛んだ。

総理の夫、失格。……ずいぶんな言われようだな。

それでも、私は、兄の目をまっすぐに見て、言い返した。

「助言をしないのが、最大の助言だと……僕は信じています」


一月以降の国会は、相馬凛子総攻撃の様相を呈した。

まず、各党首からの代表質問。これは、施政方針演説を受けて、あらゆるツッコミを入れるのがお決まりである。当然、野党となった民権党の代表からは、「格差消費税＝複数税率」について、嵐のような批判とツッコミが入りまくった。

これに対して、凛子は、切々と、ていねいに、逃げることなくきちんと答えた。消費税担当大臣となる経財相もよく凛子をサポートした。どこかでぼろが出てしまったら終わりなのだ。慎重に議論を重ねなければならないということを、凛子の陣営も重々理解していた。

消費税に関する項目以外にも、国会で議論されなければならないことは多々あった。

次年度総予算に関して、凛子と基幹大臣は予算委員会で説明を尽くした。これは一ヶ月の議論ののちに、二月末に可決された。

　さて、そののちである。

「消費税を含む税制の抜本的な改革にかかわる具体的な改定内容を定める法案」を、凛子は国会に提出した。

三月、年度末が近づいている時期だった。ここから、六月の会期末まで、与野党でこの法案を通過させるか否かの議論が尽くされることになっていた。

　この頃、地元の支援団体の会合に出席した原久郎が、演説の中で、こう述べた。

「私は、相馬総理の消費税率引き上げ法案と、自分の考えが相容《あいい》れぬことを、はっきりと認識しました。よって、法案の成立には、反対せざるを得ません」

　どうやら原久郎が相馬政権に対して離反するらしい、との憶測はすでに行き交っていたが、明言したのは、このときが初めてだった。

　このとき、原久郎は、すでに相馬内閣を退陣させるために動き始めていたらしい。が、当然、凛子サイドもおとなしくそれを待ち受けていたわけではなかった。

　内閣に参画している連立与党の党首と、凛子は連日会談していた。原久郎が造反に動く可能性が高まっているが、どうか相馬政権運営のために引き続き力を貸してほしい。ここが我慢のしどころなのだと。

　各党首、議員は、原久郎からも水面下で打診されていた。

消費税率再引き上げは、時期尚早であり、国民の総意では決してない。

もし総選挙になれば、増税の旗を掲げた者は負ける運命にあるかもしれない。

相馬凛子を政権から引きずり下ろすために、一致団結して、まずは連立解消を突きつけよう。

そして解散に追い込み、選挙で勝った者たちで、もう一度新たな連立政権を造るのだ。

若さや見てくれやバックグラウンドには踊らされない、堅牢な政権、確固たる内閣を築くのだ。

必ずやそうしてみせると、私が保証する——。

「と、原久郎は与野党議員に話して回っているようなんです」

六月の梅雨《つゆ》入り後のあるとき、研究所から公邸まで送ってくれた富士宮さんを公邸内の会議室に呼び込んで、私は問うてみた。いったい、いま、原久郎の動きはどうなっているの？　と。

その頃、私と凛子とは、あいかわらずなかなか一緒に過ごせない日々を送っていた。凛子が国会で必死に闘っていることはよくわかっていたし、国会以外の業務でも、もちろん忙殺されていた。私はやはり彼女の外遊などに付き添うことを控え、いらぬ外出も知人との面会も極力避けていた。

もはやどんな小さなほころびも見出されてはならないのだ。私は、可能な限り、自分の行動を注意深く制限していた。

とはいえ、朝食時や就寝時など、数少ない接触の機会には、凜子の気分転換になるように、私はできるだけ政治の世界とは関係ない話をするように努めていた。そうなると、どうしても野鳥の話や私の研究の話題になる。あとは、最近読んだ本の話とか……たあいもないトピックばかりだったが、凜子は微笑んで耳を傾けてくれるのだった。

そんな状況だから、原久郎との水面下のバトルが、いったいどのくらい激化しているのか、想像もできなかった。どんなにつらい状況に追い込まれても、凜子は私の前では変わらぬ様子で、どこまでもポーカーフェイスなのだった。

それって夫婦としてどうなんだ？　と思いつつも、私も彼女の前ではいつもにこやかで「おめでたい」夫であろうと心がけていた。世の中では、そういう夫婦を「仮面夫婦」と呼ぶのかどうかは知らないけれど……。

そこで、党内の動きを常に把握している富士宮さんに、ほんとうのところ「凜子VS原久郎」はどんな感じなのか、聞いてみようと思い立ったのだ。

原氏が連立与党のメンバーに働きかけているのはわかっていたのだが、かなり具体的に接触していると知って、私は急に不安になってきた。ということは、国会の会期末あたりを狙って、原氏は造反の道をつけることだろう。

「総理の旗色はどうなんですか。かなりの議員が、反相馬凜子に回る可能性は……」

「大きいですね」富士宮さんは、妙に落ち着き払って答えた。「原さん率いる民心党の議員数自体、けっこうなボリュームですから。少なくとも野党と民心党を合わせれば、内閣不信任案が提出されれば、可決される可能性が高いです」

それはわかっている。だから、すでに各党議員が、解散総選挙を見越して動き始めているのだ。

それにしても原久郎、いったいどこまで腹黒い男なのだろう。

もともと自分が所属していた民権党を牛耳れないとわかったとたんに離反し、いままた新たに「政権復帰しないか」と、甘い言葉で接近するとは。もちろん自分が総理大臣になることを前提として、アプローチしているに違いない。いったん野党に下って苦汁を舐《な》めた民権党は、なんとしても再び与党に返り咲きたい。そのためになら「原総理」の条件も喜んでのむことだろう。

とはいえ、凜子だって、おとなしくこの状況を傍観しているはずがないのだ。

「……このままではすまないのでしょうね」

私のつぶやきに、富士宮さんがこくりとうなずいた。

「ええ、やりますよ、総理は。がつん、とね。もうまもなくです。日和さん、なかなか凜子さんから詳しい話を聞けずに落ち着かないでしょうが、大丈夫ですよ。総理はちゃんとやってくれます」

気がつけば、いつしか富士宮さんにも、女武将のたくましさが備わっていた。

そして迎えた国会会期末。

内閣不信任案が提出される前、その決議を待たずして、凜子はついに伝家の宝刀をすらりと抜いた。――そう、自ら「解散」したのだ。

その日、そのとき、国会の衆議院会議場は、万歳三唱で大いに沸いた。私は、公邸で、国会議事堂から戻ってきた凜子を迎えた。

「やったね」と、私は短く告げた。

おつかれさまというのも変だし、おめでとうというのでもない。うまい言葉がみつからなくて、そう言ったのだった。

凜子は、ふっと微笑んで、うなずいた。そして、言った。

「私、絶対に負けないから」

かくして、凜子一世一代の夏の陣――総選挙の火蓋が切られた。

21

二〇××年八月十日　快晴

これでもか、というほどの、みごとな快晴。

午前八時三十分、すでに強い日差しが照りつける中、凛子と私は、首相専用車で、文京区内の某小学校の選挙投票所入り口に到着した。

車外に出ると、いっせいに、カメラのシャッター音がパシャパシャと響き渡った。

「凛子さあん！」「そうりん！」「日和さあん！」「ひより〜ん！」と、集まった人々の中から声がかかる。

声の上がったほうに向かって、凛子がにっこりと笑いかける。たちまち、わあっと歓声が上がる。

続いて私も、ぎこちなく笑いながら、四方に向かってていねいに頭を下げる。とたんに、どこからともなく拍手が湧き起こる。

凛子と私は、決戦の場・投票所へと到着した。ＳＰに囲まれ、驚くほど大勢の報道陣の中を、体育館へと移動する。

体育館の中にも、報道陣は待ち構えていた。海外のメディアも複数来ている。凛子と私の一挙手一投足を、カメラが追いかける。凛子はいつものように——いや、いつも以上に、さわやかな様子。私のほうは、かちんこちんに固まってしまって、右足と右腕を同時に前に出しそうになりながら、投票用紙を手に取り、エンピツを握る。手の内側には、じっとりと汗をかいている。

私たちは、同時に、記入台のあるブースに向かった。

投票用紙に、慎重に、一文字一文字、心を込めて、私は、私の妻の名前と、もう一枚の用紙にその政党名を書き込む。

相―馬―凛―子
直―進―党
書き終わると、じっとみつめて、ほんの一瞬、目を閉じた。

相馬凛子。

我が妻の名前。そして、日本初の女性総理大臣である人の名前。

この国を救うべく、信念を持って立ち上がった人の名前。

どうか、この名前が、もう一度、国会議事堂内で呼ばれますように。

内閣総理大臣、相馬凜子君――と。

凜子と私は、同時にブースから出てきた。一瞬、目を合わせると、彼女の目がうっすらと微笑んだ。

祈りを込めて、投票箱に、投票用紙を入れる。その瞬間を待っていた報道陣のために、ゆっくりと滑り込ませる。おびただしい数のカメラのシャッター音が響き、テレビカメラが回る。

出口で、凜子は、再び報道陣に囲まれた。

「選挙戦、闘ってみて、いかがでしたか」「勝算はありますか」との問いに、凜子はにこやかに応対した。

「すべては国民の皆さま方の判断に委ねました。精一杯、走り抜きました。悔いはありません」

そのコメントは、42・195キロを走り切ったあとの長距離ランナーのようなすがすがしさに満ちていた。

再び、校門へと出てくると、凜子を待ち構えていた人々が、歓声を上げて、次々に握手を求めてきた。SPが止めようとしたが、凜子がそれを逆に制止した。

すぐにでも党本部へ戻らなければならないにもかかわらず、彼女は、投票所での滞在時間を大幅に延長して、人々と握手を交わし、記念撮影に応じた。ゆえに、私も、一緒になって握手を交わし、記念撮影に収まった。

この二週間ほど、全国何十ヶ所もの場所を、凜子は奔走し、人々と握手を、会話を交わしてきた。私も、研究所の夏の休暇を最大限に生かして、凜子の応援のために参戦した。

正直、私なんぞがしゃしゃり出る幕ではないと思った。私が立候補したわけではないし、ソウマグローバルの役員である私が、経済界のトップがいっせいに反発している相馬凜子の応援に駆けつけるなどすれば、兄が気分を害するのは目に見えている。おとなしくしていたほうがいいのではないかと思っていた。

ところが、富士宮さんから「凜子さんの応援演説に、ぜひとも立ってほしい」と要請がきた。「凜子さんたっての依頼です」と。私は耳を疑った。

「そんなこと、凜子からは、ひと言だって聞かされていないですよ」

というと、「じゃあ、直接確かめてくださいよ」と、意地悪なことを言われてしまった。

その晩、寝る直前に、

「僕なんかが、その、選挙のために、何か役に立つのかな？」

と訊いてみると、

「あなたじゃなくちゃ、だめなのよ」

さらりと、軽やかに返ってきた。

で、結局、一度ならず数回も、応援演説に駆り出されてしまった。まあ、そのときの話は、今日の日記の後半で、少し書き留めておくことにしよう。

選挙期間中、一日も休むことなく走り切った凛子。

思えば、去年の今頃も、選挙に臨んでいた。その後、まさかの総理大臣選出。そしてまさかの原久郎離反。さらに、まさかまさかの解散総選挙……。

怒濤の日々、とひと言で片付けるには、あまりにも壮絶な日々だった。

驚くべきことに、この一年間、凛子がまともに休んでいるのを見たことがない。休息はと言えば、ごく短い食事の時間と、やはりごく短いお風呂タイムと、一日平均四時間程度の睡眠のときだけだろうか。

それでもひどい肌荒れなどはなく、いつもつややかな、花の顔《かんばせ》を維持できるのは、ときどきしている「超よく効く」美容パックのおかげだろうか……。

「これすっごくいいわよ、って、総理愛用のパック、プレゼントしてもらっちゃいましたあ」

などと、富士宮さんが大喜びだったことがある。まったく、そのときばかりは、彼女も素の三十代半ば女子に戻っていた。その後、富士宮さんの顔も、心なしかつややかになったような気もする。

怒濤の日々でも、難しい局面でも、あくまでも軽やかに、高々と越えていく。

凛子は、まるで、ペガサスに乗ったジャンヌ・ダルクのようなのだった。


とまあ、この日記をここまで読み進めていたあなたが、「肝心の選挙のところを全然書いてないじゃないか！」と怒り出さないように、もちろん、少し時計を巻き戻して、凛子が選挙戦をどう闘ったかを、書き留めておこうと思う。

正直、選挙のあいだは、とてもじゃないが、日記を書こうという気にはならなかった。そわそわ、はらはら、どきどきで……って、選挙ならずとも、凛子が総理になってこのかた、ずっと気の休まる暇がなかったわけなのだが。

しかし、ここ半年ほどは、凛子は遠からず解散総選挙に打って出るであろうと予測していたし、そうなったらとにかくなんであれ、夫として彼女の力になろうと覚悟していた。ずうっと「いざ鎌倉」状態が続いていたので、そっちのほうが気分的にはそわそわ感が強かった。ゆえに、さあ総選挙だとなったとき、意外にも、私は落ち着いて受け止めたのであった。

とにかく、今回の選挙戦が始まって、いちばん驚いたのは、我らが秘書官・島崎君が、立候補したことであった。

いままでの彼の働きを買って、ぜひにもということで、凛子イチ押しで立候補させたらしい。島崎君自身は、「凛子さんの秘書でいたいんです」と懇願したらしかったが、凛子はそれを許さなかった。「今度は私のためにではなく、国民のために働いてほしい」と強く推して、島崎君は地元の山形一区から立候補した。

山形一区には、もと原久郎の私設秘書だった神部智宏《かんべともひろ》氏が立候補した。これは負けられない闘いとなった。

凛子は、山形一区には選挙戦中、二回も応援に駆けつけた。島崎君に乞われて、どういうわけか私も応援演説に担ぎ出された。「私なんか役に立たないから」と固辞したのだが、「いいから、いいから」と無理矢理引っ張り出されてしまったのだ。

島崎君の立候補に思わず目を奪われてしまったが、実は、総選挙を予想して、凛子以下、直進党選挙対策委員のメンバーは、全国規模で立候補者擁立に奔走した。そして連立与党のうち、直進党と手を組み続けると決めた新党おおぞらと革新一歩党もまた、この選挙に勝って、原久郎の支配なき連立与党を再結集させ、日本再生のために汗を流すと約束してくれた。「おおぞら」と「一歩」もまた、全国に立候補者を配置した。

とにかく、この三党、プラス、新党平和、日本新進党の少数政党二党、直進党寄りの無所属議員を合わせて、なんとしても、衆議院議席数の過半数——二四一議席を勝ち取らねばならない。

一方、原久郎率いる民心党、野党に転落した民権党、さらには連立解消後、凜子から離れると表明した新党かわる日本の三党には、圧倒的な地盤の強さがある。加えて、民心党や民権党は経験豊富な政治家が多く、選挙運営にも長けている。二世、三世議員も多い。

いざ選挙となれば、原久郎側の圧倒的勝利に終わるだろう、というのがおおかたの予測なのだった。

原氏は、実はそれも見越していて、すべて仕組んできたかのようでもあった。あまり早く自分が造反を表明すると、凜子がすぐにでも解散してしまいかねない。高支持率のうちに解散となれば、ひょっとすると、凜子側にも勝算が出てくるかもしれない。なにしろ、増税を明言しても高支持率をキープした総理大臣は、過去に前例がほとんどないのだ。凜子は、異例中の異例だった。

増税に関しては、じゅうぶんに議論を重ね、国民にも「やはり増税は困る」とまず思わせる必要がある。少しでも総理の支持率を下げ、その間に自分は水面下で各党首に打診し、解散総選挙に勝利して、その後、自分と再度連立を組まないかと囁いて回る。味方を確保し、万全の態勢で総選挙を迎える。

これは、原久郎が前与党だった民権党を離反して、凜子に連立を持ちかけたときのシナリオと、ほとんど変わらない戦略である。

ゆえに、凜子は、先手を打って出た。原氏が連立与党の党首に囁きかけるまえに、凜子も動いたのである。

凜子も、各党首を個別に官邸に招いて、協議をした。が、やっかいなのは、凜子の場合、その動きがマスコミを通して丸見えなのである。

以前にも書いたことだが、総理大臣ともなると、新聞各紙が「官邸の一日」的な記事を、毎日紙面に掲載する。誰が官邸に出入りしたか、誰と面談したか、プライバシーにかかわること以外は、とにかく自らの行動はガラス張りにする。それが総理大臣の務めでもあった。

ゆえに、凜子が活発に党首たちと会談していることは、原久郎はもちろん、国民にも知られることとなった。

原氏は、負けじと党首たちに協議を持ちかけた。「総理の側につくと、今度の選挙で負けますよ」と。

選挙で負け知らずの原氏に、「あんたは負ける」と言われることが、国会議員にとってどれほど怖いことなのか。私は、議員経験がないのでわからないのだが、相当怖いことなんじゃないかと推察する。

選挙に負けるということは、議員ではなくなること。「代議士先生」と崇《あが》め奉《たてまつ》られてきたのに、急に「普通の人」になってしまうのだ。

次の選挙まで、地元に帰って、細々と、地味〜に、町会に参加したり、お祭りで甘酒を振る舞ったりしなくてはならないのだ（と、あくまでも想像だが）。

永田町で大いばりしていた経験が長い議員であればあるほど、この「下野する」感覚は、相当怖いはずだ。

だから、原久郎に「一緒に勝ちましょう」と言われれば、そりゃあ代議士経験の長い人ほど、「そうしましょう」となるわけだろう。

従って、現役総理大臣とはいえ、凛子の囁きよりも、原氏の囁きのほうが、より強力で、魅力に富み、説得力のあるものとして、各党首・各有力議員の耳には響いたに違いない。

しかし、凛子とて、そうなることは百も承知である。

かくなる上の彼女の戦略は、「絶対に過半数の議席を獲得する」ことであった。そのためには、選りすぐりの「闘う国会議員」となってくれそうな政治家の卵を、各地で立候補させるしかない。

まだ国会の会期中から、凛子は、選挙対策委員たちに指示して、水面下で立候補者の打診を開始した。彼女がかつて所属していたシンクタンクには、政策調査をしていたときに集めた、全国の論客、学者、研究者のリストが蓄積されている。また、反原発デモなどで活躍した著名人、文化人など、さらには、一般人の中でも、オピニオンリーダーとして知られる人。政治家を目指す若者で、凛子のポリシーに強く共感している人。有能な起業家、アントレプレナーにも、立候補の打診をすることにした。

選挙戦が始まるやいなや、凛子イチオシの候補者たちは「凛子キッズ」「烏合の衆」「ド素人《しろうと》集団」等々、マスコミから揶揄《やゆ》された。これは、当然、原久郎サイドが焚き付けてのことに違いなかった。

このようなマスコミのあおりもあって、選挙戦は、相馬凛子VS原久郎の様相がくっきりと浮かび上がった。

凛子が掲げたマニフェストには「日本再生のための再増税」「脱原発」「個々が自立し、助け合う社会の実現」の三点が挙げられた。

国家予算を一から見直し、無駄を徹底的に省いた上で、意味があったと実感できる再増税をおこなう。

原発以外のエネルギー供給源を確保し、脱原発に向けてロードマップを作り、実践する。

少子化対策に力を入れ、企業の雇用システムを抜本的に変え、女性と若者が働きやすい社会を構築する。そして、個々が自立し、互いに助け合うことのできる社会を創出する。

もちろん、いまの日本には、数え切れないほど幾多の問題が山積している。が、凛子は、あえてこの三つに争点を絞り込んだ。そして、原久郎サイドよりも先に、解散総選挙となった数時間後に、素早くマニフェストを掲げたのだった。そうすれば、原氏は、凛子と反対のマニフェストを掲げざるを得ない。

原久郎の水面下の動きもあって、経済界は、いっせいに凛子のマニフェストに反発を唱えた。

そりゃそうだろう。再増税も、脱原発も、雇用の抜本的な見直しも、経済界には受け入れられないことばかりだ。

当然、私は兄に呼び出された。そして、一方的に宣言された。「おれたちは、残念ながら、凛ちゃんをもう一度総理にする気はない」と。

「総理になった彼女を、ずっと支援するつもりだったが、もう我慢の限界だ。彼女には幻滅した。彼女の夫である、お前にもだ」

私は、以前と同様に、兄の言葉を黙って受け止めるほかなかった。兄は、続けて言った。

「いまなら、まだ間に合うぞ。もし、お前から彼女に、マニフェストを撤回するように働きかけて、日本の経済界とがっちり手を結んだ政策を打ち出せるなら……経済同朋会、それ以外にも、影響力のある経済団体が、全部味方についてくれるぞ。どうだ？」

私は、思わず苦笑してしまった。いまさら何を提案しても私が受け入れるはずがない、とわかっていて、兄は言っているに違いなかった。

「何笑ってるんだよ」兄は、いらいらしながら言った。私は、もう笑いが止まらなくなってしまった。

兄は、たまらなくなったように、インターホンで秘書を呼び出した。そして「この頭のおかしいやつを、すぐにここから連れて出ろ」と命じた。

秘書室副室長の若本さんが、あわてて入ってきた。そして、私を伴ってＣＥＯ室の外へ出た。

廊下へ出たとたん、「申し訳ありません」と若本さんは、ごく小さな声で詫びた。

「私も、他の社員の多くも、ほんとうのところは、相馬総理を応援したいのです。総理のマニフェストは明確だし、本気で日本を救おうとしているのも伝わってきます。あんな総理大臣、見たことない。驚きですよ。……ですが、社長の手前、どうしても……」

「いいんですよ」私も、そっと囁き返した。

「皆さんのお気持ちは、痛いほどわかります。兄だって、ほんとうは、凛子を応援したいはずです。けれど、立場を考えると、そうもいかないのでしょう」

にっこり笑って、私は続けた。

「それでも、凛子は、きっとこの闘いを乗り切ると信じています」

そうだ。私には、わかっていた。影響力のある経済人の中にも、きっと凛子を応援したいと思ってくれている人がいる。表立って表明することはできなくても、無言のうちに一票を投じてくれる人もいるはずだ。

凛子の打ち出した政策は、決して日本経済を悪化させるものばかりではない。最初のうちこそ苦しいかもしれないが、長い目でみれば、再増税、脱原発、社会システムの変革は、日本を再起動させ、経済を活性化させることができる。先見の明がある経済人であれば、必ずそう理解できるはずだ。

自分自身はからきし経済や経営は苦手なのだが、日本を代表する経済人を祖父に、父に、兄に持つ私は、心のどこかで信じていた。ほんものの経済人であるならば、凛子を応援してくれるはずだと。

そんなことを口にすれば、おそらく、母などには、「まったく、あなたはおめでたい人ね」と言われてしまうのがおちなのだろうけれど。

ところが、その母は、こっそりと、凛子を後押ししてくれていた。

選挙期間中、何人かの経済界の大物が、私宛に電話やメールで連絡をくれた。「おおっぴらにはできないが、密かに応援している」という人や、「うちは、誰が何と言おうと相馬凛子を全面的に支援する」という人。彼らは、揃って「ご母堂から連絡をもらった」と言った。「ご母堂がわざわざご挨拶に見えた」と教えてくれた人もいた。

相馬凛子を、どうかよろしくお願いいたします。

相馬家の嫁だから、言うのではありません。あの人の本気がわかるからです。あの人こそは、日本の経済界を、この国の危機を救う人。彼女にしか、できません。ええ、わかるのです。わたくしとて、女ですもの。無駄な争いはせず、命を育《はぐく》み、支え合って生きる社会を作る。そんなことを堂々という総理大臣が、いままでいましたて？

亡き主人に代わって、わたくしが保証いたします。

相馬凜子が、この日本を、必ず変えていくはずです――。

母は、そんなふうに言ったのだという。

私は、心が震えた。熱いものがこみ上げた。感謝の気持ちをすぐに伝えたかったが、選挙を乗り切るまではと、胸にとどめた。

凜子の夫であり、母の息子であることを、私はどれほど誇りに思ったことだろう。


そして、迎えた今日。決戦の日曜日。

相馬凜子と原久郎。勝利の女神は、いったいどちらに微笑んだのか。

すぐに結論を書くには、少し惜しい気がする。ゆえに、この続きは、また明日、書くこととしよう。

22

二〇××年九月二十八日　快晴

九月一日、午前九時五十分、首相官邸。

正面ロビーへと続く大階段の赤い絨毯が、やけに目にまぶしい。

大勢の報道陣が、階段前に詰めかけている。皆、固唾をのんでその瞬間を待ち構えている。

私は、富士宮さん、SPの屈強な男性二名とともに、報道陣のいちばん後ろに陣取って、やはりその瞬間を、息を殺して待っていた。

やがて、時計の針が十時ちょうどを指した瞬間。会場が、いっせいにざわめいた。

――来た。

階段の上の踊り場に、颯爽と現れたのは、我が妻・相馬凛子。

黒いイブニングドレスに純白のジャケット、襟元にはパールのネックレス。すっきりと撫で付けたショートカットの髪も凛々しく、長く熱い選挙戦を終えて、生まれ変わったようにすっきりと、すがすがしい表情だ。

凛子に続いて、大臣の面々が登場。濃紺や漆黒のイブニングドレスの裾《すそ》が、黒いタキシードとともに、軽やかに翻る。なんと、女性大臣が半数を占めているのだ。

凛子を先頭に、正装した大臣たちは、心地よい緊張感とともに、いとも優雅な足取りで、大階段をゆっくりと下りてくる。カメラのフラッシュが、いっせいに閃光《せんこう》を放つ。

隣りに立っている富士宮さんが、くすくすと笑うのが聞こえた。背伸びをしながら、夢中になって大階段を眺めていた私は、「……ヘンな顔」との囁き声を耳にして、富士宮さんのほうを向いた。

「え、誰がですか？　総理が？」

と訊くと、

「まさか。日和さんが、ですよ」

なおもくすくす笑いながら、富士宮さんが答えた。

「すっごいまぶしそう。目を細めて、ついでに鼻の下も伸ばしちゃって……」

私は、あわてて、両手でごしごしと顔をこすった。

「いや、お恥ずかしいです。フラッシュが、あんなにいっせいに光るものだから……」

「嘘ばっかり」と、富士宮さんは、したり顔で返してきた。

「まぶしいんでしょ？　凛子総理が」

図星だった。我が妻ながら、目を開けていられないほど、私にはまぶしく見えたのだ。

第一一二代内閣総理大臣、相馬凛子率いる第二次相馬内閣。

この日、堂々、再出発を果たしたのだった。


去年に引き続き、真夏の合戦となった今回の総選挙は、原久郎VS相馬凛子の対立がくっきりと浮かび上がった戦いだった。

再増税に異を唱え、再び強力な保守派支持層を後ろ盾として、ベテラン議員で勝ち抜こうとした原久郎。

対する凛子は、再増税ありきの経済再生・脱原発・相互に助け合う社会の構築を目指して、理想論ではなく、あくまでも現実に即した政策を国民に提案することで、原氏が振り下ろす鋭い矛をかわそうとした。

そして、迎えた投票日。

ふたを開けてみれば、凛子一派が辛くも勝利を収める結果だった。

全国で直進党が擁立した新人候補が次々に当選、そしてその多くは女性候補だった。

また、直進党と政策を同じくし、第二次相馬内閣の連立与党となった暁には合流すると約束した各党の立候補者も、当選を決めた。

結果、直進党は九十二議席を獲得の大躍進。選挙前はわずか十議席だったことを思えば、奇跡に等しい。

新党おおぞら（五十一議席）、革新一歩党（三十五議席）、新党平和（十九議席）、日本新進党（十四議席）、直進党寄りの無所属候補者（三十五議席）を合わせて、結果的に二四六議席を獲得したのだった。

この選挙戦で、いかに凛子が奔走し、汗を流して戦ったかは、前回書き記したので、今日の日記では繰り返すまいと思う。

が、振り返ってみると、これほどまでに国民が凛子を支持した背景には、「もう決して後戻りしてはならない」という彼女の本気が、熱をもって伝わったことがあったのではないかということだけは、特筆しておきたい。

凛子は、選挙戦で、繰り返し叫んだ——。

絶対に、絶対に、絶対に、私たちは後戻りをしてはなりません。

かつての与党、保守派が、何十年もこの国を支配して来た結果が、いまの日本なのです。

私は、皆さんとともに、生まれ変わる決意をし、この国を再起動させ、皆さんとともに再出発することだけに、執着してきました。

今回、解散総選挙の道を選んだのは、この国を後戻りさせないため。

国民の皆さんとともに、前進するためなのです。

この国を、かつて与党だった人たちに再び預けるわけにはいかない。それは過去への後戻りだからです。

彼らは自分の利権を守るために走り、この国が間違った道を逆走することには微塵《みじん》も関心を寄せないのです。

そうなっては、いけない。絶対に、いけないのです。

私は、増税という茨《いばら》の道を選びました。原発を撤廃するという、簡単ではない、けれどまっすぐな道。高齢者、若者、女性が、生き生きと輝いて進んで行ける、狭いかもしれない、けれど着実な道を示しました。

それらの道のすべては、現実に、皆さんの目の前から未来へと続いている道なのです。決して、絵空事ではありません。

保守派が描いているのは絵空事。増税なくして経済の再生はあり得ません。社会保障はあり得ません。原発に依存し続ける限り、女性が子育てしにくい社会である限り、不安定な雇用システムを捨てない限り、日本は新しく生まれ変わることはできません。

皆さん、私を信じてください。私とともに、ただひたすら前進、まっすぐに進む。それのみを思い描いてください。

絶対に、私は、皆さんを裏切りません。必ず、あなたの手を取り、肩を抱き、ただのひとりも置き去りにしません。

絶対に、絶対に、後戻りをしてはなりません。


声がかれてガラガラになるまで、凛子は叫んだ。叫び通した。

それは、まさしく真実の叫び。魂の叫びだった。

街頭演説で、聴衆の多くは、盛んに拍手を送り、凛子の名を呼び、涙していた。自分だとてもうじっとしていられない、という熱気が聴衆から立ち上っていた。それほどまでに、凛子の訴えは切実で、胸に迫ったのだ。

選挙戦の最終日、凛子は新宿駅西口の街頭演説車の上に立った。驚くべき数の聴衆が詰めかけていた。街頭演説が認められているのは、法律上、午後八時まで。そのぎりぎりの瞬間まで、彼女は叫び続けた。最後には、声にならない声を振り絞って。

「皆さん、どうか、ご一緒に……一緒にこの国を……変えていきましょう！」

最後のひと言。魂の叫びを、私は、街頭演説車の上で、彼女の横に立ち、聴いていた。

恥ずかしながら、こみ上げる涙をこらえるのに、ほんとうに苦労した。ここで私が泣いてしまっては、凛子が何を言われるかわからない。「泣き虫・弱虫・なさけなし。総理の夫は甲斐性なし！」などと、週刊誌に書かれてしまっては、選挙戦の有終の美に泥を塗ってしまう。それだけは、避けなければならない。

しかし、あなたはもはやお気づきだろうが、私は、けっこう涙腺が緩い。特に、凛子関係の感動シーンをテレビで観たり、その場に立ち会ったりすると、もう決壊寸前になってしまう（そして実際あっけなく決壊する）。

選挙戦を正々堂々戦った凛子が、声を失うまで叫び続ける真横に立っていて、泣かずに済ますのは、私にとってはほとんど拷問《ごうもん》に近かった。

が、凛子のお抱えスピーチライターであり、選挙演説のコンサルタントを務めた久遠久美さんに、「最後まで、決して泣かないこと」と、厳しく言われていた。「日和さんが泣き出したら、総理だって泣きたくなっちゃうでしょ」と。総理のためにも、決して泣くなとのお達し。「それに、いくらイケメンでかわいい旦那さまだからって、さすがに四十男が男泣きしたら聴衆はドン引きよ」とも。

さすが久美さん、勘が冴《さ》えている。私が感動のあまり泣き出すことをお見通しだったのだ……ってどんだけ泣き虫なんだ私。

そりゃそうだ、ふと気がつけば私はもう四十歳手前。いくらなんでも泣いちゃいかんだろ。

で、「最後まで絶対泣きません」と久美さんとは確約して（この約束、幼稚園レヴェルな気がするが……)、応援に駆けつけることとなった。

最初は「恥ずかしいですよ、そんなの」と、選挙の応援に出向くのは気乗りしなかったのだが、最後のほうになると、もうそんなことは言ってはいられない、何でもいい、どんなことでもいいから、妻の役に立ちたいと、私も奔走した。そしてたどり着いた、最後の最後、新宿駅西口の演説。

ほんとうに、血を吐いて倒れるのではないかと思った。けれど、凜子は、最後の瞬間まで、前を向き、勇ましく、美しく、選挙戦を締めくくった。私は、もう必死になって、超決壊寸前の涙腺を、顔中の筋肉を総動員してどうにかこうにか止めた。思うに、相当ヘンな顔だったんじゃないかと思う。考えてみると、泣き出すよりもそっちのほうが、テレビを観ていた人たちにはドン引きだったんじゃないだろうか……。

最後の演説を終えて、凜子はまっすぐに顔を上げた。その目には、うっすらと涙が浮かんでいた。凜子は、私を振り向いた。走り切ったランナーの、さわやかな笑顔だった。いままで見た中で、いちばん輝く笑顔だった。

あ……だめだ。もう、涙が……。

とうとう堪え切れなくなった。そして、どうにかそれをごまかすために、私は、我ながら意外なことをしてしまった。

両手を伸ばし、凜子を、しっかりと抱きしめてしまったのだ。

おおーっと歓声が上がるのが聞こえた。それから、地鳴りのように、いっせいに拍手が湧き起こった。

凛子は、決してドン引きすることなく、私の背中にマイクを握ったままの両手を回し、ぎゅっとしてくれた。

歓声と拍手で、周りのいっさいの音が奪われた。けれど、私の耳には、はっきりと響いたのだった。

私の妻の声。オオルリのごとき、キビタキのごとき、しゃがれても、なお美しい囁きを。

ありがとう、日和クン。

あいしてるよ。

第二次相馬内閣発足直後から、凛子は間断なく政治改革に乗り出した。

マニフェストは国民との契約。これを守り、実行しなければ、自分は総理大臣でいる資格はないと、所信表明演説でも、再び熱く語ったのだ。

この国は、もう絶対に後戻りしない。どうあっても、前進するのみなのだと。

国民の熱狂的な支持によって、再び船出をした凛子。彼女自身、もう後戻りはできないとの覚悟であると、誰もが感じていた。

だからこそ、彼女はきっと改革をやり遂げてくれるはずだ。その期待は、いやおうなしに高まっていた。

選挙で勝ち抜いたその翌朝。すべてが始まるまえの早朝に、まっさきに出向いたところがある。

それは、私の実家だった。

選挙中、特に私からは話さなかったのだが、母が経済界に働きかけてくれていたことを、凛子はちゃんとわかっていた。

私の母は、早朝であるにもかかわらず、きちんと着物を着て、背筋を伸ばし、再び総理大臣となる相馬家の嫁を出迎えた。

応接室に母が姿を現すと、凛子はソファから立ち上がって、深々と頭を下げた。そして、言った。

「このたびは、ご支援、ほんとうにありがとうございました」

母は、いつものように、つんと取りすました表情だったが、凛子の言葉に、ふっと笑みを口元に寄せた。そして、返したのだった。

「やったわね」

それから、いたずらが成功した童女のごとく、着物の袖を口に当てて、くすくすと小気味よく笑ったのだった。それにつられて、凛子も、そして私も、思わず笑顔になった。

「ほんとうに、お義母さまのご支援がなければ、私、経済界全部を敵に回して、当選がかなわなかったかもしれません」

正直に凛子が言うと、

「あら、そんなことはなくってよ」

平然と母が応えた。

「私はちょっと意見しただけ。相馬凛子ではなく、原久郎が総理になったら、いったいこの国がどうなるか、想像してごらんなさいましな、ってね。経済界のお偉方は、さすがに頭がいい方ばかり。この国が沈んでしまったら、自分の会社も経済も何も、一緒に沈んでしまうんですからね。そのくらいの想像力は、皆さん、お持ちだったようよ」

それから、にっこりとして、

「まあ、ただしうちのもうひとりのどら息子だけには、きっちり意見しておきましたけどね。あなた、弟のお嫁さんを突き放したければ、そうなさい。その代わり、あの方が総理にならなかったら、あなたを解任して、日和をソウマグローバルのCEOにするわ。そのくらいのことは、わたくしには雑作もないことよ……ってね」

母の「意見」に兄が従わなかったことは、いままで一度もない。よって、兄とソウマグローバル傘下の社員もまた、きっと凛子一派に投票してくれたに違いなかった。

凛子は、兄にもすかさず電話をした。凛子によれば、兄は、少々悔しそうに、けれど熱意を込めて言ったそうである。「本気で日本経済を再生してほしい。三度目はないからね」と。望むところです、と凛子は応えたそうだ。

そして、原久郎。

一世一代、総理大臣の座を賭けた戦いに敗れた将軍は、選挙直後の敗北宣言で、ひと言、ひと言、噛み締めるように言ったのだった。

「私が、弱かったわけじゃない。相馬さんが、強かったのです。あの強さは……あれは、本物だ。あの人ならば、ほんとうに、この国を……きっと変えてくれるでしょう」

テレビに映し出されたその顔は、実に悔しそうだった。けれど、さすが大物政治家、ぐずぐずと泣き言は言わなかった。政権奪回がかなわなかったのは、自分の力不足ばかりではない。相馬凛子が国民に選ばれたのだ、彼女こそが総理大臣にふさわしいのだと、潔く認めたのだった。

第二次相馬内閣発足直後、凛子は党首会談も精力的に行った。日本を変えていくためには、野党と反目ばかりしているわけにはいかない。今後、国会で次々に火急の重要法案を可決し、施行していかなければならないのだ。野党各党と足並みを揃えていく必要性を、凛子はよくわかっていた。

凛子が最初に出向いたのは、原久郎のところだった。ふたりのあいだで何が話し合われたのか、定かではない。手厳しい意見のひとつやふたつ、食らったかもしれない。しかし、政治家としての手腕は原氏が政界随一であると、凛子が一目置いていることには変わりなかった。原氏に何を言われようと、しっかりと受け止めたに違いない。

と、ここまで凛子が勝ち抜いたことばかり書き連ねてしまったが、きっとあなたが気にしているだろう、我らが島崎君のことも書き記しておかねばなるまい。

島崎君は、見事、当選した。その喜びようと言ったらなかった。喜ぶあまり、必勝だるまの目玉を真っ黒に塗りつぶしてしまったほどだ（混乱してどう目を入れたらいいかわからなかった、と本人の後日談）。島崎君の選挙事務所の必勝だるまは、そんなわけで、独眼竜政宗《まさむね》になってしまった。

新人国会議員にして、総理の信任が厚い彼は、首相補佐官に就任した。彼の活躍の場は、いっそう広がることとなった。

そして、「相馬日和付き」広報担当だった富士宮あやかさん。彼女は、その能力が買われて、直進党の広報部長に抜擢された。

もはや総理の夫も二期目、あらぬ行動に出ることはないだろう、ということで、私付きの広報担当者はいなくなり、代わりにＳＰの男性が研究所の行き帰りを警護してくれることになった。少々さびしく思ったが、富士宮さんのためにはそのほうがよかろうと、私も、もちろん、彼女の昇進を喜んだ。

ところが――。

思いがけないことが起こった。

昇進が決まった富士宮さんは、逆に、直進党を去る決意を固めたのだった。

「相馬日和付き」広報担当者として、最後の挨拶に出向きたいと、富士宮さんが、凛子と私を首相公邸に訪ねてくれた。三日後の十月一日には辞令が出る、という今日の夜、十時頃のことである。

ほんとうにひさしぶりに、凛子が早く帰邸し、幹部との夜のミーティングもない日だった。よく考えると、凛子のスケジュールを隅々まで把握していた富士宮さんは、この日このときしかあるまいと、覚悟していたに違いない。

公邸にはたくさんの会議室や応接室があるのだが、比較的小さな応接室に、富士宮さんを招き、夜勤の家政婦さんにハーブティーなど淹れてもらって、私たち三人はソファに腰を下ろした。

腰掛けるなり、富士宮さんは、バッグの中から一通の封書を取り出し、凛子と私に向けて、すっとテーブルの上にそれを滑らせた。封書には「退職願」の三文字が、はっきりと書かれていた。

私は、驚きのあまり、ソファから滑り落ちそうになった。凜子は、凍りついたように、封書の表書きをみつめている。

「……申し訳ありませんっ」

感極まったように、ひと声詫びて、富士宮さんは頭を下げた。そのまま、顔を上げずにいる。凜子の目を見て話せないのだ、と私はすぐに察知した。

「もっと早く、届け出るべきでした。けれど、第二次相馬内閣が発足して、順調に滑り出したばかりだったし……そのうえ、私を昇進させてくださるお話までいただいて……なかなか、切り出せなかったんです」

下を向いたままで、富士宮さんは、途切れ途切れに話し始めた。いつもはきっぷがよくて、滑舌のいい元気女子である彼女が、息が詰まるほど、苦しそうに話してくれた意外な事実。それは――。

彼女は、妊娠していた。いま、二ヶ月目に入ったところだった。

道ならぬ恋に落ちてしまったのだと、打ち明けた。妻子ある相手と、深い仲になってしまったのだと、打ち明けた。

相手は、政治家ではなく、ごく普通のサラリーマン。大学の同窓生で、去年から「選挙になったら直進党を応援してほしい」と、同窓生のあいだで活発に運動をしていた富士宮さんが、その際にひさしぶりに会い、そうなってしまったのだという。

昔、好きだった人。いけないと思いながらも、どんどん、のめり込んでしまった。妊娠だけはしてはいけない、周りに迷惑がかかると気をつけていたつもりだったのに……。それが現実に起こってしまって、どんなに悔いたことだろう。

彼と結婚できる算段はない。それに、産んでしまったら、直進党の仕事ができなくなる。大好きな凛子さん、日和さんを後方支援できなくなる。

やはり、産むわけにはいかない。

迷った挙げ句、彼に妊娠を告げた。そして、中絶するということも。彼は、ひたすら謝った。中絶費用も出すと言った。手術のあとも、都合のいい話だけれど、できればずっと付き合いたいとも。けれど、そのすべては、もちろん君次第だと。

富士宮さんは、選挙戦を終えたら、ひっそり中絶して、彼ともすっぱり別れようと決意を固めた。

けれど……。

日に日に、お腹の中で、小さな、小さな命が育っていく感覚がある。この命は、自分が産みさえすれば、人間になって、人格をもち、成長して、社会にはばたく。そういう可能性の、希望の種なのだ。

母になって、命を育む。それは、人間として、女性として、ひょっとすると、どんなことよりも大切な「仕事」なのではないか。

そう気がついた。そして――退職願を書いたのだ。

「党の広報部長として働きながら、ひとりで子供を育てるなんて、無理がありますし、どう考えても周囲に迷惑をかけてしまいます。しかも、父親のいない子供です。それが知れたら、周りになんて言われるか……。もしかすると、凛子さんまであれこれ批判されてしまうかもしれません。それがいちばんつらいんです。だから……実家に帰って、両親に子供の面倒をみてもらいながら、別の働き方を模索します。それが、いちばん現実的です」

富士宮さんは、ずっと下を向いたままで、いっさいを打ち明けた。その声は、途中から涙声に変わっていた。けれど、言葉のひとつひとつには、強い意志がみなぎっていた。

私は、思わず天井を仰いだ。

ほんとうに、こんなとき、男というのはなんと無力な生き物なのだろう。

母になる決意をした女性。その強さに心打たれながらも、何ひとつ、明確なアドヴァイスをしてあげることもできないのだ。

どれほど、つらかっただろう。きっと、体調が悪いのをどうにか我慢して、選挙戦を凛子とともに戦ったのだ。体調以上に、精神的にもきつかっただろう。

離職する決心を固めるまでの彼女の心中を思い、私は、またしても涙がこみ上げてしまった。

ほんとに、馬鹿なのだ。役立たずなのだ、私は。けれど、どうにも涙腺が――。

と、そのとき。

凜子の形のいい指がすっと伸びて、卓上の退職願に触れた。そして、そのまま、富士宮さんのほうへと、音もなく滑らせたのだ。

「これは、受け取れません。……撤回してくれますか」

凜子の声が響いた。富士宮さんは、ようやく顔を上げた。その目は、涙でいっぱいに潤んでいる。

彼女の瞳をみつめて、凜子は、静かに、けれど力に満ちた声で言ったのだった。

「あなたの言う通りよ、富士宮さん。子供を産んで育てるのは、それを選んだ女性にとっては、その人の人生においても、社会においても、もっとも大事な『仕事』だと、私も思う」

女性が子供を産んで、安心して育てられる社会。出産後も仕事に復帰できる労働システムを作る。母子家庭をしっかりサポートする。恵まれない家庭であっても、母親に子育てを放棄させない。

それが総理としての自分に課せられた、もっとも大事な「仕事」のひとつなの。

それを実践しましょうよ、と凜子は言った。いつしか、テーブル越しに富士宮さんの両手を取って。

「大丈夫。心配しないで。私が、きっと守る。あなたと、あなたの赤ちゃんを」

富士宮さんは、肩を震わせて、泣いた。

凛子の言葉に、何度も何度も、うなずきながら。

ふたりの女性を見守りながら、私がついに涙を我慢できなかったことは、むろん言うまでもない。

23

二〇××年十二月十五日　曇りときどき雨

いまから少し遡《さかのぼ》って、第二次相馬内閣が発足して一ヶ月くらいのことを書いておこう。

政治改革断行のために、凜子は臆することなく、果敢に大鉈を振るい始めた。

自分がもう一度、総理として再登壇できたのは、国民の応援あってこそ。「ほんとうに日本を変えてほしい」という、切実な思い、熱い期待があってこそと、凜子は強く認識していた。

内閣発足直後の内閣支持率は、なんと八十八％。驚異的な数字を叩き出した。

第一次相馬内閣発足時の支持率をも超え、国内はもちろん、海外のマスコミでも大きく取り上げられた。

当然、各国の首脳陣も、凜子の政治手法に注目していた。

九月末に開催された国連総会でのスピーチも、前回以上に、多くの聴衆、つまり各国代表が席を立たず（いままでは日本の首相のスピーチなど国際的にはまったく人気がなく、始まったとたんいっせいに離席するというのが普通だったらしい）、流暢《りゅうちょう》な英語での凛子のスピーチに耳を傾けてくれた。

この人物は、本気で、日本を変えようとしている。そして、本気で日本のプレゼンスを高めようとしている。

いまの凛子は、間違いなく、誰の目にもそう映っているのだ。

そして、「変えていく」というイメージだけではなく、実行しなければ意味がないと、当然、凛子はわかっている。

国民の圧倒的支持を集める女性総理大臣。二度目の登壇では、人気キャラクターに納まるだけでなく、その真価を問われることになる。

二年後の、消費税率引き上げ施行も確定した。税金が上がる分、社会に還元していかなければならない。

凛子の改革の大鉈は、まず足下に振り下ろされた。

閣僚も含めて、全議員の給与を削減。ＪＲ券・航空券等の無料配布、議員宿舎の利用料、海外視察、議員年金等、国会議員の特権の見直し、廃止。ほとんど議員全員を敵に回しかねない断行であったが、「私たちは本気で国民の痛みを分かちあっていますか？」と、凛子は問いかけた。ちなみに、「自分の給与は、任期中、研究員時代の給与レベルに戻す」ことにした。

国家予算歳出の徹底的な見直し。これは、かつて民権党内閣が行った「仕分け」とは一線を画するもので、官僚の天下り先となっていたかたちばかりの政府系財団法人や、どう見ても必要のない公共事業など、予算的にインパクトのある案件を廃止したり凍結させたりを断行した。これは、第一次相馬内閣のときから徐々に実行され、一年経っていっそう大掛かりに見直されることとなった。

エネルギー政策も、脱原発に大きく舵を切った。現在、すべての原発は停止状態にあったが、それらの再稼働を凍結。風力や他の再生可能エネルギーによる発電所を増築し、各地の原発は廃炉に向けてのプロセスに入る。すべての原発の廃炉完了には数十年を要するし、使わなくなった核燃料をどう処分するかなど、なおも課題は山積していたが「とにかくもう原発には頼らない」という強い意志を、凛子は貫く決意であった。

そして、雇用・少子化・高齢化対策。各企業の正社員雇用の増強を促すために、正社員をより多く雇用する企業には給与補助や減税をする。契約社員やパート社員の社会保障を強化、これについても政府が補助する。契約社員に対して安易な契約打ち切りを許さないため、労働基準法の改正にも乗り出した。

各自治体主催の「婚活」イベントに補助金。出産一時金のほかに、出産にかかる費用への健康保険の適用。ゼロ歳児から中学生まで、育児・教育にかかる費用は、各家庭個別の申請に基づいて「こども育成助成金」を給付。各地の駅周辺に託児所・保育所を作り、保育士数を大幅に増やす。社内に託児所を設ける企業には、補助金給付と減税措置をする。高齢者が地域の子供たちの面倒をみるプログラムを運営するＮＰＯへ助成をする。

高齢者の在宅介護のため、派遣介護士数の増員。介護士の賃金を上げるために、介護資格所有者には補助金を給付。高齢者介護施設の増築。各自治体のシルバーセンターへの助成。お年寄りと若者、子供たちの交流の機会を作るＮＰＯへの助成。

……等々、凜子が乗り出した政治・社会改革の数々は、国民一般には大いに歓迎され、企業関係者には渋い顔をされるものばかりだった。

もちろん、景気対策や外交なども決して怠ることはできない。あれもこれもあっちもこっちもどっちも、枚挙にいとまがないほど、凜子はめまぐるしく働き、闘わなければならなかった。

が、結局、このくらいの大鉈を振るわなければ、いつまで経っても日本は変わることはできない。少子高齢化に悩み、社会的弱者が苦しみ、多くの国民が将来に備えてせっせと貯蓄ばかりに励み、結果、経済は停滞し、日本の国力は衰えていく。

いずれ誰かがやらなければならないのなら、私がやる。それが、再び総理大臣になった自分の使命なのだから。

凛子の英断は、もはやすがすがしいほどであった。

最初から、すごいひとだと思っていたが、これほどまでにすごいとは。

私は、我が妻に感服し、感動し、感極まるばかりだった。

そして、彼女への尊敬と愛はいや増し、深まる一方であった。


第二次相馬内閣が始まってから、私たちの家庭内にも、ささやかな変化が訪れた。

凛子は、朝は私の起床とほぼ同じ時間に起きるようになった。家政婦さんではなく、私が作った朝食をともにし、私が淹れたハーブティーで一日を始める。そして、夜十時以降は完全にプライベートな時間を確保した。

就寝までの数時間は、私と会話をしたり、好きなクラシック音楽を聴きながら小説を読んだり、パックをしたりして、くつろぎのひとときを楽しんでいた。

どうやら、彼女は、自分自身の生き方を——「総理大臣・相馬凛子」ではなく、「一個人、ひとりの人間としての自分」を、よくよく検証してみたらしい。

気がつけば、仕事、仕事、仕事の生活。もとより、自ら望んでそういう生き方をしてきたわけだが、いつもゆとりがなく、かつかつしている自分にようやく気がついて、このままではいけない、と思ったそうだ。

総理になってからは、家庭も顧みず、猪突猛進《ちょとつもうしん》してしまった。総理の夫たる私に対しても、気配りが足りなかったと反省したのだった。

どうして日和クンと結婚したのか、ちょっと考えてみたんだ。

あるとき、就寝まえに、ベッドに腰掛けて私と向かい合い、凛子は突然、そんなことを言い出した。

私、すごく自己中心的な人間だと思う。自分のことばかり、考えてきた。

どうしたら、思うように仕事をすることができるか。どうやったら、誰にも邪魔されず、自分で決めた道を突っ走っていけるか。

とても正直に言うと、あなたは、私が自分の道を脇目もふらずに走っていくのに、ぴったりの伴走者だったのよね。

あなたは、とてもやさしい人。私が成し遂げようとすることに、文句ひとつ言わず、いつだって、黙って支えてくれた。

私は、あなたがやさしいのをいいことに、自分のやりたいことだけをやってきた。

自分勝手で、調子のいい妻だったと思う。

でもね、今回、もう一度総理になって、ようやく気がついたの。

あなたがいなかったら——あなたの支えなしに、たったひとりで、私はここまで闘い抜くことができただろうか、って。

あなたがいなかったら、私、総理大臣になれただろうか、って。

あなたをはじめ、お義母さまや、直進党のスタッフ――多くの人に支えられて、私、ここまで来た。

周りの人たちの支援や激励がなかったら、きっと途中で挫折していた。

原先生のような辣腕《らつわん》の政治家、宿命のライバルの存在も、私を奮い立たせてくれた。

感謝してるよ。ひとりじゃなかったことに。

私と一緒にいてくれたことに。

これからも、ずっと、一緒にいてね。――日和クン。

凜子は、少し照れくさそうに微笑した。総理大臣ではなく、相馬凜子というひとりの女性――私の愛する妻が、そこにいた。

私は、例によって、うれしさのあまり、涙がこみ上げてしまった。

が、私もいちおう男。こんな場面で泣いてばかりもいられない。

あのさ。と自分のベッドに腰掛けていた私は、少々居住まいを正して、思い切って言ってみた。

――ちょっとだけ……そっちにいっても、いいかな？

今夜は、もっと近くにいたいから。

凜子は、いっそう微笑んで、小さくうなずいた。私も微笑んで、彼女のベッドへと移った。

そうして私は、ひさしぶりに、我が腕の中に凜子を感じた。

ほっそりと、こわれそうな、けれどしなやかで、あたたかな体。

いいにおいがした。まるで、バラの花束を抱きしめているようだった。


十一月中旬、首相公邸にひさしぶりに富士宮さんが訪ねてきた。

「富士宮さん！　元気でしたか」

声をかけると、富士宮さんは、たちまち弾けるような笑顔になった。

「日和さん！　おひさしぶりです」

直進党の広報部長に就任して一ヶ月と少し。相馬内閣が国民の期待に応えるべく機能していること、そして直進党党首としての凜子がいつも国民のことを思って行動していることを伝えるために、昼夜を分かたずに奔走している富士宮さんだった。

公邸で、まさかの「退職願」提出の場面に立ち会ってしまったが、その後、凜子の説得もあり、一転、直進党の広報部長として、仕事をやり抜く決意をした。

富士宮さんが「総理の夫付き」広報担当でなくなってしまったのは、少々さびしい気持ちがないとはいえなかったが、島崎君しかり、凜子をもり立ててくれた若き逸材たちが成長するのを見るのは、何よりうれしいことである。

そりゃあ毎日の送迎に付き添ってくれるのは、ＳＰのむくつけき男性よりも、若い美人のほうがいいには決まっているが……。

「その節は、いろいろと面倒なお話をしてしまって、すみませんでした。……でも、凛子さんだけじゃなく、日和さんが一緒に聞いてくださって、うれしかったです」

富士宮さんは「退職願」を提出するに至った経緯を、凛子とともに私にも告白した。とても、とても深い事情があったことを、正直に話してくれた。

妻子ある人の子供を宿したと、富士宮さんは打ち明けた。

凛子と党に迷惑をかけてはいけないと辞表を書いた彼女の心情は、いかばかりだったであろうか。

おろおろする私とは対照的に、凛子は、富士宮さんにはっきりと言ったのだった。あなたとあなたの赤ちゃんは、私が守る――と。

いま、富士宮さんは妊娠四ヶ月。もともとスリムな体型だからかもしれないが、言われなかったらわからないほど、あいかわらずほっそりとしている。

「どうですか、赤ちゃんは？　順調に発育していますか」

私の問いに、彼女はとてもうれしそうな表情になって「はい、おかげさまで」と答えた。

「あまりつわりもなかったし、いままで通りに仕事できています。生まれるまえから母親思いのいい子です」

そう言って、いとおしそうに、そっとお腹に手を当てた。

聞けば、毎日、いままで通りに、いや、いままで以上に残業もこなしていると言う。

「そんなに無理をすると、差し障りがあるんじゃないですか」

心配になって言うと、

「大丈夫ですよ。別に病気じゃないんだし、いつも通りに仕事をしたっていいって、産婦人科の先生にも言われました。自分の体調のことは、自分がいちばんよくわかってますし、無理なんて全然してません。むしろ調子がいいくらいです」

平然としている。もはや、貫禄《かんろく》すらも漂わせている。

母になる女の人というのは、こうも肝が据わっているものなのだろうか、と私は感心した。

「すごいですね、富士宮さん」と私は、すなおに感動を口にした。

「落ち着いて、しっかりしていて……すごいなあ。いや、以前から富士宮さんはすごい人だって思っていましたが……お母さんになるって決めて、ますます輝いている。それに、きれいになりましたね」

「え？　ほんとですか」と富士宮さんは、頬を染めた。

「わあ、うれしいな。この一年、日和さんとご一緒してて、そんなふうに言われたこと、なかったのに……なんだか、ご褒美をいただいたような気分です」

ちょっと照れ笑いをして、

「それもこれも、全部、凛子さんのおかげですよね」

しみじみと言った。

毎日会うことはできないけれど、凛子は、富士宮さんからの報告書にきちんと目を通し、メールで指示を出す。そしていつも聞くのだそうだ。あなたにとって、いま、いちばん必要なことは何ですか。そして、これから必要なことは何ですか？　と。

ひとりで子供を産み育てる決意の富士宮さん。彼女がこれから懸念なく子供を育てていけるよう、具体的に社会整備をしていくことが、相馬内閣にとって大切な課題《イシュー》のひとつなのだと、凛子は考えていた。

これは、富士宮さん個人のみのイシューではない。社会全体で考え、支えていかなければならないイシューなのだ。少子化対策に真剣に取り組むための、相馬内閣の意志の表れでもあった。

凛子さんには率直に意見を言わせていただいている、と富士宮さんは言った。

何より大切なのは、職場の理解。産休、育児休暇後の職場復帰はもちろんのこと、小さい子供がいるお母さんは、急に帰宅しなければならないこともあるだろうし、遅刻や欠勤することもあるだろう。そんなとき、「子供がいる女性はだめだ」と冷たい目線で見ることなく、「子供のケアをするのは大切なこと」と、職場全体で理解し、支えることが重要だ。

そして働く母親をサポートする、託児所や保育所の整備。なかなか託児所がみつからなくて、職場復帰できない女性が数多く存在する。託児所や保育所の数を増やし、保育士の数も増やすことが急務だ。それらは、できれば駅に近いほうがいい。お母さんが子供を預けてすぐ、会社へ行けるように。

母子家庭のお母さんを、経済的にも精神的にも支援することも必須だ。母子家庭には育児や教育のための補助金を手厚く、また、お母さんたちが孤立しないように、地域で支えるプログラムの整備が求められる。

そんなふうに、富士宮さんは、できるだけ具体的に、これから子供を産み育てる上で必要となることを、凛子に伝えている。

そして、凛子は、富士宮さんに、直進党広報部長としてのミッションを与えた。母子家庭のみならず、働くお母さんたちの声を広くすくうためにアンケート調査を行うこと、ツイッターやフェイスブック等のネットワークで意見を募ること、等々。同時に、政府としても同様の活動を開始し、少子化担当大臣を窓口とした。

「ほんとに、凛子さんは行動の人です」

富士宮さんは、恐れ入ったという感じで、感嘆を隠さなかった。

「私の一件は、たまたまそういうタイミングだっただけで、第二次相馬内閣発足まえから、『ワーキングマザー』への支援については、かなり考えておられたようです。とにかく、実行すると決めていたみたいです」

少子化対策をしっかりしなければ、日本の国力は今後ますます落ちるだろうことは、かなりまえから憂慮されていたことだ。

けれど、消費税率引き上げと同様、児童手当などを一時的に導入しつつも、決め手に欠けていた。若者が将来に希望を持てない、結婚できない、子供も持てない、産んだとしても子供を預けるところがない、職場復帰が難しいなど、負の連鎖を断ち切れず、少子化対策の特効薬が存在しない状況であった。

凛子が総理になったとて、特効薬・即効薬がないことには変わりない。が、だからといって傍観しているような人でないのだ、相馬凛子という人は。

「少しずつかもしれないけれど、状況は変わっていってるんですね」

私の言葉に、富士宮さんはうなずいた。

「ええ。この状況を変えずにおくような総理ではありませんから」

今度こそ、今度こそ。この国は生まれ変わる。

国民の多くが、大いに期待を募らせていた。そして、凛子は、着実にそれに応えようとしていた。

もはや、変革の流れを決して止めるわけにはいかない。去年以上にハードなスケジュールをこなしつつ、彼女の輝きはいや増していた。

そんな凛子自身に、人生最大の変化が訪れた。

それは、あまりにも突然の——あまりにも驚くべき「変調」だった。

24

二〇××年三月三日　曇り

凛子の様子がおかしいと気がついたのは、ひと月ほどまえのことだった。

通常国会が始まり、施政方針演説も昨年以上に感動的な（そして実質的な）ものとして完成度を増し、凛子は総理大臣として、もはや堂々たる風格を備えていた。「世界でもっとも影響力のあるリーダー」として、「タイム」誌の表紙を飾り、「美し過ぎる総理大臣」として女性誌の表紙に登場もした。凛子の足を引っ張ろうとする輩は、たちまちネットで総攻撃を食らう。国民の圧倒的人気の前では、百戦錬磨のベテラン国会議員もヘタなことはできない、という雰囲気になっていた。

あまりにも人気が過熱してしまったので、かえって凛子はナーバスになってしまった。

「ひとり勝ち」の状況が必ずしも安定をもたらすとは、彼女は思ってはいなかった。好敵手の存在が、闘う意識を高めるものなのだとわかっていた。そういうふうに考えることと自体が彼女のすごいところなのだが、とにかく、原久郎さえも影を潜めたいまとなっては、かえって突然、思いがけないことで足をすくわれることもあるかもしれないと、慎重になっていた。

彼女がいちばん恐れていたのが、「慢心」だった。何をやってももう大丈夫、国民が応援してくれると、甘えた気持ちを一ミリでも生じさせてはならないのだと、それはもう日々気にかけていた。凛子いわく、慢心とは意識しない瞬間にこそ生じるものなのだと。だから、私がいい気になってるようだったらどんどん指摘してね日和クン、と妙なことを頼まれた。野鳥観察ばりに妻を監視して、「ちょっとちょっと、慢心が出たよ！」とでも言えばいいのだろうか。木陰にメジロのつがいをみつけるのが得意な私でも、さすがにそれはハードルが高い気がするのだが……。

むしろ私は、彼女がストイック過ぎる性質のあまり、自分を追いつめてしまうことのほうがよっぽど気になった。

「そんなに気にしなくても大丈夫だよ。君はちっとも慢心なんかしてないよ」と言うと、「そうかなあ……」と考え込んでしまう。そういう様子は、なんというか、凛子らしくなかった。

総理大臣として、仕事をばりばりこなしているときの凛子は、ちっとも弱音を吐かないし、強気でがんがん押していくのが爽快なくらいであった。

が、その頃は、いろいろなことが一段落して、心に余裕ができたというか、自省する機会も増えたのだろう。それは別に悪いことではない。

プライベートな時間を意識的に作ることや、私への思いやりも五割増しになったことなどは、大変よいと思うのだが、神経質に自分を分析したり、急に気持ちがふさいだりするのが、その頃、凛子に起こった顕著な変化だった。

いつも精神的に安定していて、ちょっとやそっとのことでは揺らがないのが彼女の持ち味であったはずなのだが、プライベートな時間、彼女は「気分が悪い」とか「気持ちがふさぐ」とか、私にこぼすようになった。話をしているうちに、次第に気持ちが悪くなって、トイレに駆け込むこともあったし、食欲がないと言って朝食を食べないこともあった。私のほうは、心配のあまり、夜も眠れなくなってきた。

もしや、病気になってしまったのではないだろうか。

半年に一度、凛子は定期健診を受けていた。総理たるもの、体調は常に万全でなくてはならない。まめにメディカル・チェックをするのも、ストイックな凛子ならではのことだった。

ちょうど、次回の定期健診が数日後のスケジュールに入っていた。もしも何かあれば、そのときにわかるはずだ。

そう思うと、私の心配は、ますます激しく募ってきた。

もしかして……ひょっとして……万が一、とても悪い病気だったりしたら……命にかかわるような重篤な取り返しのつかない進行中のむちゃくちゃ深刻な状態だったら……

私はどうすればいいんだ？

もちろん、すぐに入院させて、最善の処置をしてもらわねばなるまい。そして、即刻、総理大臣を辞任してもらわなければ。

え？　ちょっと待て待て待て、そんなのアリか？　いま絶好調の凛子が辞任？　ようやく日本を変える総理大臣が登場したっていうのに？　そんなの国民が許すのか？

いやいやいやいや、そんなのなしだろ。やりきらなきゃだめだろ。国民の期待がこれだけ高まってるんだ、途中降板なんてムリだろ。だいいち、凛子が途中で職務を放棄するわきゃないだろ。

いやいやいやいや、そうじゃなくて。命にかかわることなんだ、しょうがないじゃないか。国民だってわかってくれるはずだ。そこをなんとか説得するのが、総理の夫たる私の役目なんじゃないのか。

え？　説得するの？　私が？　国民を？

えええ？　どうやって？

凛子が定期健診を受けて一週間後。

朝食の味噌汁を作りながら、あれこれと余計な心配を巡らせて、頭の中がだんだん真っ白になってしまった。それで、その日の朝の味噌汁は、若干塩分濃いめに仕上がってしまった。

いただきます、とひと口味噌汁を啜って、凜子は、すぐに箸を置いた。そして、まっすぐに私を見て、言った。

「あのね、日和クン。大事な話があるんだけど……」

どきりとした。

私は、口元までもっていった汁椀《しるわん》を、あやうく落としそうになった。汁椀どころか、心臓が転げ落ちそうだった。

「あ、ごめんごめん、今日ちょっとしょっぱめになっちゃったよね、お味噌汁。やっぱり、作り直したほうが……」

ごまかそうと言ってみたが、手の震えはごまかしようがなかった。

――きた。ついに。その瞬間が。

ああ凜子。君は、君はやっぱり、不治の病に冒されていたのかッ――。

「……妊娠したの」

――――は？

私は、言葉を知らぬサルのように、ぽかんとして、凜子をみつめた。

凜子の瞳には、喜びと、戸惑いと、そしてどこかしらちょっとおかしそうな、不思議なきらめきが宿っていた。

首相公邸第三応接室、午後九時十分。

テーブルの周りには、凜子、島崎君、富士宮さん、そして私が座っていた。

「絶句」というのを人のかたちにしたら、そのときの島崎君と富士宮さんがそれだっただろう。とにかく、まったく、ぜんっぜん、言葉がない。そういう感じで、ふたりとも、「え」というかたちに口を開いて、それっきり、絶句していた。

「いま、九週目に入ったところで、いたって順調だそうよ」

落ち着き払って、凜子が言った。

妊娠七ヶ月目に入った富士宮さんは、「あ……わ……」と、何か言おうとして、口をぱくぱくさせた。そして、

「あのっ、あのっ……凜子さんっ。お……おめでとうございますっ！」

ようやく言葉が飛び出した。凜子は、にっこりと微笑んで、「ありがとう」と言った。

富士宮さんは、今度は私のほうに向かって、「日和さん、おめでとうございます！」と喜色満面で言った。

「パパになるんですね。日和さん、パパに！　すごいすごい、すごぉい！　やった、やったあ！」

少女のごときはしゃぎようである。私は、なんと返したらよいのやら、照れくさいやら戸惑うやらだったが、凜子にならって「あ、ありがとう……」と、いちおう礼を述べた。

一方で、島崎君は、すなおに喜べないようだ。硬い表情を崩さずに、

「どうなさるおつもりなんですか、総理」

ストレートに訊いた。凜子は、おだやかな微笑を浮かべた顔を島崎君に向けた。

「まずは、もっとも私に近いブレーンであるあなたがたふたりに、率直な意見をいただこうと思って、この場を設けたのよ」

もとより、凜子の気持ちは固まっていた。

——懐妊されてます、ってドクターに教えられたとき、心の中に、最初に浮かんだ言葉があるの。

私に妊娠していることを告げた朝、凛子は、顔を輝かせて言った。

ありがとう。……そのひと言が、まっさきに、ふっと浮かんだんだ。

私の中に宿った命は、私を選んできてくれたような気がしたの。

私、こんな立場よね。難しいよね。ふつうのお母さんみたいに、家族みんなで喜んで、出産の日を指折り数えて待つ、っていうわけにはいかない。産むとすれば、考えなくちゃいけないこと、説得しなくちゃいけない人、もっといえば、この国の行く末までも考えて、全部クリアにして、それから出産の日を迎えなくちゃいけない。

でも、だからこそ、この命は、私を選んで宿ってくれたのかな、って思ったの。

ねえ、きっと乗り越えられるよね。乗り越えてくれるよね？　って、言われているような気がして。

難しい、難しい問題。いまこそ、私自身が自分で解かなくちゃ。

だからね、日和クン。私、この子を産むことにした。

私、お母さんになるよ。あなたの子供のお母さんに――。

「もちろん、喜ばしいことですよ」と、島崎君は、こわばった笑顔で言った。が、めちゃくちゃ戸惑っている。男というのは、女性から妊娠を聞かされたとき、とにかく戸惑うものなのかもしれないと、私はつくづく思った。

「第二次相馬内閣は、少子化改善内閣の旗印を掲げているくらいですから……それを、総理自身が体現するって、いやほんとに、正直、前代未聞というか、なんというか……」

そりゃあ当然、前代未聞だ。女性総理大臣自体が、前代未聞なのだから。

「僕らの意見を聞きたい、っておっしゃるのは、つまり……その……」

島崎君は、一瞬言いよどんだが、すぐにきっぱりと問いかけた。

「出産のために総理大臣を辞任するかどうかについて、意見を聞きたい……ということなのでしょうか」

凛子は、ゆっくりとうなずいた。

「そういうことです」

部屋の中が、再び、しんと静まり返った。

島崎君は、苦渋の表情で、腕を組み、すっかり考え込んでしまっている。富士宮さんも、さきほどまでの喜ばしい様子から一転、めまぐるしく思考を巡らせているのか、眉間にしわを寄せ、テーブルの上一点を凝視している。

私は、ふたりの複雑な心中を慮った。

凛子が懐妊したことは、もちろん喜ばしいことである。特に、富士宮さんにとっては「同志」が増えるようなものだろう。出産の苦しみも母となる喜びも、敬愛してやまぬ凛子と共有できるというのは、シングルマザーとなることを選んだ彼女にとって、何にも勝る励みになるに違いない。

富士宮さんの場合、予定日の一ヶ月まえまで勤務し、出産を経て、三ヶ月後に職場復帰する、というスケジュールになっていた。実家の両親とも話し合い、母親が育児のサポートのために上京し、とりあえず一年間、富士宮さんと同居することも決まったという。その間に託児所を探すということだった。

我が妻、凜子の場合はどうか。

誰あろう、相馬凜子は日本の内閣総理大臣なのである。

妊娠中は体調が崩れやすいこともあるだろう。国会で答弁中に具合が悪くなれば、全国放送で国民に目撃されることになる。

考えたくはないが、万が一にも流産などの危機に瀕する、なんてことになった場合は、緊急入院ということもありうる。その間の政治の空白をどう埋めればよいのか。

順調にいったとして、「じゃあ産休に入りま〜す。あとよろしく」と、あっさり退場……というわけにもいくまい。

子供が生まれたあとだって大変だ。凜子が、たとえば総理大臣の座に復帰したとして、いったい、誰が、どうやって、赤ん坊のケアをしたらいいのか。

富士宮さんのようなわけにはいかない、凜子の母親は他界してしまっているのだから。

じゃあ、私の母に、その役を？　……自分の息子（つまり私）すら、乳母に任せたようなあの人に？

「……日和さんは、どうお考えなんですか」

　富士宮さんが、いきなり私にふってきた。私は、ちょうど、自分の母が何か役に立つだろうかと考えていたところだったので、「いや、ムリでしょう」と、つい口走ってしまった。

「ムリ？」富士宮さんが、目をきっとさせて私をにらんだ。

「いやいやいや、ムリじゃありません」私は、あわてて訂正した。

「もちろん、私は……私は、正直、手放しでうれしかったです。結婚して十年以上、まさかいまになって子供ができようなんて、もう夢にも思わなかったくらいですから……」

　無責任なようだが、私自身の気持ちは、ただただうれしい。それに尽きた。

　もちろん、あれこれ困ったことは起きるに違いない。戸惑いも、大いにある。けれど、何かひと言、いまの気持ちを表現するとしたら、この言葉しかない——。

「——ありがとう」と、私は言った。

「ありがとう、です。凛子から妊娠したと伝えられて、私の心にも、その言葉ひとつが、真っ先に浮かびました」

　ありがとう、凛子さん。お母さんになると、決心してくれて。

こんなに難しい立場なのに。乗り越えなければいけない険《けわ》しい山が、またしても目の前に出現したというのに。

君は微塵も動じず、それを乗り越えようとしている。

ならば、僕だとて同じ。揺るがず、焦らず、どこまでも、君についてゆこう。

いや、今度は違う。今度こそ、僕が君を、君と子供を引っ張ってゆこう。

「このさき、いかなる試練があろうとも、私が凛子と子供を守ります」

凛子は、私に静かな視線を注いでいた。その瞳は、熱く潤んでいた。富士宮さんも、涙をうっすらと浮かべた目で、私をみつめていた。

島崎君は、長いことためていた息を放った。そして、言った。

「総理。日和さん。……おめでとうございます」

かちかちに固まっていた表情を緩めて、島崎君は続けた。

「すみません。ほんとうは、最初にお祝いを言うべきでしたね。でも、政局のことばかりを考えてしまって……。今後の政局を、内閣をどうすべきか。それを一緒に考えるのが、僕らの仕事なんですよね。総理も、日和さんも、覚悟を決めていらっしゃるなら、当然、僕らもがんばるしかありません」

ようやく笑顔になった。富士宮さんも、微笑んで言った。

「そうですよ。絶対、どうにかなる。いえ、どうにかします。だって、総理がここまで、この国をどうにかしようってがんばってこられたんですから。その意志を引き継がなくちゃ嘘になります」

凛子は、「ありがとう、ふたりとも……日和クンも」と、私たちの顔を見渡して言った。

「ここからは、本音を聞かせてほしいの。子供を産む、ということを前提に、私は、今後どうするべきか」

島崎君は、再び両腕を組んで、沈思黙考に入った。富士宮さんは、テーブルに身を乗り出して、

「総理。まさか、辞任するなんてお考えじゃないでしょうね」

ぐぐっと迫った。絶対にそれだけはやめてほしい、と全身で表している。凛子は黙したままだ。

「いや、僕は……僕は、正直、やはり……凛子さんは、このさき、総理大臣の職を続けるのは難しいと思います」

島崎君は、少し言いにくそうに、しかし意を決した様子で口を開いた。

「うちのヨメが妊娠したとき、体調にも波があって、つらそうでした。彼女も会社員で、ぎりぎりまで働いていましたが……子供が生まれるのを機に、退職してもらいました。小さい子供は熱が出やすかったり、とにかく目が離せない。彼女は職場復帰したがって

いたので、託児所に預けることも考えたんですが、やっぱり子供は母親にそばにいてもらうのがいちばんじゃないかって……」

「ちょっと！」富士宮さんが目を吊《つ》り上げて、大声を出した。

「何それ!?　退職『してもらった』って、どういうことですか!?　奥さんは働きたがってたのに、島崎さんが辞めさせたんですか？　何それ、あり得ない！　『子供は母親にそばにいてもらうのがいちばん』って、そんなのあたりまえじゃないですか！　それができて仕事も辞めずにすめば、世の中の働くお母さんは皆ハッピーですよ！　それができないから苦しんでるんでしょ？　それができないから、そうするために、相馬内閣が必死に動いてるんじゃないですかっ！」

ものっすごい勢いである。島崎君は、強烈な一撃を食らって、カメのように首をすっ込めてしまった。

「まあまあ、落ち着いてよあやかちゃん」

凛子は、苦笑しながら富士宮さんをなだめた。そして、

「でもまあ、言葉は選んだほうがよさそうね、島崎君？　妊娠中の女性は、何かとデリケートですから」

ちくりと刺した。島崎君は、すみません、と恐縮しながら、

「……つまり、ですね。普通の女性でさえそんな感じなのですから、総理大臣ともなる

と、やはり、普通にしようと思っても難しいかと……。凛子さんが妊娠中に体調を崩したりしたら、周辺のみならず、政局に与える影響は絶大です。もちろん、産休・育休中に総理の臨時代理をおくことは内閣法上、可能でしょう。しかし、子供が生まれ、復帰されてからは、もっともっと大変です。子供が熱を出したからちょっと今日の国会遅れます、っていうわけにはいかないし……」

島崎君の言い分は、至極もっともである。

いまの凛子の個人的な時間は、起きた直後と、朝食時間と、寝る直前と、寝ているときのみだ。一日の大半を公人として過ごしている。「公人としての時間帯」に、子供のケアをすることはままならないだろう。

島崎君は、さらに現実的な指摘をした。

「仮に、いまのままの立場で産休・育休から復帰後、誰かに子供の面倒をみてもらいながら公務をこなせるのかどうかもわかりません」

みたび、部屋の中がしんと静まり返った。

内閣総理大臣が病気などで欠けた時は、あらかじめ決められた他の大臣が臨時代理を務めると内閣法できっちりと定められている。が、しかし。「総理大臣の産休・育休」について、定められた法律は存在しない。

そもそも、「総理大臣は男」という暗黙の認識のうちに、総理大臣の職務等に関する法律が定められているのだろう。

現役の総理大臣が妊娠、出産などということを、法律を作った昔むかしの人たちは、想像だにしなかったであろう。

いや別に、昔むかしの人でなくとも、私たちですら想像しなかったわけなのだが……。

「私は、育休から復帰しても続けていただきたいです。凜子さんに、いまのまま、総理大臣を」

きっぱりと顔を上げて、富士宮さんが言った。

「子供を産みたくても、仕事を失いたくないから産まない。仕事を続けたくても、産んでしまったから、辞めざるを得ない。働く女性は、出産と仕事の板挟みになって、ずうっと苦しんできました。相馬内閣が、少子化対策の一環で、働く女性を支援する画期的な政策を打ち出して、ようやく光が見えてきたのに……ここで凜子さんが辞めてしまったら、このさきずっと、働く女性を取り巻く状況は変わらないままになってしまいます」

どうかご自身で、いかなる立場であれ、職務をまっとうしつつ、立派に子供を育てられるのだということを、身をもって証明してください。

それが、私たち全女性にとって、ひいては少子化に苦しむ社会全体にとって、大きな大きな励ましになることは、間違いありません。

富士宮さんの懸命の訴えには、胸に迫るものがあった。さりとて、島崎君の言うことも、もっともだった。

島崎君と、富士宮さんと。身内の意見は、まっぷたつに分かれた。

総理大臣、辞任か、留任か。

凜子は、全身で考えていた。

どちらの道に進めば、この国の未来に明るい光を投げかけられるのか――。


その答えを凜子が出したのは、それから三日後の今日。首相官邸の記者会見場でのことだった。

凜子は、その直前に閣僚会議を開き、各大臣に自分の意向を伝え、協議をした。そして、なんの前触れもなく、突然記者会見を開くと、報道各社に伝達した。

報道各社は、色めき立った。

人気絶頂の総理大臣による、突然の記者会見。いったい、何が起こったのか。いやがうえにも緊張が走った。

午後六時ちょうど。記者会見場に、凜子が登壇した。

水を打ったように静まり返った会場を見渡して、厳かに、凜子が話し始めた。

「国民の皆さまに、ご報告があります。——わたくし、相馬凛子は、懐妊いたしました。現在、妊娠九週目に入ったところです」

よって、一ヶ月以内に、総理大臣を辞任する意向を固めました——。

25

二〇××年三月十二日　晴れ

相馬首相　辞意表明　総理懐妊で内閣総辞職か
日本初の女性総理大臣　懐妊　出産に向けて辞任決断
相馬首相　懐妊　一ヶ月以内に辞任の決意表明

我が妻・凛子が、国民に向けて懐妊の報告をし、一ヶ月以内に総理大臣の職を辞すると決意表明した、その後。

テレビ、新聞、雑誌、ネット、あらゆるメディアのトップニュースに「総理懐妊」「出産のため辞任へ」の文字が最大級のフォントでこれでもかッとばかりに躍った。各新聞社は号外を出し、テレビでは「ニュース速報」となって「相馬総理懐妊　辞意表明」のテロップが流れた。たちまち、直進党本部の電話は鳴りっぱなし、官邸の電話も鳴りっぱなし、それぞれのサーバーは大量のメールが送られてきてパンク寸前、さらには私のスマートフォンまでも鳴りっぱなし、友人知人からの「びっくり！」メールが大量に送られてきた。

首相官邸周辺は、官邸番記者以外のマスコミの報道陣も詰めかけ、騒然となった。マスコミばかりではない。「出待ち」の常連・「凛子ジェンヌ」「ひよラー」の面々は言うまでもなく、凛子を熱烈に支持する人々、フェミニストの団体、ワーキングマザーを支援する団体、野次馬などなど、二重三重に人垣ができ、道路は渋滞、上空にはヘリがばんばん飛んで、私も出勤どころではなくなってしまった。

連立与党、野党、ともに狂おしいほど色めき立った。そりゃそうだろう、支持率八割超えの人気絶頂の総理大臣が、まさかの辞意表明。それも、引責とか汚職とか失態とか、いままでの総理大臣が辞任する際にありがちだった理由ではない。妊娠、出産を理由に政権の座を去る首相は、ほとんど例がないのだ。「子供を産むからといって、政権を投げ出してもいいのか」とか「出産は政治より重いのか」と国会で追及するわけにはいかない。そんなことをすれば、たちまち女性の有権者を敵に回すことになる。とはいえ、「総理代理をおいて、産休を取ればいいじゃないか」と安易な意見も述べられまい。

いったい、この前代未聞の事態に、どう対処すればいいのか。

誰にもわからない、というのが正直なところだろう。

総理の夫である私ですら、わからないのだから。

『一歩でも外へ出たら、二度と公邸へは帰れなくなる可能性があるので、事態が落ち着くまで外出禁止です』

事態を重くみた富士宮さんから電話があり、ひさしぶりに直々の指令が飛んだ。私はすかさず異議を申し立てた。

「それは困ります。近々、環境省へ『鳥類レッドリスト』に関する報告発表があるんです。そのために研究所で詰めなければならないことが……」

『ご自分がレッドリストに載ってるんですよ！　そんなこと言ってる場合ですか！』

とんでもない比喩をされてしまった。

「総理の夫、絶滅寸前ってことですか」いちおう尋ねると、

『そういうことです。絶滅寸前』富士宮さんが、重ねて答えた。

たしかに、凛子が総理を辞任したら、日本にたった一羽のみだった総理の夫は、それとともに絶滅だ……。

しかたなく自室でじりじりしていると、善田鳥類研究所の徳田所長からメールが入った。緊急でスカイプ会議を開きたいという。私が当面出勤できないことは、すでに富士宮さんより連絡済みとのことだった。

パソコンのスクリーンに、徳田所長をはじめ、研究所の仲間たちが会議室のテーブル

を囲んでいる様子が映し出された。徳田所長が、もじもじと口を開いた。

「相馬君。このたびは……その……あの、ですな……なんと言ったらいいか……」

「おめでとうございます。『内閣総理大臣懐妊』なんて、極めて稀少《きしょう》です。快挙です」

窪塚上席研究員が、言葉をつないだ。なんだか、トキが自然界で産卵したかのような言い回しだ。同僚の幡ヶ谷さんは、しみじみとしている。

「ついに、相馬さんもお父さんになるんですね。いやあ、うちにも五歳になるせがれがいますが、かわいいもんですよ。やっぱり、相馬さんのお子さんは、いずれ東大進学目指します？　あ、それとも、奥さんにならってハーバード？」

なんとも気の早いコメントだ。私は、「ありがとうございます」と礼を述べて、

「妻も私も、まさかこの年になって子供ができようとは、思いもしなかったので……うれしいのが半分、戸惑い半分です。それに、こんな状況で、環境省への報告書の段取りもできなくなってしまって……申し訳なく思っています」

所長は、どことなく困ったような笑顔を作って、

「環境省のほうへは、私たちでなんとか対応しておくから心配はいらないよ。心配なのは……その……ほんとに、相馬総理は辞任するつもりなのかい？」

凛子が総理になってからは、環境省による我々の研究への補助金が二割増しになった。環境省関連の諸研究費の予算が増額されたからだ。が、総理が代われば即カットになる

かもしれない。所長は戦々恐々としているようだった。

「進退に関しては、私としては、積極的に意見はしませんでした。私が何か進言したら、彼女を振り回してしまうかもしれませんから……」

私は、正直に言った。

「せっかく授《さず》かった命だし、なんとしても出産するという彼女の決意は固いです。辞任についても、彼女自身で決めました」

凛子は、結局、自分自身で決断した。

出産のために、総理大臣を辞任する。

この国を変えるために、自分はあえて茨の道を進んできた。幸運なことに、多くの国民に支持されて、難しい局面を乗り切ってきた。

本来ならば、これからも、職務をまっとうしたい。国民の声にじゅうぶんに応え、「この国は変わった」と、誰の目にも映るようにしたい。

けれど、そんな機会を選んだかのように、自分の中に宿った小さな命。

その命に、私、気づかされたの。

確かに私は、日本で最初の女性総理大臣になった。女性のために、子供のために、高齢者のために、社会的弱者のために、力になりたいと奮闘してきた。

けれど、私は、「お母さん」になったことはなかった。亡くなった母を慕《した》い、母のようになろうと努力してきたけれど、母親というものがいったいどういうものなのか、身をもって理解することはなかった。

だから、決めたの。お母さんになるって。

私たちのもとに生まれてくる子供。世界中でたったひとりの人間。かけがえのない、日本の新しい国民。

命を育む、ひとりの女性に立ち返ろう。

無責任に政権を投げ出すつもりはない。この国をよりよい方向へ導いてくれる新しいリーダーへバトンを渡して、それから、行く末を見守ろう。

ひとりの女性として。母親として。この国を愛する人間として――。

そうして、凜子が出した結論が、総理辞任だった。

新リーダー、つまり新たな総理大臣は、連立与党の中から選出されることになるだろう。そのリーダーと新内閣が、凜子の作った礎《いしずえ》の上で、次なる政治を運営することになるのだ。

迷惑をかけたくないからと、直進党の党首も辞任の考えを表明したのだが、島崎君、富士宮さんほか、ほとんどの党員がなんとか思いとどまらせた。

現在の幹事長が党首代行を務めるので、なるべく早く復帰してほしい。直進党も、この国も、凜子さんをまだまだ必要としているのですよ――と、幹部揃って涙ながらの訴えに、凛子はこれを受け入れたという。

凛子が結論を出すに至るプロセスに、私はいっさい口出しをしなかった。

私にしてみれば、彼女の「子供を産む」という決断だけはもはや揺るがないとわかっていた。そして、総理大臣を続けるかそうしないかは、彼女以外には誰も決められないということもわかっていた。

彼女がこうと決めたら、その決意を支持する。いかなる選択を彼女がしようとも、私は、このさきはただひたすらに、彼女と子供を守って生きるのだ。

スクリーンに映し出された会議室の末席で、うつむいて座っていた伊藤るいさんが、思い切ったように顔を上げた。そして、スカイプカメラに向かって、言い放った。

「嘘です。……そんなこと、凛子総理の本当の気持ちじゃない」

男性研究員たちは、ぎょっとして伊藤さんを振り返った。伊藤さんは、カメラ越しに、真剣なまなざしを私に向けている。以前、私の家で身の上話を打ち明けたときの彼女の様子がフラッシュバックして、不覚にも、胸がどきりと鳴った。

「辞任するのは、総理の本意だとは思いません。途中降板なんて、絶対、凛子さんらしくない。周りの人たちに迷惑をかけたくないからって……男性議員から、『育休から復帰しても総理の座に居座るなんて図々しい』とか言われちゃいけないからって……苦渋の決断をされたんだと思います」

伊藤さんの言葉に、私の胸はふたたび大きく波打った。

苦渋の決断。確かにそれは、そうには違いないだろうけど……。

「凛子さんは、ほんとうは、絶対に辞めたくないはず。途中で政権を放り出したくないはずです。なんで、そこんとこわかってあげないんですか？　そんな大事なことに気づかないで、妻が自分で決めたことだとか言って、平然としてるなんて……相馬さん、最っっ低。見損ないました。総理の夫なんて、さっさと絶滅しちゃえばいいんですよ！」

「ちょっと伊藤君、いくらなんでも絶滅は言い過ぎだろう」所長が、あわてて口を挟んだ。

「いや、確かに。相馬総理が辞任したら、総理の夫は絶滅です」窪塚さんが、涼しい顔をして言った。

「でもま、伊藤さんの言うことには一理あると、私も思いますがね。にしても、国民に向けていったん辞意を表明したからには、いまさら撤回するわけにもいかないでしょう。連立与党の各党首も、もう次の総理を決めるために動き出していることでしょうし……」

私は、スカイプカメラに映し出されてしまうとわかっていながら、顔に暗雲がかかってしまうのを止められなかった。

伊藤さんの言っていることは、至極もっともだ。私とて、凛子が喜んで総理の座を去るとは思ってはいない。

一にも二にも、周囲に迷惑をかけてはならない。その思いが、すべてにおいて優先しているのだ。

凜子らしくないといえば、らしくない。相馬政権は、少子化対策として、ワーキングマザー支援を掲げていた。女性がもっと活躍できる社会を作り、社会全体で子供を守り育てる――という政策を、第二次相馬内閣の旗印にもしていた。それなのに、いざ我が身となると、「周囲に迷惑をかけたくない」と身を引いてしまうなんて。

彼女は一般女性ではなく、一国の総理大臣だ。仕方がないといえば仕方がないが、自ら掲げた旗を自ら下ろさざるを得ないのは、彼女とて無念だろう。

かと言って、「やっぱり辞めないほうがいいんじゃない?」などと、脇から軽々しく言えないのも事実なわけで……。

「ちょっと皆さん、おめでたい話なのに、なんでそんな深刻な顔してるんですか?」

幡ヶ谷さんが笑って、場をなごませてくれた。

「ねえ相馬さん、お子さんが生まれたら、みんなで遊びにいってもいいですか? その頃にはもう首相公邸じゃなくて、護国寺のお宅に戻ってるんですよね。SPとかもいないんでしょ? もと通り、平穏な日常に戻るわけだから、おおいに結構じゃないですか」

「ええ、まあ……」と、私も笑顔を作った。そのじつ、心から笑えなかった。

平穏無事な日常。

育児休暇のあいだは、凛子は生まれてきた赤ん坊のためにすべての時間を費やす日々になるのだろう。

それは、大切なことだ。すばらしいことだ。かけがえのないことなのだ。

それなのに……。

総理を辞して母親となった彼女が、ほんとうに幸福になれるのかどうか。

私には、わからなかった。

突然の辞任記者会見から一週間。

凛子と私は、またしても、寝る直前と起きた直後しか顔を合わせることができない状況になってしまった。

私には、何より彼女の体調が心配だった。まだ安定期に入っていない、センシティブな時期である。せっかく出産を決意したのに、マスコミに追い回されて体に障りがあってはいけない。

「頼むから、しばらく安静にしていてくれないかな」と懇願してみたが、「大丈夫、大丈夫」と凛子は頓着しない。

「いまはまだ、総理だからね。やっておかなくちゃいけないことが、山ほどあるの」

その言葉に、私は、かすかな迷いを感じ取った。

いまはまだ、総理だから――。

衝撃の記者会見後、政界のみならず、国民も激しく動揺していた。凛子の進退を巡っては、世論はまっぷたつに分かれた。

潔い、それでこそ総理だという声。一般女性が出産するのとはわけが違う、非常事態もあるかもしれないから辞任は当然だという意見。これは、保守的なおじさんたちに多く見られた。

そして、ほとんどの女性たちは――。


やめないで、総理。お願いです。私もワーキングマザー、毎日闘ってます。でもきっと凛子総理が働くママのためによりよい世の中にしてくれると信じてました。これからも信じてます。（35歳／一児の母／会社員）

途中降板なんて、凛子さんらしくない。最後までやり抜いてほしい。働くお母さんの

ために社会整備をする、とマニフェストでうたいましたよね。国民との約束、守ってください。（48歳／二児の母／会社員）

凛子総理ががんばってるんだから、きっと私も、いつかママになってもがんばろう！と思っていました。もうすぐ結婚します。でも、子供を授かってからも働きます。凛子総理が「がんばろうよ」って言ってくれたから。だから、凛子さんもこれからもがんばって！（27歳／会社員）

出産と仕事の板挟みになって、退職しました。子供が成長して、復職したくても、再就職の道は厳しいです。どうして産休を取って仕事を続けなかったのかと、毎日後悔しています。私のような女性が数多くいることを知ってください。そして、出産と仕事の板挟みになって辞任することを、どうか撤回してください。（39歳／一児の母／無職）

総理。あなたは私たちの希望です。あなたが、勇気をもって前言撤回して、出産したあとも総理大臣でいてくれたら、すばらしいです。世界に誇れる快挙です。相馬凛子、ママ総理！　上等じゃないですか。（40歳／二児の母／自営業）

SNSで、ネットで、テレビで、ありとあらゆるメディアで。いままでの政治にうんざりし、あきらめかけていた女性たち、あるいは社会的な事象に口出ししたことなどなかった女性たちが、盛んに声を上げ始めた。

瞬く間にネットでデモへの呼びかけが駆け巡り、各地で「凜子総理辞任反対！」「働くママを見捨てないで！」とデモが行われた。凜子の辞任を阻止し、これからも応援しようと立ち上がったのは、もはや凜子ジェンヌやフェミニストばかりではなかった。苦労して働きながら子育てをする女性、仕事と育児の板挟みになって退職した女性、子供を育て上げたのちに、地域の子育てを支援している女性。ごくふつうに、真面目に、懸命に、働き、育児してきた人々。若者も、男性もいた。社会学者も、政治学者もいた。この国の未来を、相馬凜子とともに見てみたいと願う人々。激しいうねりは、圧倒的な勢いで全国に広がりつつあった。

その声が、凜子の耳に届かぬはずがない。

常に国民の声に耳を傾け、国民のために全身全霊で働く。それが相馬凜子という総理大臣の姿だった。

本来であれば、これほどまでに国民の熱意が高まっていると知れば、それに応えるのが彼女の流儀である。

しかし、総理という立場で一度発表した決意を撤回するようなこともまた、凜子にはできないのだ。

次期総理大臣に、誰を推すべきか。すでに、連立与党の党首との協議は始まっていた。もはや、後には引けないのだ――。


そんなとき、母から呼び出しの電話がかかってきた。

『明日夜十一時までに、凜子さんと一緒にうちへ来てちょうだい』

問答無用の口調である。これは絶対に断れないと悟り、凜子に相談すると、

「ちょうどよかった。私のほうからも、お義母さまにご報告にいかなくちゃならないと思ってたの」

すぐに承諾してくれた。

凜子が記者会見を開いた直後にも、当然ながら母から電話があった。まったくもう、とため息をついて、

『まったく……総理辞任の片棒はあなたが担いでいるのよ、わかってるの?』

実に言いにくいことを、すっぱりと口にできる人なのだ、私の母は……。

相当な小言を……いや小言じゃなくて大言を連ねられるに違いない、と私は覚悟した。

公邸から車で出ると、ものすごい数の報道陣がどっと押し寄せてきた。おびただしい

フラッシュの中を、カーテンをぴっちり閉めた公用車で、まずは近くのホテルへと逃げ込んだ。そこに相馬家からの迎えの車が待機していた。私たちは小一時間ほどホテル内の個室で時間をつぶし、ホテルのスタッフの誘導で、こっそりと裏手から外へ出た。幸いにも、マスコミにはみつからなかった。

なるほど、パパラッチに追いかけられるってのはこういう感じなのか……。「絶滅寸前」になって、ようやくセレブの気持ちがわかったような気がした。

ひさしぶりに帰ってきた実家の応接間に、いつも通り、きっちり和服を着込んだ母が現れた。凛子はすぐに立ち上がって、

「このたびは、お騒がせしまして、申し訳ありません。また、ご報告が遅れてしまったことをお詫びいたします」

深々と頭を下げた。私も、彼女にならって、「すみませんでした。その、色々と……」と、なんとも歯切れ悪く詫びた。

母は、凛子と私の顔を交互に眺めていたが、

「なぜ謝るの？　おかしな人たちね」

くすくすと笑って言った。

「わたくし、お礼を言いたくて、あなたに来ていただきましたのよ、凛子さん。……子供を産むと決心してくださって、ありがとう」

そして、私たち以上に、ていねいに頭を下げた。それはとても優雅な、心のこもった一礼だった。

私は心底驚いた。怒られるつもりできたのに、まさか母に礼を言われようとは。

「あなたも立場があるし、このさきあなたがた夫婦は子供を持たないつもりなんだろうと、私もあきらめていました。だから、あの記者会見にはほんとうに驚かされましたよ。色々な意味でね」

凛子は、黙って母をみつめている。母は、凛子をまっすぐにみつめ返すと、

「辞意、撤回なさい」

すっぱりと言った。凛子の瞳が、一瞬、風が吹き渡る湖面のように、かすかに揺れた。

「周囲に迷惑をかけまいと懸念する気持ちはわかります。けれど、あなたが辞めることで、結果的にもっと大きな混乱が起こるのよ。だいいち、あなたを支持してついてきた国民はどうなるんですか。せっかくここまできたのに、私ママになります、はいサヨナラじゃ、ハシゴを外された気分になるじゃないの。いくら人気があるからって、何をやってもいいってもんじゃないでしょ。もうちょっとよく考えなさいな」

わあああ、お母さんっ。なんてことを言うんだ、時の総理大臣に向かって！

と叫びたいところだったが、ぐっと我慢した。まったくもって見事なほどに、すぱっすぱっと言いにくいことを言ってのける母ではあったが、このときばかりは真実を語っ

ている、と思った。

そうだ。凛子、いまの君は、君らしくないじゃないか。

迷惑をかけたくないだとか、前言を撤回できないだとか、そんなこと、国民の要望の前には、きっと取るに足りないことだ。

どんなに遠くのかすかな声でも、国民が君を求めれば、すっ飛んでいく。その人の手を取り、肩を抱いて、話を聞く。どうしたら解決できるか一緒に考える。そして、進むべき道をみつけ出し、ともに歩んでいく。

それが、内閣総理大臣・相馬凛子の姿じゃなかったのか。

と言いたいところだったが、やはりぐっと我慢して、

「あ、あのさ。ほんとうのところ、君は、どうしたいと……思ってるの？」

しどろもどろに、ようやく訊いてみた。凛子の進退に関して私が質問したのは、これが初めてだった。

「どうしたいも何も……辞めるしかないじゃないの。そう自分で決めたんだし、公言もしちゃったんだから」

凛子は、戸惑いを隠しきれないように答えた。やはり迷っているのだ、と私は確信した。

「たとえそれが、君らしくない判断でも？」

私の問いかけに、凛子は答えなかった。そのまま、部屋の中はしんと静まり返った。

「確かに、凛子さんらしくないわね。あなたは、自分がしようとしていることに、いつも迷いがなかった。日和と結婚するときも、総理になるときも」

静かな口調で、母が言った。

「あなたの辞任を思いとどまらせようとしているのは、私ばかりじゃなくて、もうひとかたいるのよ」

そして、「ちょっと待っててちょうだい」と、私たちを残して部屋を出た。凛子と私は、ふたりきり、取り残されて、交わす言葉もなかった。

けれど、私は感じていた。凛子の戸惑いと、迷いとを。彼女の心の振動が、こっちまで伝わってくるようだった。

コンコン、とノックの音がした。私たちは、はっとして顔を上げた。

ドアの向こうから現れたのは——ハゲ頭と分厚いメガネの、人懐っこそうな笑顔。

——原久郎だった。

「……原先生⁉」

凛子と私は、驚きのあまり、同時に叫んで同時に立ち上がった。

「まあまあ、そうびっくりしないで、大丈夫、大丈夫だから」

原氏は、勇んだウマをどうどうと落ち着かせるように、凛子と私の肩を交互に叩いて、着席させた。

「ど……どうして、ここに……？」

私が口をぱくぱくさせていると、あとから入ってきた母が、

「だから言ったでしょ。こう見えても、わたくし、政界財界の皆さまがたに顔が利くのよ」

得意満面で、そう言った。

「いや、実は私のほうから、ご母堂にお願いしたんです。ぜひ、日和さんと凛子さんにお引き合わせいただきたい、ってね」

原氏は、あの「どうしても憎めない」笑顔を私たちに向けた。

さきの総選挙で、敗北を喫した原久郎。その後、すっかり影を潜めていた。

あの手この手で政権を狙ったが、かなわなかった。もはや自分もこれまでか、と、一時は政界引退も考えたという。しかし、なんとか思いとどまった。

それは、なぜか。

「私はね、凛子さん。あなたという総理大臣を、もう少しのあいだ、見ていたいのです」

原氏は、凛子を正面にみつめながら、そう言った。

日本初の女性総理大臣。それを誕生させたのは、確かに自分の策略もあってのことだ。

正直、自分の思惑通りに動かせるだろうとたかをくっていた。

政治経験も浅いし、どこかで弱音を吐くだろう、とも思っていた。

けれど、相馬凛子は、自分の想像をはるかに超えて、強かった。たくましかった。

国民の支援をこれほどまでに得て、この国を変えようとこれほどまでにがむしゃらに突き進んだ総理大臣が、かつて存在しただろうか。

相馬凛子が総理の座に再び就いたとき、政治家になって初めて、深い敗北感を覚えた。

すぐにでも引退すべきかとも考えた。

が、しかし。

ここまできたら、このさき、見せてもらおうじゃないか。どんなふうに政局を運営して、どんなふうに国民に応えていくのか。

どんなふうに、この国を変えていくのか。

相馬凛子は、必ずやる。成し遂げる。優雅に、軽やかに、日本を変容させる。

その瞬間を、この目で見届けたい。

「私は、ずいぶん長いあいだ、政界に身を置いてきました。正直、いつ引退しても構わない。けれど、あなたが総理大臣として政治改革を成し遂げるまでは、自分ももう少しがんばってみるか、という気になったのです」

凛子は、膝の上に組んでいた手にぐっと力を込めた。そして、かすかに震える声で言った。

「でも、私……連立与党の皆さんにも、それに国民にも、辞意を公言してしまったんです。……それを撤回したら、あまりにも優柔不断じゃないでしょうか……」

原氏は、しばらく黙って凛子をみつめていた。そして、ふっと笑った。

「『働く女性が子供を産み、育てやすい社会を整備する』。あなたが、選挙の際に国民に約束したことです。それを実践しなければ、それこそあなたは大嘘つきになりますよ」

凛子の瞳の湖に、ふたたび風が吹き渡った。水面が、みるみる急上昇した。

そして、ついに決壊……したのは、私のほうだった。

「は、原先生。お母さん。あ……ありがとうございます……」

涙を堪えようとして、逆にあふれてしまった。一度流れ出した涙は、もはや止めることができなかった。

「まあま、ほんとにおめでたい人だこと」母も目を潤ませて、くすくすと笑った。

「あんまり泣き虫じゃ困りますよ、日和さん。凛子さんとお子さんを、しっかり支えてあげてください。これからさきも、あなたは、唯一無二の『総理の夫』なんですからね」

原氏が言った。さて楽しみにしていた映画が始まるぞ、そんな感じで。

凛子は、熱く潤んだ瞳で私をみつめていた。そして、そっと微笑んだ。

十何年かまえ、初めて出会ったときと、寸分変わらぬ美しいまなざしが、そこにあった。

いいや、あの頃より、ずっときれいだ。そして――。

私は彼女を愛している。あの頃より、ずっと。

二〇××年×月×日　晴れ

最後に日記を書いてから、ずいぶん時間が空いてしまった。

ふと、思い出して、この日記帳を取り出してみた。いやはや、ずいぶん熱心に、あれもこれも書き記したものだ。

最初のほうを読み返してみて、あまりのなつかしさに、微笑んだり、噴き出したり、涙したり……ひとりで百面相をしてしまった。

こんな時代に、古風な日記帳というのも、いいものじゃないか。

あなたの生きている時代――つまり、あなたがこの日記を読んでいる、いま。どんな時代なのだろうか。

凛子も、私も――もうとっくにいなくなったはるかな未来を、あなたは生きていることだろう。

どうか、その未来が、すばらしい時代であるように。心豊かな日々を、あなたが送っているように。

おっと――子供が泣いている。そろそろ、お腹が空いたんだな。お母さんは、今日は国会で代表質問を受けている。代わりに、私が子供の面倒を見ているのだ。

子育てこそが、こつこつと成長を綴る日記のようなものなのだと、気がついた。

だから、日記をつけるのは、今日までとしておこう。

ちなみに「野鳥観察日誌」は、あいもかわらず続けている。もう少し、子供が大きくなったら、一緒に観察をしよう。ときどき、妻も誘って、親子三人、自宅のベランダで。

ささやかだけれど、それこそが、いまの私の夢だ。きっとかなう、夢なのだ。

解説

国谷裕子《くにやひろこ》
（ジャーナリスト）

日本初の女性総理、相馬凛子《そうまりんこ》。その夫、相馬日和《ひより》は鳥類学者だ。鳥の観察者としてのプロの目で、凛子と彼女をとりまく政局を冷静に観察し日記に書く。

『総理の夫　First Gentleman』は、その日記を通して、凛子が少数野党の党首から、一転、野党連立による政権交代に際して、難局を乗り切る「盾」として総理大臣になり、大胆な政策を掲げて突き進む半年間の日々を描く。

日記が書き始められた女性総理誕生の日に日和はこう書く。

「いま、この瞬間、この国も、地球も、あらゆる局面で『待ったなし』の状況にさらされている」

２０１３年に単行本として出版されたこの作品の「待ったなし」の状況は、文庫新装版のこの本を手にしている２０２０年現在、新型コロナパンデミックと姿を変え私たちを襲っている。

これまで自分の力で生活を営むことが出来ていた人々さえも支援を求め、廃業や倒産を余儀なくされた企業も相次いでいる。格差、不平等が広がりつつあった社会で、弱い立場に置かれた人々は、パンデミックにより、一層、苦境に立たされることになった。そして、世界を同時に襲うグローバルリスクは、パンデミックだけではない。地球温暖化による気候変動は、様々な自然災害となって猛威を振るっている。年々高まる気候危機への対策も、いまや「待ったなし」だ。

　こうした状況のなか、国のかじ取りをゆだねられているリーダーのあり方に人々の眼差しが強く注がれている。とりわけ、新型コロナパンデミックへの向き合い方で世界的に注目が集まったのが、女性リーダーたちの存在だ。台湾の蔡英文《さいえいぶん》総統、ドイツのアンゲラ・メルケル首相、ニュージーランドのジャシンダ・アーダーン首相、フィンランドのサンナ・ミレッラ・マリン首相。彼女たちはいずれも危機管理能力の高さや、国民に対するコミュニケーション力で多くの信頼を集めた。しかし、日本には女性総理はいまだ誕生せず、私たちはフィクションの世界で、その活躍ぶりを堪能するしかない。

『総理の夫』で描かれる日本初の女性総理大臣、相馬凛子は、徹底して理想化された政治家だ。

「いま何を真っ先にすべきかという優先順位のつけ方、判断力、決断の速さ。我が妻ながら、恐るべき人物」

「彼女いわく、人生で受け入れられないたったひとつのものは、曲がったこと」

「凛子の考え方は、徹底して社会的弱者や一般市民の目線に立ったものだった。凛子のポリシーは『すべての国民が明日への希望を持てる社会』を作ることだった」

現実の政治家にたいする強烈な批判を込めて相馬凛子は描かれている。男性優位社会が、溜息の出てしまうほど、いつまでも続く日本社会へのアンチテーゼとしての女性総理大臣。こうした総理大臣がいたら、新型コロナ対策はどうなっていたかと想像したくなる。

スイスで開催されるダボス会議を主催するので有名な世界経済フォーラムは、毎年、ジェンダー・ギャップ指数を発表している。それによれば日本の男女平等ランキングは、2010年、世界で94位だったが、その後10年、下降を続け、2019年は153カ国中121位、男女平等がもっとも遅れている国のグループに属している。とりわけ評価が低いのが政治の分野。国会議員数の順位は135位で世界最下位に近い。2020年までに指導的地位における女性の割合を30%にするという2003年に立てた日本政府の方針は、様々な分野でその実現は絶望的となり、政府は、目標時期を20年代の可能な限り早期にと、先送りした。

例えば、世界での女性管理職比率の平均は、27・1%。アメリカ39・7%、フランス32・1%、ドイツ29・2%と続くなか、日本は12%にとどまっている。黄金の3割という言葉がある。少数派であっても3割に達すると意思決定に影響を及ぼすことが出来るというものだが、日本はその割合に程遠く、様々な決定プロセスに女性の声が届かない状況が続いている。

意思決定の現場に女性がなぜ少ないのか。なにがハードルになっているのか。先進国の仲間入りをしてから長い時間が経過しているのに、このような男女格差、不平等をなぜ残したままなのだろうか。

様々な壁があるが、一つの答えとして、企業における女性社員の管理職志向についての調査結果を紹介したい。

独立行政法人・国立女性教育会館が、入社してから5年間の男女社員の意識変化を調査している。そのなかの、管理職を目指したいかという設問に対し、入社初年度、男性社員の94％は管理職を目指したいと回答したのに対し、女性社員は58％。そして翌年、初年度に管理職を目指したいとした女性の2割が、わずか1年の間に管理職を目指さないに変わっている。入社3年目、さらに目指す女性は減り、早くも同期入社男性の半分以下となっている。調査担当者は、入社後のわずかな期間に、女性たちが管理職を目指さなくなるのは、「私は会社から成長をそんなに求められていない」、「期待されていない」と早々と感じてしまう人がかなりいるからではないか、としている。

ほかの調査でも、入社時に働く意欲の強い女性ほど、会社を辞める率が高く、その原因は、女性にやりがいのある仕事を与えていないからだとしている。

これらの調査からは、男性には個々人の能力に応じて難易度の高い仕事が与えられるのに、女性には個々人の学歴、能力には関係なく、より易しい業務、責任の低い仕事を割り当てて、さして成長を期待しない、そんな日本社会のあり方が見えてくる。

こうした女性をとりまく男性優位社会は、女性たちの成長したいという気持ちを萎縮させ、自分には能力がない、管理職は責任が重い、といったように自己肯定感を低めてしまう。大きなプロジェクトに関われるチャンスがあってもなかなか手をあげない。出しゃばり、目立ちたがりなどと見られたくないために、一歩踏み出せないことも女性たちには多いのだ。リーダーへの大きな壁がここにはある。

日本初の女性総理、相馬凛子には、こうした壁は無縁だ。性別役割分担意識の刷り込みや、自己肯定感の低さなど微塵《みじん》も感じさせず、伝わってくるのは清々しいほど自分の能力に対して限界を感じていない力強さだ。女性には遠いと思われがちな政治の世界、しかも総理というトップの座をあれよあれよと躊躇することなく凛子が獲得し、その座を確たるものにしていく姿は、とても小気味いい。

そして、総理の夫、日和は、その生き方をサポートすることに徹する。もともと、この二人、「当然のごとく、自分のことは自分でする生活を営んだ。お互いの日常に関心を持ちつつ、干渉はしない。助け合うべき場面では助け合う」のであり、それは凛子が総理になっても変わらない。唯一とも言っていい日和の役割は、凜子から時々こぼれる本音を受け止めることだ。自分を貫き通そうとする女性リーダーにとって、これは理想的なパートナー像かもしれない。

相馬凜子は、なにより言葉を大切にする。

「いままでの総理は官僚が作成した資料を棒読みすることが多かったが、凜子はそれを嫌った。彼女はあくまで自分の言葉にこだわり、自分の考えを伝えようと地道に努力していた。生きた言葉こそが国民の胸に響くのだと信じて」

そして総理大臣として初の施政方針演説を凜子は、こう締めくくる。

「大丈夫。あなたを、私が、必ず守ります。（中略）私を、信じてください。政治生命を賭して、私は、あなたの未来をあきらめません。私たちは、ひとつ。どこまでも、一緒です」

この凜子の言葉に、コロナ禍での世界の女性リーダーたちの言葉が響き合う。

ドイツのメルケル首相は、国民への外出自粛を呼びかけるスピーチで、「連邦政府を頼ってください。政府と私個人がこの仕事を担うことに期待していてください」と呼び掛けた。ニュージーランドのアーダーン首相はスピーチを“Please be strong, be kind, and unite against COVID-19”と締めくくった。コロナに対して、強く、優しく、そして結束していてほしいと。男性リーダーからこの「優しく」という呼びかけが国民に対して行われたことを寡聞にして私は知らない。しかし、この優しさを女性特有のものと片付けてはいけないだろう。

一国のリーダーに求められるものは何か。未来のあるべき社会を描き、その実現にむけてリーダーを選ぶとすれば、リーダーの定義はどうあるべきか。これまでのリーダー像は、「組織や国民を引っ張っていく強い人」だ。しかし、未来を持続可能で希望が持てるような社会としてデザインしていくリーダーに求められる資質はいままでと同じ「強い人」でいいのだろうか。経済、社会、環境問題が複雑に絡み合う課題を大胆な変革で解決しなくてはならない新しいリーダーには、多くの人々を巻き込む連携力と人々を惹きつけるコミュニケーションの能力が必要だ。これまでのリーダーのあり方も変革が求められている。

前述した国立女性教育会館の調査報告で希望を感じた回答があった。「リーダーには男性のほうが向いている」をどう思うかとの設問に対し、入社5年目の女性の83・4％、男性の79・9％が、そうは思わないと答えた。しかも、入社1年目の時よりも、「リーダーは男性」を否定する割合はかなり増えている。女性リーダーの誕生にむけた基盤は整ってきているのかもしれない。

新型コロナウィルスによってもたらされた社会的、経済的な打撃。それに加えて求められる気候危機や格差・不平等への対応。パンデミックをきっかけにBuild Back Better（ＢＢＢ）、回復に当たってはより良い未来を目指すべきとの声が世界中で高まっている。しかし日本社会は、「待ったなし」の状況のなか、変革の兆しを見出せずにいる。その停滞感、閉塞感を打破し、ＢＢＢを実現していくのは、女性の力かもしれない。作者、原田マハさんは、その破壊力を初の女性総理誕生に託した。

単行本発刊に際してのインタビューで、原田さんはこの作品について、「私から提案した理想の総理像です。いずれこういう総理が現れてくれるという予言の書（笑）」と話している。この予言が近い将来に実現してくれることを強く願う。

本書は、二〇一三年七月に単行本、二〇一六年十二月に文庫版が実業之日本社より刊行されました。文庫新版の刊行にあたり、巻末の解説を新たにしました。

本作はフィクションです。登場する個人、政党、企業、団体その他は実在のものと一切関係ありません。（編集部）

実業之日本社文庫　最新刊

井上ひさし
野球盲導犬チビの告白
打率四割七分四厘を残した盲目の天才打者登場！　謎に満ちた彼の生い立ち、驚愕の打法の秘密を、一匹の盲導犬が語る、奇想あふれる物語。（解説・菊池雄星）
い151

伊吹有喜
彼方の友へ
「友よ最上のものを」戦中の東京、雑誌づくりに情熱を抱いて歩む人々を、生き生きとした筆致で描く感動傑作。第158回直木賞候補作。（解説・瀧井朝世）
い161

倉阪鬼一郎
きずな水　人情料理わん屋
順風満帆のわん屋に、常連の同心が面白そうな話を持ち込む。ある大名の妙案で、泳ぎ、競馬、駆ける三種を三人一組で競い合うのはどうかと。江戸人情物語。

く48

沢里裕二
極道刑事　キングメーカーの野望
政界と大手広告代理店が絡んだ汚職を暴くため、神野が闇処理に動くが……。風俗専門美人刑事は、体当たりの潜入捜査で真実を追う。人気シリーズ第4弾！

さ312

知念実希人
崩れる脳を抱きしめて
研修医のもとに、彼女の死の知らせが届く……。愛した彼女は本当に死んだのか？　驚愕し、感動する、恋愛ミステリー。著者初の本屋大賞ノミネート作品！

ち16

堂場瞬一
1934年の地図　堂場瞬一スポーツ小説コレクション
元大リーガーのディックが二六年ぶりに京極の前に現れた。突然の来日の目的は⁉　日米史の〝暗部〟に切り込む傑作エンタメ・サスペンス！（解説・池井優）
と116

実業之日本社文庫　最新刊

西川 司
異邦の仔 バイトで行ったイラクで地獄を見た
何者かに爆弾を仕掛けられ命を狙われた男の脳裏には、数十年前の中東イラクでの出来事が——テロリストの正体は!? 実体験を基に描いた迫真のサスペンス!
に81

西村京太郎
二つ《ダブル》の首相暗殺計画
総理大臣が入院している大病院の看護師殺人事件の裏に潜む、恐るべき陰謀とは!? 十津川警部が秘められた歴史と事件の扉をこじ開ける!(解説・山前 譲)
に123

三浦しをん
ぐるぐる♡博物館
人類史から秘宝館まで、博物館が大好きな著者がときに妄想を膨らませつつお宝や珍品に迫る。愛と好奇心が渦を巻く興奮のルポエッセイ!(解説・梯 久美子)
み101

宮下奈都
緑の庭で寝ころんで 完全版
愛する家族とのかけがえのない日々を、母として、作家として見つめ、あたたかい筆致で紡ぎ出す。単行本未収録のエッセイ二年分を追加収録した贅沢な一冊!
み24

モノカキ・アエル
くちぶえカルテット
—これが、私の「音」。声がコンプレックスな少女が、口笛を通して仲間と共に成長する爽やかな青春小説。Vtuber小説家、モノカキ・アエルデビュー作。
も91

星新一、森茉莉ほか
猫は神さまの贈り物〈小説編〉
わがままで、ままならない、猫といういきもの。作家は、そこに物語を見出してきた。思わず頬ずりしたくなる、個性と愛に溢れた猫小説集。(解説・井上荒野)
ん91

実業之日本社文庫　好評既刊

原田マハ
星がひとつほしいとの祈り
時代がどんな暗雲におおわれようとも、あなたという星は輝きつづける――注目の著者が静かな筆致で女性たちの人生を描く、感動の7話。(解説・藤田香織)
は41

あさのあつこ
花や咲く咲く
「うちらは、非国民やろか」――太平洋戦争下に咲き続けた少女たちの青春と運命をみずみずしい筆致で描いた、まったく新しい戦争文学。(解説・青木千恵)
あ121

あさのあつこ
風を繡《ぬ》う　針と剣　縫箔屋事件帖
剣才ある町娘と、刺繡職人を志す若侍。ふたりの人生が交差したとき殺人事件が――一気読み必至の時代青春ミステリーシリーズ第一弾！(解説・青木千恵)
あ122

阿川大樹
終電の神様
通勤電車の緊急停止で、それぞれの場所へ向かう乗客の人生が動き出す――読めばあたたかな涙と希望が湧いてくる、感動のヒューマンミステリー。
あ131

阿川大樹
終電の神様　始発のアフターファイブ
ベストセラー『終電の神様』待望の書き下ろし続編！終電が去り始発を待つ街に訪れる5つの奇跡を、温かな筆致で描くハートウォーミング・ストーリー。
あ132

阿川大樹
終電の神様　台風の夜に
ターミナルの駅員、当直明けの外科医、結婚式を予定しているカップル――台風で鉄道が止まる一夜、それぞれの運命が動き出す。感動のベストセラー新作！
あ133

実業之日本社文庫　好評既刊

池井戸 潤
空飛ぶタイヤ
正義は我にありだ――名門巨大企業に立ち向かう弱小会社社長の熱き闘い。『下町ロケット』の原点といえる感動巨編！（解説・村上貴史）
い11 1

池井戸 潤
不祥事
痛快すぎる女子銀行員・花咲舞が様々なトラブルを解決に導き、腐った銀行を叩き直す！ テレビドラマ「花咲舞が黙ってない」原作。（解説・加藤正俊）
い11 2

池井戸 潤
仇敵
不祥事を追及して職を追われた元エリート銀行員・恋窪商太郎。彼の前に退職のきっかけとなった仇敵が現れた時、人生のリベンジが始まる！（解説・霜月 蒼）
い11 3

伊坂幸太郎
砂漠
この一冊で世界が変わる、かもしれない。一瞬で過ぎる学生時代の瑞々しさと切なさを描いた一生モノの傑作長編！ 小社文庫限定の書き下ろしあとがき収録。
い12 1

恩田 陸
いのちのパレード
不思議な話、奇妙な話、怖い話が好きな貴方に――クレイジーで壮大なイマジネーションが跋扈する恩田マジック15編。（解説・杉江松恋）
お1 1

大山誠一郎
アリバイ崩し承ります
美谷時計店には「アリバイ崩し承ります」という貼り紙がある。店主の美谷時乃は、7つの事件や謎を解決できるのか!?（解説・乾くるみ）
お8 1

実業之日本社文庫　好評既刊

大林宣彦
ぼくの映画人生
映画とともに生き、道なき道を切り開いてきた著者が、七十歳を機にその半生と映画論を語った感動の自伝。すべての人の背中を押す勇気の書。（解説・赤川次郎）
お101

桜木紫乃
星々たち
昭和から平成へ移りゆく時代、北の大地をさすらう女の数奇な性と生を研ぎ澄まされた筆致で炙り出す。桜木ワールドの魅力を凝縮した傑作！（解説・松田哲夫）
さ51

知念実希人
仮面病棟
拳銃で撃たれた女を連れて、ピエロ男が病院に籠城。怒濤のドンデン返しの連続。一気読み必至の医療サスペンス、文庫書き下ろし！（解説・法月綸太郎）
ち11

千早 茜
桜の首飾り
あの人と一緒に桜が見たい――気鋭作家が贈る、桜の季節に人と人の心が繋がる一瞬を鮮やかに切り取った、感動の短編集。（解説・藤田宜永）
ち21

西川美和
映画にまつわるXについて
『ゆれる』『夢売るふたり』の気鋭監督が、映画制作秘話や、影響を受けた作品、出会った人のことなど鋭い観察眼で描く。初エッセイ集。（解説・寄藤文平）
に41

貫井徳郎
微笑む人
エリート銀行員が妻子を殺害。事件の真実を小説家が追うが……。理解できない犯罪の怖さを描く、ミステリーの常識を超えた衝撃作。（解説・末國善己）
ぬ11

実業之日本社文庫　好評既刊

東野圭吾
疾風ロンド
生物兵器を雪山に埋めた犯人からの手がかりは、スキー場らしき場所で撮られたテディベアの写真のみ。ラスト1頁まで気が抜けない娯楽快作、文庫書き下ろし！
ひ12

東野圭吾
恋のゴンドラ
広太は合コンで知り合った桃美とスノボ旅行へ。ところがゴンドラに同乗してきたのは、同棲中の婚約者だった！　真冬のゲレンデを舞台に起きる愛憎劇！
ひ14

東川篤哉
放課後はミステリーとともに
鯉ケ窪学園の放課後は謎の事件でいっぱい。探偵部副部長・霧ケ峰涼のギャグは冴えるが推理は五里霧中。果たして謎を解くのは誰？（解説・三島政幸）
ひ41

宮下奈都
よろこびの歌
受験に失敗し挫折感を抱えた主人公が、合唱コンクールをきっかけに同級生たちと心を通わせ、成長する姿を美しく紡ぎ出した傑作。（解説・大島真寿美）
み21

柚木麻子
王妃の帰還
クラスのトップから陥落した〝王妃〟を元の地位に戻すため、地味女子4人が大奮闘。女子中学生の波乱の日々を描いた青春群像劇。（解説・大矢博子）
ゆ21

原田マハ／日明恩／森谷明子／山本幸久／吉永南央／伊坂幸太郎
エール！　3
新幹線の清掃スタッフ、ベビーシッター、運送会社の美術輸送班……人気作家競演のお仕事小説集第3弾。書評家・大矢博子責任編集。
ん13

実業之日本社文庫 は43

総理《そうり》の夫《おっと》 First Gentleman《ファーストジェントルマン》 新版《しんぱん》

2020年11月10日 初版第1刷発行
2021年 2 月20日 初版第3刷発行

著 者 原田《はらだ》マハ

発行者 岩野裕一
発行所 株式会社実業之日本社
〒107-0062 東京都港区南青山 5-4-30
CoSTUME NATIONAL Aoyama Complex 2F
電話 [編集]03(6809)0473 [販売]03(6809)0495
ホームページ https://www.j-n.co.jp/
印刷所 大日本印刷株式会社
製本所 大日本印刷株式会社

フォーマットデザイン 鈴木正道(Suzuki Design)

*本書の一部あるいは全部を無断で複写・複製(コピー、スキャン、デジタル化等)・転載することは、法律で認められた場合を除き、禁じられています。

また、購入者以外の第三者による本書のいかなる電子複製も一切認められておりません。

*落丁・乱丁(ページ順序の間違いや抜け落ち)の場合は、ご面倒でも購入された書店名を明記して、小社販売部あてにお送りください。送料小社負担でお取り替えいたします。

ただし、古書店等で購入したものについてはお取り替えできません。

*定価はカバーに表示してあります。

*小社のプライバシーポリシー(個人情報の取り扱い)は上記ホームページをご覧ください。


ISBN978-4-408-55628-4(第二文芸)